新潮文庫

新任刑事

下巻

古野まほろ著

新潮社版

目次

新任刑事　下巻

第3章 一箇月前

第1場

三月下旬。愛予警察署、署長室。

捜査一課長検討。

すなわち、警察本部の捜一課長《イッカチョウ》が臨席する検討会だ。

――僕が刑事になって、そろそろ二箇月が過ぎようとしている。

だから、というのも変だけど、美彌子《みやこ》の時効完成まで、あと一箇月だ。

（僕があとどれだけ警察官を務められるか、分からないけど。

美彌子の時効が『二〇一〇年四月二五日いっぱい』で完成――ということは、退職のその日も、いやきっと死ぬまで忘れないに違いない）

美彌子の傷害致死は、二〇〇〇年四月二六日発生。

だから美彌子が逃げ切らないといけないのは、二〇一〇年四月二五日まで――

この日さえ終われば、美彌子は自由になる。僕らにとっては、屈辱の日だ。

――美彌子は、いずこ。

あの日、あの夜。忽然《こつぜん》と『ルージュ』から逃亡した暁子《あきこ》ことマル美は、デタラメな理由で緊急配備まで発令されたのに、とうとう発見されなかった……

その過程は、まさに今、上甲《じょうこう》課長がプレゼンしているところ。

もっとも、眠り熊のような上甲警部に、プレゼンなんて言葉は全然似合わないけど。ただもう『プレゼン慣れ』していることは確かだし、課長本人も飽き飽きしていることは間違いない……なんといっても、美彌子が逃げたあの夜から始まって、今日この三月下旬に至るまで、あちこちで謝罪行脚《あんぎゃ》だったからだ。いや、査問《さもん》行脚といってもいいだろう。

(警部は、管理職だ。管理職には管理職の仕事と……そして苦心がある。いくら刑事ギルドだからって、鉄砲玉でべらんめえだけを続けているわけにはゆかない)

もちろん、土居《どい》署長とソファに列《なら》んでいる捜査一課長には、あの逃亡劇から一〇分未満で、僕らの不始末が報告されている。漏れ聴くところでは、その激怒と激昂《げっこう》は、膝元《ひざもと》であの小野湖至《おのこいたる》が――僕が稼働先《かどうさき》捜査に行った指名手配犯が――発見されたときの比じゃなかったとか。もちろんその激怒を受け止めるのは、警部であり指揮官である上甲課長だ。そこは警察もカイシャだし、指名手配犯の追及捜査も営業だ。

いずれにしても。

関係者が皆、ストーリーを熟知している以上、今日の捜査一課長検討は、儀式的な意味合いが強い――

（そう、もう一度反省点を洗い出し、もう一度出会ったそのときこそ、確実に身柄をとる。そのための検討だ。ていうか、決起集会だな……ここらへんも、やっぱりカイシャだ）

だが事ここに至って、精神論を軽んじるわけにはゆかない。

なんといっても、この三月の二六日が来れば、いよいよ美彌子の逃亡カレンダーも、最後の一枚になってしまうから。残りのカウントの単位が『月』ではなく『日』になってしまうから。

（まさに、秒読み段階だ）

だから三月二六日には、『県下刑事課長会議』が開催される予定だし、それはもちろん、愛予県警察二、〇〇〇人を総捜査員化するための、総決起集会になる。もちろんそこでは、役員の刑事部長も、担当課長の捜一課長も、激烈《げきれつ》苛烈《かれつ》な檄《げき》を飛ばすことになる。その直前に捜一課長が愛予署入りしたのは、だから、直接の当事者と最後に膝《ひざ》を詰めて話し合っておこうと、まあそういうことらしい。ここで『直接の当事者』というのは、もちろん指名手配の胴元である愛予署刑事一課強行係——もちろんマル美を逃してしまった同係——であることは、いうまでもない。

「とまあ、課長も耳胝《みみたこ》やろうけど」上甲課長が締めに入った。「以上が、完敗したマル美オペレーションの顚末《てんまつ》ですわ」

「確かに俺も耳胝だが——」

捜一課長は苦笑した。

警察本部の課長といえば、所属長警視。位置付けは、警視・警視正の違いをのぞけば、隣のソファでニコニコしている土居署長と一緒である。こっちは、署内で親しみをこめて呼ばれているとおり、ハゲオヤジだの(これは、あらゆる意味でそのままだ……)ハゲタヌキだのハゲポンだのといった外貌《がいぼう》をしているけれど、さすがに強行刑事の元締め・捜一課長《イッカチョウ》ともなると、上甲課長と柔道をしても勝てそうな猛者《もさ》だ。ただ、悪い意味での刑事バカ——現場バカじゃないことは、まだド素人《しろうと》に近い僕にも分かる。そのまま県議会に出席できそうなスーツの着こなし。四角い顔の四角い眼鏡の奥に光る、そう、頼れる父親を感じさせる大きな瞳。どっしり腕を組んだときの、なんともいえない安心感。

（そうだ。

僕がいま瞳《め》にしてるのは、刑事のラスボスのひとりで、刑事のあこがれ――）

同席するだけの僕にすら、プレッシャーと昂揚感《こうようかん》を感じさせる、それが捜一課長だ。

その捜一課長が、苦笑しながら続ける――

「――何度聴いても不思議でならんなあ。お前がこうも、してやられるとは」

「まあ、何言われても仕方ない。儂《わし》も、もう何も言わん。あとは結果だけじゃ」

「お前はそう開き直ればいいかも知れんが」

捜一課長は、窘《たしな》めつつも、苦笑を崩さなかった。アリスが教えてくれたところによれば、捜一課長は上甲課長のお師匠に当たるらしい（このあたり、刑事の、というか専務のギルド性がよく出ている）。そう、その関係は、例えば小西《こにし》係長と越智《おち》部長と一緒だし、僭越《せんえつ》だけど、越智部長と僕とも一緒になる。実際、警察本部の捜査一課で一緒になったことも数知れず、はたまた、捜一と署の刑事として、コンビを組んだことも無数にあるとか。

そうでなかったら、警察署の課長が警察本部の課長に、こんな軽いノリで話せるはずもない。そして捜一課長も、ぶっちゃけトークを続けるはずがない――

「宇都宮《うつのみや》サンの怒り狂ったこと、怒り狂ったこと――いや、現在進行形なんだが。そしてな上甲、連日連夜そのお怒りをお受け止めするのは、この俺なんだが。ったく。俺も署の課長時代がいちばんよかったぞ。我武者羅《がむしゃら》に突進してればよかったからな、お前みたいに」

「そうそう、捜一課長《イッカチョウ》を捜一課長とも思わんとね」

「自分で言うな!!」さすがに捜一課長が怒鳴る。「俺が宇都宮サンに出す検証報告書と時系列、どれだけ苦心したか……

だいたい上甲、お前はズルいぞ。

城石《しろいし》は俺の言うこと聴いて、ちゃんと警視になってくれたのに……口を開けば『儂、デスクワークはできませんけん』『星の数増えたら、刑事は陸《おか》に上がったヒラメですわ』とかなんとかほざきやがって――

違うだろ!!

やりたいことがあったら、愛予の刑事をよくしていきたかったら!! 星の数を増やさなきゃ駄目なんだよ……そんなこと、この世界で三〇年メシ食ってきたら解るだろう。そもそも、俺が好きで警察本部の所属長なんかやってると」

「まあまあ、課長、まあまあ――」

ヒートアップしてきた捜一課長を、城石管理官がどうにか宥《なだ》める。管理官は、課長の幕僚だ。

「――土居署長の御前《ごぜん》でもありますし」

「おっといかん、そうだった、失礼しました署長」

「いやいや、捜一課長の気持ち、よう解りますよ」ハゲポン署長がニッコリ言う。「なんといっても、昇任させたい部下が昇任してくれんことほど、所属長として悔しいことは、マア無いですけんね――

オイ上甲よ。警備部門の儂が言うのもあれやけどな。

刑事部門の将来を思うなら、自分の実力分の後継者は、育てとかんといかんぞな。上甲やったら、ほうやな……二〇人は育てんと。ほしたら星の数、増やさんと。所属長にならんと。

まあ捜一課長の前やけん、これ以上は言わん。よう考ええ」

「すみません土居署長、課長」城石管理官は脱線をどうにかしようと。「上甲にはまた執拗《しつこ》く言って聴かせますんで。そこはそれとして――

捜一課長、宇都宮サンと東《あずま》警務部長の話は、しておかないといけません。それこそ、土居署長のお耳にも入れておかないと」

「おう、そうだった、そうだった」捜一課長は、どっかりと座り直す。「まったく、あれも頭の痛い話だ。なまじ警察本部勤務だと、上《ウエ》が腐るほど一緒のビルにいて、そりゃやりにくいったらないぞ――

――実はですね、土居署長ってオイ上甲、寝るな。

今度の『県下刑事課長会議』。あの、十九署ぜんぶの刑事課長を警察本部に集めてやるアレですが、副社長も是非出席したい――との強い御希望でして」

「ほう、東さんが」

「もちろん宇都宮刑事部長が出ますし、ガッチリ刑事で仕切りますんで、そこはどうにか御勘弁《ごかんべん》というか、御容赦《ごようしゃ》願ったところなんですが」

「まあそうですなあ。副社長いうても、担当役員の刑事部長主催の会議に、そうそう口を挟めるもんやないです。私の記憶にもありませんし。それに」

「そうです。ぶっちゃけ、東京からのキャリアの御方《おんかた》に御出席いただくとなると……仕切りの問題以上に、ホンネトークができなくなる。

地方《じかた》の宇都宮サンなら、役員役員といっても、まだまだ刑事らに睨《にら》みが利《き》きます。だから、言いたいこと言えや、泣いても笑ってもあと一箇月じゃ、知恵出していかんかい――という流れで、そう刑事部屋のノリでゆけるんですけどね」

「捜一課長、それは、あれですか、やはり復讐戦《ふくしゅう》というか——」

「——そうです、署長。

　副社長は……東警務部長は、なんといっても美彌子の傷害致死の、当事者そのものですからね。それは第一発見者という意味でもそうですし、東京組のキャリアの後輩を殺された先輩、という意味でもそうです。

　ですから、副社長の渡部美彌子に懸ける心意気というか情熱というか……まあ執念には、なみなみならぬものがありまして。

　そのお気持ちは解るんですが……

　これもぶっちゃけ、キャリアにはキャリアの重みと仕事があるわけで。ここだけの話、いつまでも十年前の『東捜査二課長』のおつもりでおられると、まあ現場としては、悩ましいですな。

　それに、次の刑事部長になられる土居署長なら御存知でしょうが——」

「——さあ、それはどうかな。副社長がそこまで美彌子に御執心《ごしゅうしん》なら、みすみす時効を完成させてしまった手配署の署長・胴元署の署長を、サテ栄転させるかどうか。あっは」

　剛胆《ごうたん》な指揮官＋有能な管理職、といった風情《ふぜい》の捜一課長は、ほんの一瞬だけ、複雑な顔をした。それは、ひょっとしたら、警備部門出身の土居署長が、次の刑事部長に――刑事の最終ポストに――当確だって事実への、あまりに微妙な感情だったかも知れない。それだけ、警察というカイシャでギルドの壁は、大きい。

しかし捜一課長は、すぐ話題をもどした。このあたりも、やっぱり管理職というか、政治家的だ。

「――土居署長なら御存知でしょうが、宇都宮刑事部長と今の副社長だと、これがまた」

「ああそうか、そうやった」ハゲポン署長はぺしゃり、と頭を叩《たた》く。「まさに十年前のコンビ。十年前の、捜査二課の」

「そのとおり。十年前の捜査二課長と、捜査二課の次長のコンビ。まあ警察署でいえば、署長と副署長ですな。

もちろん今の副社長がオヤジで、今の刑事部長がオフクロ」

「それであの宇都宮サンが、東サンには頭が上がらんのですなあ、なるほど」

「なんや、ハイソな話が続いとるけど」上甲課長はわざとらしく欠伸《あくび》をした。「事件は署長室で起きとるんと違いますよ。それに儂、刑事は刑事でも強行畑・捜一畑しか知らんけん、捜二のことはサッパリですわ」

「それを言うなら俺もだ上甲、お前がいちばんよく知ってるだろう……

城石が捜一の管理官でいてくれて救《たす》かったよ。当時の東サンや宇都宮サンの話、よく知ってるからな」

（そういえば、城石管理官が初めて愛予署に来たとき、言ってたっけ。

上甲課長は強行刑事一本槍《いっぽんやり》。城石管理官は知能畑。確か十年前も、そうだ、捜査二課の庶務係にいたって話だった）

整理すると――

東警務部長……………十年前の捜査二課長、今の警務部長（副社長）

宇都宮刑事部長………十年前の捜査二課次長、今の刑事部長（担当役員）

城石管理官……………十年前の捜査二課庶務、今の捜一管理官（課長の幕僚）

ということになる。なるほど因縁だ。課長－次長－庶務で、ラインまでつくっていた関係だ。それが、十年後にまた、キーパーソンとして組むなんて。

（もっとも、それは考え方が逆立ちしてるかもな。

というのも、確か、城石管理官が美彌子PT担当になったのは――つまり知能畑なのに捜一に配置されたのは、刑事部長の、肝煎《きもい》りの人事だって話だった）

つまり、偶然の因縁でこうなったわけじゃない。しかも、その刑事部長は副社長に頭が上がらないという。

（だからこそ、副社長が『刑事の会議に自分も出張《でば》る』なんてワガママを言い出すんだろう）

そんなことを考えていると、話がその警務部長関係にもどった。

「それでまあ、この城石にも説得してもらって、副社長には、どうにか御自制いただけたんですが――」

「――ですが？」

「ですが土居署長、その説得の際、副社長、私を直接呼ばれまして。そして私に言ったんです。

それなら県下刑事課長会議は自重《じちょう》するが、代わりに愛予署に行きたいと」

「おやまあ、なんとまあ、御自《おんみずか》ら、当署に」

「いわく、先のマル美オペレーションを実行した刑事から、直《じか》に話が聴きたいと。もちろん土居署長からもです。

愛予署として、実際のところマル美事案で何がどこまで解り、何がどこまで解らなかったか。もちろん検証報告書も時系列もお出ししていますが――『どうしても自分で直接、刑事の生の声を聴きたい』と」

「ほやけど捜一課長、今日ここで、東警務部長の御臨席《ごりんせき》がない、ゆうことは……」

「……まさしく。必死でお止めした結果です。なあ城石？」

「東警務部長は、こうと決めたら梃子《てこ》でも動かない御方ですから……結局、捜一課長が叱《しか》り飛ばしましてね。あれはクビ覚悟の、まあ魅《み》せ場だったなあ。すまじきものは宮仕《みやづか》え」

「それは言い過ぎだろう城石。仮にもキャリアの方、警視正の方に対して」

「捜一課長《イッカチョウ》言ったんですよ。もっと地元を信じてくださいと。警務部長も十年前、愛予におったでしょうと。愛予は部長に恥、搔《か》かせましたかと。愛予の刑事の底力、誰よりも知っとるんは部長でしょうがと。あっは」

「……いずれにしても、です土居署長」

愛予署長は、筆頭署長。もちろん地元組の、署長の長《おさ》。

そして刑事部長ともなれば、地元組すべての長。地元組にとっては社長ポスト同然。

とすれば――

いくら東警務部長が東京からのキャリアで、これからますます星の数を増やしてゆかれる方といっても、愛予署に乗りこんで署長と談判するなど、話が剣呑《けんのん》に過ぎる。

そりゃ、土居署長にかぎって御気分を害されるようなことはないですが、副署長以下、愛予署員が愉快に思うはず、ありません。捜査二課長が愛予署にぷらっと行くのとは、もう訳が違う。

万が一、話がこじれたり拗《ね》じ曲がって伝わろうものなら、それこそ東京組と地元組の、あるいは、まあその、刑事と警備の、抜き差しならぬ大戦争にもなりかねん。戦争の引き金なんてものは、大抵がくだらないものですからね――そして、キャリアとノンキャリアが戦争して、獲《え》られるものは何も無い。そこは、もう副社長のお立場なんだから、どうか解ってくださいよ――とまあ、必死に御説得申し上げた次第」

「なるほど捜一課長、よう解りました。

それで名代《みょうだい》として、捜一課長がお越しになったと。そういう事情でしたか、いやはや。

警察本部勤務も、なかなかに世知辛いですなあ……」

（……昔、『事件は現場で起きてるんだ!!』っていってたドラマ、視《み》たことがある。

あれは、僕が中学生の頃だったかなあ。

でも。

確かにこの〈ハイソ〉な話を聴いてると。

なるほど事件は現場で起きてるけど、警察は現場だけで回ってるんじゃない。てい

うか、やっぱりカイシャとして、カイシャの力学っていうか政治で、回ってる部分が大きいんだ）

「と、いうわけでだ上甲。悪かったなお待たせして」

「涎《よだれ》の池で溺《おぼ》れるところでしたわ」

「……その東警務部長からの御下問《ごかもん》が幾つかある。お前に直接、確かめにゃならん。もちろん」

ここで捜一課長は、上甲班の総員と、城石PTの総員を見遣《みや》った。

すなわち土居署長・捜一課長・城石管理官・上甲課長が座っているソファの周りで、パイプ椅子《いす》に腰掛けている警部補以下の実働員だ。捜一の二宮《にのみや》係長・河野《こうの》部長、そして愛予署の小西係長・越智部長・アリス・僕の六名。さすがに、あのべらんめえな小西係長も、警部補の身分でソファに座ることはできない。

「もちろん、当夜、マル美オペレーションを実施した各員にもだ」捜一課長が続ける。「発言があれば、今日は問題ない、直接何でも言ってほしい。というのも、実態を知らんと、俺が警務部長に殺されるからな……」

「捜一課長はもう署長ポスト、経験しとるけん、殺されても悔いは無いやろが」

「これだけクソ宮仕え、続けるとな、上甲。何としてももう一度現場に出なきゃ、それこそ悔しくて死ぬわ。てなわけで色々教えろ。お上《かみ》にも警察本部にも慈悲はある」

「ほしたら調べ室行こか。取監《トリカン》の眼ぇ盗んで、特上のカツ丼、食いたなったわ」

「お前と漫才やっとる場合やない――」

まずな、刑事一課長殿。

どうにも解らんのは、何故《なぜ》、マル美は気付《ヅ》いたのかってことだ」

「これ、たぶん七度目、いや八度目や思うけどな、何度でも言うわ。

マル美は気付《ッ》いたんと違う」

「言うとは思ったが――気付《ヅ》いてなきゃ逃亡するはずないだろうがよ。

オイ城石。マル美の、というか〈暁子《あきこ》〉のヤサは、今も蛻《もぬけ》の殻《から》なんだろう？」

「逃亡されてすぐ確認態勢をとりましたが、そして今この時も舞い戻ってきたならすぐ分かりますが――暁子は帰宅していませんし、するつもりもないでしょう」

「ヤサは賃貸アパートだろ？　しかも本人名義だ」

「そうですね。〈暁子〉こと村上加奈江《むらかみかなえ》、本人名義です」

「上甲、それは『ルージュ』のひろみママが確認した名前、そのものだよな？」

「ほうやね。国民健康保険証。

村上加奈江、で確認しとる。ちなみにアパートの住所も、このとき確認済み」

「その村上加奈江ってのは、散々聴いたとおり――」

「――愛予市鉄砲町《てっぽうちょう》の小料理屋『かなえ』店主ですわ。すなわち、お隣さんの愛予西警察署が御用達《ごようたし》にしとる店の、女将《おかみ》」

「当然、面を割った。当該〈村上加奈江〉は〈暁子〉かどうか」

「ほうやね。写真と動画で割ったら、まさにあの〈暁子〉やった」

「そしてそれは、指紋照合で裏付けられてもいる」

「ほやけん、暁子＝村上加奈江。これは動かんですわ」

――そうなのだ。

あの夜。マル美に逃げられた夜。

城石管理官とアリスは任務を全うした。

すなわち、アリスのバイク便は無事管理官の下に到《とど》き、検体である『グラス』『ビール瓶』『ワインボトル』のいずれからも、明瞭《めいりょう》な指紋が採れた。すぐさま指紋自動識別システムで照合。あとはデータベースが、類似する候補から検索結果を表示してくれる――

マル美の場合。

照合結果は、まさにビンゴ。百単位で出てくるうちの第一候補が、渡部美彌子のものだった。類似度なんと九・七八八点。これは、ほぼ満点表示の大当たりといっていい。

ただもちろん、警察のやることだ。最後は目視で確認する。ルールは『特徴点が十二点一致するかどうか』だ。ちなみに十二点一致すると、『たとえ千億人用意したとしても、それと同じ指紋を持っている人間はひとりもいない』という統計的な結果が出ている。

当然、マル美の指紋は、この十二点要件をもクリアした。

（それで、マル美＝美彌子、が確定する）

ちなみに、流行《はや》りのＤＮＡデータベースを使わない――というか使えないのは、渡部美彌子は十年前、二〇〇〇年四月から逃亡しているところ、逃亡開始当時はまだＤＮＡの捜査活用が活発でなく、美彌子の試料《しりょう》を保存していなかったためである。ただもちろん、明治の終わりから捜査活用している指紋は、そりゃ指名手配犯だし、さすがに採取していたというわけだ。

いずれにせよ、指紋による特定がなされれば、『万人不同・終生不変』の鉄則どおり、本人だと断定して何の問題もない。

（そして、〈村上加奈江〉が小料理屋の、しかも隣接署御用達の店の女将というのな

ら、その指紋を採取することも、全然難しくない）

ガサ札《ふだ》を獲《と》って、これまた蜆の殻の小料理屋を漁《あさ》ったところ、遺留指紋がバッチリ採れた。もちろん幾人かのものが入り乱れていたが、とりわけ厨房《ちゅうぼう》で最もたくさん採取されたものをチョイスし、これまたシステムに照合を掛ける。

（するとマル美＝美彌子＝加奈江、も確定する）

今、上甲課長が断言したとおりだ。

そうすると、疑問なのは――

「あれ、上甲よ、小料理屋を当たったのは誰だ」

「ウチの越智ですわ。オイ越智、捜一課長に引っぱってもらうチャンスやぞ」

「越智巡査部長よ。暁子＝加奈江の店、『かなえ』はずっと閉まっていたんだな？」

「はい捜一課長《イッカチョウ》。既報《きほう》のとおり、愛予西署員及び近隣住民から聴取しました。ちょうど、暁子が『ルージュ』に面接に来た去年四月から休業です。といっても、『準備中』の札がずっと掛けられていただけですが。いずれにせよ、この一年、当該店舗を利用した本官《ホンカン》はおりませんでした。当たったかぎりの近隣住民も、です」

「開店時期は」

「二〇〇三年からです。これも既報のとおり、飲食店営業の営業許可で確認をしています」

「それまでの営業実態は」

「精力的です。週一の定休日以外、店を閉じたことがない――というのが聴取結果です」

「それが去年の四月、バタリと休業して」

「ほぼ一年、まったく営業していない」

「……タイミングが一致。指紋が一致。ヤサの住所が一致。もちろん面《メン》が一致。

　そうすると、だ。

〈暁子＝村上加奈江〉が絶対に動かん科学的真実なら。

〈村上加奈江＝渡部美彌子〉は、なんと膝元も膝元、警察本部からも愛予署からも遠くない愛予西PS管内で、堂々と小料理屋なんぞをやっていた。こうなるな上甲？」

「ほうやね」

「い、い、い、信じられん」

　……このことは、実は、これまでの謝罪行脚なり査問行脚なりで、何度も何度も話題になったことだ。何が信じられないかというと、あらゆる意味で信じられないけど、大きく言ってふたつある。

（第一に、十年を逃げてる指名手配犯が、よりによって警察署の近くで、小料理屋なんかをやってきた点。

第二に、二〇〇三年から二〇〇九年まで、警察官をふくむ客の誰もが、女将と美彌子を結び付けなかった点――少なくとも、女将のことを通報しようとは思わなかった点、だ）

「越智部長」捜一課長が下問《かもん》した。「当該『かなえ』に通っていた、愛予西署員の供述。もう一度教えてくれ」

「はい一課長。総計九名から聴取し、また、その交友関係から一般客六名をも抽出し、全てに当たったところでありますが。

警察官は誰もが、そして一般客は四名が、この村上加奈江について、『確かに似ている』『美彌子じゃないのか？』という印象を受けています。

誰もが少なくとも気に留めたことがあり、甚《はなは》だしくなれば女将本人に訊《き》いてみたことすらある。例えば、『女将、女将はあれやな、愛予県産の特級の指名手配犯、渡部美彌子によう似とるの!!』『まさか女将、あのX年間逃げ回っとる、渡部美彌子と違うんか？』といったように」

「警察官にしろ、一般客にしろ、か」

「〈直接話題にした〉警察官となると三名。一般客なら二名であります」

「そのとき女将こと加奈江こと、美彌子はどう答えた？」

「これら五名から巻いた参考人調書によれば——

　ほうなんよ、よう似とるやろ？

　お店開いてからこれまでに、もう十人も二十人も、おんなしこと言うんよ
　遠い親戚《しんせき》なんかも知れんねえ
　等と、はぐらかすでもなく、冗談めかすでもなく、あまりに淡々と——いえむしろ堂々と受け答えしたとのこと。

　ここで『堂々と』というのは。

　当該加奈江は、その泰然自若《たいぜんじじゃく》とした受け答えのなかで、『いっそのこと警察署長さんにもお店に来てほしい』『警察のお客は堅いから嬉《うれ》しい』『逆に自分が広告塔になれば、指名手配がもっと話題になるかも知れない』『そうしたら、その渡部美彌子さんにも、いつか会う日が来るかも知れない』『お役所の許可をもらうのに、指名手配犯がいろんな書類、そろえられるわけがない』——等々と、それはもう優雅といえるほど自信満々に語ったと、そういう意味です」

「だから、いわば〈直当《じかあ》たり〉した警察官も、一般客も」

「まさか、ここまで言い切る女将があの美彌子のはずがない、と感じたと。そう誰もが」

「……しかし、小野湖至のことといい、情けないといったらないな。

これまでに捜査一課と愛予署が配布してる公開手配ポスター・手配写真の総数を知ってるか？　この十年で、実に一、〇六六万枚だぞ!!　もちろん警察本部には美彌子専用フリーダイヤルもある。二十四時間対応だ。美彌子関連グッズだって――指名手配マニアのなかでプレミアがついてるらしいが――それこそ昔はテレカだのうちわだの、今ではＱＵＯカードだのAmazonギフトだの、一万も二万も作製して啓発活動をしてる。地上波の警察特番で、『美彌子は、いずこ』をやったこともある――やされたのは俺だが!!　おまけに美彌子本人の肉声テープまで公開した。今や愛予県警察ホームページで誰でも聴ける。美彌子の京大教官時代の、講義のＩＣ録音だ。あの、はんなりした京都弁が特徴的な奴《やつ》。学生も、まさかこんな形で使われるとは夢にも思ってなかったろうが……俺なんか夢にもこの声が出てくる!!　まるで愛人だぞチクショウ……!!」

「か、課長、お気持ちは解りますが」城石管理官がまた宥《なだ》め役に入る。「署長の御前でもありますので」

「おっと、これまた失礼。

いずれにせよ、この十年、愛予県警察はそれだけ躍起《やっき》になって、意地になって美彌子を追い掛けてきた。美彌子を風化させないよう、血の滲《にじ》むような努力をしてきた。

それが、それがだ……

よりによって警察本部の隣の隣の署、その管内に美彌子がいたとは……

しかも警察官がそれに気付いていながら、誰ひとりとして、上に報告しなかったとは……」

捜一課長の嘆息《ためいき》は、既に怒りというより、やりきれない悲しみだった。

「まあ、お涙頂戴《ちょうだい》にははやすぎる」上甲課長の声は、ちょっと真剣になった。「もう一箇月しか無いか、まだ一箇月もあるか。そこが指揮官の踏ん張り所じゃ」

「うるさい。お前に刑事道を仕込んだのは誰でもない、この俺だ――

それで、と。

あとこの〈村上加奈江〉の基礎調査をやってくれたのは？」

「俺です、一課長」小西係長が挙手した。「越智が客を、俺が女将を洗いました」

「本人が堂々と言ってたとおり、役所関係はキレイなものだったんだな？」

「はい一課長。営業関係の申請書類、添付書類。当然それと重なりますが、住民登録、戸籍、健康保険その他の本人確認関係。

キレイなもんです。偽変造の類《たぐい》は全くありません」

「それは当然、異常事態だ」

「おっしゃるとおりです。

偽名を使うのはカンタンですが、他人の戸籍だの住民票だの健康保険だのを使うのは、今現在、まずできません。釈迦《しゃか》に説法《せっぽう》ですが、そこが逃亡犯、最大の弱点になる。ヤサが借りられない。就職ができない。医者に掛かれない。歯が痛くなったら往生《おうじょう》するしかない――

誰かが貸してくれなければ、ですが」

「ここで。

〈村上加奈江〉が美彌子でないと、まるで赤の他人だと、そういう話ならまだ解る。そのとき加奈江は、要は単なる協力者だからな。動機は知らんが、自分へのなりすましを許す――それだけの話だ。そして、住民票にも戸籍にも健康保険証にも、写真は入らない。性別と、大雑把《おおざっぱ》な年齢が合っていれば、他人のそれらを借用して、なりすましをするのも難しくはない。

だが」

「そうなんです。〈村上加奈江〉の場合、そのカンタンなストーリーが通用しない。何故と言って——村上加奈江＝渡部美彌子、が指紋によって確定しているから。だから本件は、美彌子による、加奈江なりすましではない。なりすましより、もっと怪奇です。逃亡犯が、サラピンの、真《ま》っ新《さら》な戸籍等を入手しているわけですから」

「絶対に不可能ではない……とりわけ健康保険証に住民票。やり方は、残念だが存在しないこともない。だが、それなりのノウハウが必要だ——犯罪者としての、あるいは組織犯罪者としてのノウハウがな。だが、美彌子は大学教員だった女。そのようなノウハウに通じているとは、到底思えん」

「しかし一課長。事実として、美彌子は〈村上加奈江〉の戸籍等を入手し、〈村上加奈江〉としての人生を、少なくともこの七年、生きてきた。二〇〇三年から二〇〇九年まで、警察官御用達の小料理屋を、やってきてるわけですから。これはウチの越智が詰めたとおり、紛《まぎ》れもない事実です」

「……確かにそうだ。そしてその経緯は、それこそ本人を捕らえてみなければ分からん。

しかし。

その摩訶不思議《まかふしぎ》なりすまし、いや二重戸籍等の問題を措《お》くとしても。どうしてわざわざ愛予西PS管内に舞い戻り、どうしてわざわざ警察官御用達の小料理屋を開いたか？　これは摩訶不思議どころか、気が狂いそうな脚本だぞ。狂気の沙汰《さた》だ」

「これは越智からも報告があったと思いますが」小西係長が続ける。「さっきの、そう、『女将は美彌子なんと違うか？』と感じた本官《ホンカン》及び一般客。その誰もが、今の一課長とおなじ考え方をしていました。

つまり。

『もし女将が美彌子なら、狂気の沙汰だ』『もし女将が美彌子なら、傷害致死をやらかした愛予市に帰ってくるはずがない』『もし女将が美彌子なら、手配署の愛予署近くで店なんか開くはずがない』『もし女将が美彌子なら、警察官の客を積極的に開拓するはずがない』――といった考え方です。

そしてそれには、常識的だという意味で、理由がある。だから、関係する警察官が一切、報告を上げてこなかったことにも、理由がないとは言えない」

「加奈江＝美彌子にとっては、恐ろしい博打《バクチ》ではあるがな」

「しかも、何が目的なのか分からない博打ですね。灯台もと暗し。その『まさか〜はずがない』という心理を敢《あ》えて言えば、裏を掻く。そういう作戦」

「メリット、デメリットを天秤《てんびん》に掛けたとき、秤《はかり》、ぶっ壊れるような狂気の作戦だ」

「ほやけど一課長」上甲課長がいった。「それもまた、事実やけんね、今んとこ。ほやけん、その議論に意味があるとすれば」

「解っとるわい。美彌子とは実際、どういう女なのか。美彌子はどういう心理で、愛予に帰ってきたのか。美彌子は何故、敢えて自分を露《さら》け出すような真似《まね》をしたのか——それが、次の一箇月、そう最後の一箇月の、追及捜査を大きく左右する。そこでだ。上内巡査部長」

——所属長警視、しかも捜一課長の突然の下問。

さすがのアリスも、パイプ椅子でビクッとなる。

「は、はい捜査一課長」

「この御時世《ごじせい》、こういう表現をすると愛予県警察本部セクハラ対策委員会に査問《さもん》されるかも知れんが」

「はあ」

「おなじ女、という観点からどうだ？　この美彌子の行動。あるいはその心理。上内巡査部長ならではの見方、というのはあるか？」

「――私でよろしいのですか？」

「かまわん。言い方はともかく、今日の検討は無礼講《ぶれいこう》だ。それに……」

ハッ、とした感じで、捜一課長は言葉を切った。

少なくとも愛予署員には――土居署長をふくめ――その意味がよく解った。というのも。

（アリスは、もう愛予署刑事一課のエースだ。そして、数少ないエース女警ってことで、捜査一課もスカウトしたがってる）

僕は嫉《うらや》ましいというより、改めてビックリした。しかも、応援したいとすら思った。何せ、僕らは警察学校の同期だから。アリスが女警だから、ということを割り引いても、こうやって若い頃からキャリアプランに差が出るのは警察の特徴で、何を今更の文化だから――

――やがて捜一課長は、すべりすぎた口を軌道修正するように言った。

「……それに、上甲からもよく聴いている。渡部美彌子の一件記録を最も読みこみ、最も精査しているのは、愛予署では上内巡査部長だとな。だから、率直な見方を聴かせてくれ」

「――はい、上内巡査部長、発言します。

大きく二点について、発言します。

第一に、〈村上加奈江〉としての行動及び心理について。

第二に、〈渡部美彌子〉としての行動及び心理について。

――まず先ほどから議題になっている、〈村上加奈江〉の賭博的《とばくてき》な行動についてですが。そして私の直感的な、そう印象論に過ぎませんが。

村上加奈江の露出には、確かに、異様なものがあります。これはつまり、渡部美彌子の自己露出です。すなわち逃亡犯としては、むしろ自殺衝動に近い。少なくとも、ある種の自白衝動」

「それはあれか」捜一課長が訊いた。「そろそろ楽になりたい――って諦《あきら》めか？」

「否定はできませんが、そこまでいさぎよくはない、という印象を受けます。そこまでの心境に達していれば、それこそ警察本部にでも、愛予署にでも出頭すればよいのですから。まさか三〇分掛かりません。

ですので。

私が美彌子の立場になって考えたとき、必ずしも論理的ではありませんが、ふたつの思考パターンが想定できます」

「それはつまり」

「ひとつは、『露出する方のメリットとスリルを重視した』というもの。

そしていまひとつは、『あえて露出する何らかの理由があった』というものです」

「スリルっていうのは、それこそ自白衝動と裏返しの、逃亡犯によくある――」

「――そうです。とりわけ長期逃亡犯に顕著《けんちょ》なようですが、ある種の自信に裏打ちされた、ゲーム感覚というか、慢心《まんしん》というか、あるいは『自由なテリトリーをどんどん展《ひろ》げてゆく』といった心理。

これは、小料理屋の論点から、裏書きできます。

というのも、〈村上加奈江〉としての真正の本人確認書類が利用できる以上、なにも愛予市で営業を始める必然性は、無いからです。それこそ東京でも大阪でも、あるいはスリルというなら出身地の京都でもいい。そう、全国どこでもいい。それなのに、敢えて、最もリスクのたかい愛予市に店を出す――この事実は、美彌子が『スリル型』『ゲーム型』『慢心型』である可能性を、示唆《しさ》します」

「すると上内巡査部長、その場合は、当然」

「はい一課長。美彌子はラスト一箇月、愛予市あるいは愛予県内に潜伏する。その心理からして、高飛びして北海道だの沖縄だのに行くことはない。

　この思考パターンなら、そうなります」

「ただ、上内はもうひとつの思考パターンにも言及したな？」

「はい一課長。先の『あえて露出する何らかの理由があった』という、全く別個の解釈です。

　説明します。

　スリル型なりゲーム型なりのときは、表現はともかく、警察への挑戦意識がありま す。そこには大胆不敵さと、そして、ある種の愚かさがある。捕まえられるものなら捕まえてみろ、といった心理がある。

　ただ、越智部長。確か越智部長が小料理屋の客に当たったときは――」

「――うん、そうだなアリス。客が口をそろえて証言するのは、『淡々と』『堂々と』あるいは『優雅に』とまで思える、そんな態度だ。

　俺も何度か確認したが、女将には傲慢《ごうまん》さとか、慢心とか、あるいは挑発だとか、そういった態度はなかった。そこは供述調書でもあきらかだ。そう、『泰然自若』って言葉のとおりだ」

「私も越智部長の巻かれた調書を読ませていただいて、加奈江＝美彌子の、なんというか水墨画のような、鏡みたいな湖のような、そんな姿が瞳《め》に浮かびました。

それは、警察官たちが客として懐《なつ》いていたと、常連だったと、そうした事実からも補強できます。というのも、釈迦に説法ですが、警察官は情報漏洩《ろうえい》はもとより、私生活上の不品行《ふひんこう》でも懲戒処分を受けますから――だからとりわけ飲み屋のセレクションには、敏感が上にも敏感になりますから」

「だから上内は、小料理『かなえ』も、女将の加奈江も、挑発的な、傲慢な、リスク、、、の匂いのする存在ではなかったと、こう言いたいわけだ」

「まさしくです一課長。警察官は、危険な匂《にお》いのする飲み屋には、絶対にゆきません。またたからこそ、誰も『かなえ』と加奈江について、通報をしなかったわけです。

　そうすると。

　加奈江はスリル型でもゲーム型でも、まして傲慢型でもない」

「だが、加奈江は敢えて自らを警察官に露出している」

「そうすると、やはり、そこには『あえて露出する何らかの理由があった』と考えられます。これが推定される、加奈江＝美彌子の思考パターンの二です」

「ならば問題は」捜一課長は、まるで専務《センム》登用試験の面接をするように。「その理由──『恐ろしいリスクを冒してまで、敢えて自らを露出する理由とは何か？』に尽きるな。そしてその分析によって、次の一箇月の行動パターンも推測できる、かも知れん」

「それは、すみません一課長、まだ詰め切れていません。正直に申し上げれば、『データ不足』という感じです。

ただ。

断言できることがあるとすれば。

この不可解な露出こそが、美彌子の逃亡の利益になる。少なくとも、美彌子の逃亡の、欠くことのできない要素である。現時点、それは断言できます。ゲームでないのなら、挑発でないのなら、それは合理的な判断をした上での行動ですから。だから、一課長御指摘の『恐ろしいリスク』を上回る『すばらしいメリット』があった──どうしても、私にはそう思えます。というのも、美彌子の経歴を考えれば」

「京都大学の、刑法のセンセイだったな。それが愛予大の、法学講師になった」

「そして結果として、十年の逃亡を成功させています。

だとしたら、そこには緻密《ちみつ》で知的な計算があります。論理と計画がある。言い換えれば、〈村上加奈江の露出〉も、美彌子の逃亡に欠かせないピースのひとつ」

「まあ確かに、データ不足というのは正しい……だが、そこまで分析したのであれば、その合理的で知的な美彌子の、次の一箇月はどうなる？　これも女として、しかも若い女としての意見を聴きたい。というのも、美彌子は逃亡開始当時、二八歳だったからな」

「上甲班と城石管理官のPTとで、何度も議論させていただきました。結果、『場所と時は分からないが、必ず、次のアクションがある』という結果になりました」

「理由」

「小料理『かなえ』も加奈江も、そして『ルージュ』も暁子も、あきらかに美彌子の計算と計画によって用意されたもの。それらは、美彌子の逃亡パズルのピースです。重ねて、何故そんなことをするのかは解りませんが……

顧《ふりかえ》って考えてみれば、これらのピースは、とてもよく似ている。

警察官への露出。指紋の遺留。完璧《かんぺき》な本人確認書類。そして、逃亡というか消失」

「なるほど」

「つまり、美彌子にはイベントが必要だった」

「若干の飛躍はあるが、続けろ」

「しかも、本来の——変な表現ですが——逃亡者であれば、全く必要の無いイベントです」

「すると？」

「逃亡者であれば全く必要の無いイベントが、繰り返される可能性は、少なくありません」

「また露出してくる、また出てくるってことか？」

「それが愛予市か、愛予県か、はたまた日本のどこかは分かりませんが。仕掛けてくる可能性は、あります」

「我々にとっては望外のチャンスだが……

そうか、そこで議論がもどるわけだな。

美彌子は合理的な人間であって、しかも、不合理なことを定期的に、あるいは継続して行う人間だと。まったく動機は分からんが、それがいわば美彌子の性癖で、手癖《てくせ》だと」

「過去のパターンからすれば、そうなります。また私個人の意見としては、それは、必然的なピースで、だからどうしてもしなければならないもの——とも思えます」

「根拠」

「美彌子は、いわゆる常識的な女で、しかも、受動的な女だからです。よほどの理由と必然性がなければ、『かなえ』も『ルージュ』もありえなかった」

「……それはあれか、上内、美彌子の一件記録からの分析か」

「はい一課長。もちろん逃亡被疑者である美彌子の調書など存在しませんが、とりわけ十年前、傷害致死発生当時の、関係者の調書ならば無数にあります。段ボール箱、二桁《けた》単位であります」

（そういえば、越智部長、いつか言ってたっけ……

アリスは暇さえあれば、過去の事件記録を読み耽《ふけ》ってると。しかも越智部長は、『愛予署の刑事として、美彌子事件の記録はすぐ頭に叩きこんでおけ』っていうことも、言ってた。なるほど事件は現場で起きてるけど、捜査員は靴底を減らすだけじゃいけないってことだ）

現にアリスは、現場で靴底をペラペラにする激務のかたわら、こうして捜一課長に意見具申《いけんぐしん》ができるほど、過去の捜査書類を読みこんでいる。頭に叩きこんでいる。

「それらは家族親族、友人同僚等からの参考人調書、あるいは捜査報告書ですが――渡部美彌子は、京都の漁港の出です。父親は漁師でした。このあたり、美彌子の料理上手なところに、つながってきます。ところが父親が若くして病死してしまい、それからは母と姉の三人家族。母親は、やはり常識的な人でしたが、どうしても資力に問題があり、娘ふたりを連れて京都府内を転々としたそうです。美彌子姉妹は、小中学生の頃、四度、転校を経験しました。最終的には、母親は大衆食堂の店を開いて、京都市郊外に落ち着くわけですが、このことが、美彌子の性格形成にも大きな影響を与えています」

「確か、激しいイジメだな」

「はい一課長。転校する先々で。そして、最終的に落ち着いた先でも。子供は残酷ですから……とりわけ京都は歴史があるところ。言葉を選ばなければ、排他的で余所者《よそもの》には厳しい。

そこへきて、父親がなく母子家庭。家も率直なところ、貧しい。

それだけに、家族の絆《きずな》はとても強かったわけですが、この家族に対して、社会も学校も、けっして温かかったとはいえなかった……」

「アリス、確か美彌子、精神科医の受診記録があったな?」小西係長は、記憶をたぐるように言った。「PTSD、とか何とか」

「はい、受診の確認は捜査報告書のとおりです。カルテ等は開示してもらえませんでしたが、秘密にわたらない程度の供述調書は、担当医から巻けています。また、美彌子の大学教員時代の同僚からも、裏付けはとれています」

「あれ、正式な病名、何て言うんだ?」

「心的外傷後ストレス障害です。激しい心の傷、いわゆるトラウマを負ってしまったとき、それが精神に深いダメージを与えてしまう。症状としては、不眠からパニックまで様々にわたりますが――そのトラウマが生々しく記憶に浮かんでしまう、いわゆるフラッシュバックも特徴的です」

「それは、小中学生時代の転校とイジメによるわけだ」

「はい小西係長。イジメといっても、もう虐待《ぎゃくたい》レベルでしたので。罪名でいえば脅迫、窃盗、強要、強盗、もちろん暴行・傷害……このあたりも、比較的同情的だった同級生からの供述調書があります。

とりわけ美彌子は、そう、虐待レベルの扱いを日常的に経験していたので、圧迫的な大声・威圧的な大声に、とても敏感だったそうです。父親を幼くして亡《な》くしていることもあって、特に男の大声がすると、それがいきなり聴こえたりすると、例えば地下鉄の中でもキャンパスの中でも、フラッシュバックを起こしたり、起こし掛けたことがあるとか」

「フラッシュバックってのが起こるとどうなるんだ？」

「医師の供述が巻けています。美彌子の場合、激しい恐怖感情に襲われ——それはそうですよね、イジメの記憶の生々しい再現ですから——自分がどこにいるかも分からないような混乱に陥るそうです。もちろんその最中は、本人、イジメから逃げよう、イジメをどうにかしようと必死ですから、何をやっているのか、何をしてよいのかも分からない」

「まあ、パニックだと」

「小中学生の時代の、その現場にもう一度立たされたときのリアクション、ですね」

「なるほど。

確かに親父さん亡くして、母ひとり娘ふたりの家庭だと、男の大声なんて、まず響くもんじゃねえからな」

「そうですね。ただ他方で、それは、美彌子の強い家庭指向・結婚願望にもつながっています。もちろん、失われてながい父性を求める、という家庭的な事情もあれば、イジメ体験から、自分を守ってくれる存在を求める、という事情もあったと思われます。これについても、同僚・友人の供述調書があります」

「しかし、美彌子は確か京大卒だよな？　で、博士課程にまで行ったセンセイだよな？」

「そのとおりです」

「……社会的には、なんだ、その、俺達みたいなヤサグレた労働者と違って、まあ成功してたわけだ。生い立ちは気の毒だが、いってみりゃあ、エリートコースに入れたわけだからな」

「どう言うんでしょうか」アリスは若干、言葉を捜した。「そのイジメ体験は、美彌子に大きな不幸も与えましたが、同時に、逆境を耐え忍ぶ、そうですね……秘《ひそ》やかな強さ、じっと堪《こら》える我慢強さ、みたいなちからも、与えたようです。すなわち、努力するちから。だから美彌子は、秀才型・コツコツ型の、そういつもクラスで二・三番、ずっとそう、みたいな感じの生徒だったし、そんな学生だったとか」

「そいつは俺達にとって不幸なことに、この十年間の逃亡劇で、見事に証明されてるがな。それは関係者の供述調書を読むまでもねえ……」

「だから奨学金も勝ちとれたし、だから京大も卒業できたし、その努力が認められ、難関の大学人ポストに就職することもできた。先ほど再確認したとおり、実母は大衆食堂を経営していた苦労人で、その、まあ庶民的な人生を歩んできた人ですから、この美彌子の成功は、ほんとうに嬉しかったそうです」

「俺達が、あの夜の〈マル美オペレーション〉でも動員しようかって考えてた、あの母親だな？」

「そうです、マル美の面割りをお願いしようとここ十年接触を続けている、あの母親です」

「……確か、癌《がん》だったよな？」

「はい小西係長。本人と姉の供述調書によれば、美彌子の逃亡以前——つまり犯行以前に発症しています」

「あっそうか、事件発生のとき、もう入院してたんだもんな」

「そうなんです。胃ガン。ただ早期発見できて、手術も成功していますんで、さいわいにしてまだ御存命。ただ入退院を繰り返すなど、予断を許さないところはありますね。もちろん大衆食堂は、もう閉めています」

「最近は十年生存率、悪くねえからな。確か七割近くまであるはずだ。ただ入退院を繰り返すとか、介護とかになってくると、人手もカネも大変だろうに」

「もちろん美彌子は逃亡中ですから、そして家族は三人しかいませんから、そこは姉が頑晴《がんば》っているそうです」

「あれ、美彌子の姉ちゃんは、何やってるんだったっけか？」

「専業主婦です。美彌子が逃亡する半年前に、結婚式を挙げています」

「旦那《だんな》は？」

「高校時代の同級生で、中学校の国語の先生だとか。このあたり、美彌子の性格形成と似たところが、姉の方にもあるんでしょうね」

「すなわち家庭指向と結婚願望、そして、父性へのあこがれ」

「まさしくです。

もともと美彌子と一緒で、料理上手ですし、母子家庭で家事一般には慣れています し。それに姉の方は、学究肌・秀才肌の美彌子と違って、なんというか、ごく一般的な、家庭的なタイプだったそうです。短大を出たあと、そのまま母親の食堂で腕を磨きながら、ずっと交際していた同級生と、そのままゴールイン」

「しかも安定した公務員」

「学校の先生ですからね。ただ、もし警察官と似たような待遇なら、まさか贅沢《ぜいたく》な暮らしはできませんし、まさか美彌子の逃亡支援もできませんが……」

「しかしまあ、こう言っちゃあアレだが、姉ちゃん、美彌子の事件の前に結婚しといてよかったなあ。もし半年ズレてたら……」

「そうですね、指名手配犯の家族ですから、メディアの格好の餌食《えじき》。タテマエはどうあれ、『犯罪者の家族がのうのうと結婚するのか!!』なんて匿名《とくめい》の電話がじゃんじゃん架かってきたでしょうね。しかも、家の周りは落書きだらけ」

「美彌子、姉ちゃん、母ちゃん――なるほど、俺も再確認できたわ。

そしてアリス、お前が言いたい美彌子の性格ってのも、これまた再確認できた」

「そうです」アリスは捜一課長に赴《む》き直った。「私が先刻、美彌子は『常識的な女で、しかも受動的な女』と申し上げたのは、こうした美彌子の生い立ちと性格形成からです。

すなわち、美彌子は剛胆《ごうたん》な女でも、傲慢《ごうまん》な女でもない。浮ついた女でもない。むしろ逆です。幼い頃から逆境を経験し、苦難のなかで、それでも家族のサポートと愛を獲ながら、コツコツと努力を積み重ねてエリートになった女。しかも、PTSDを発症していますから、ひとのこころ、ひとの気持ちといったメンタルなものに、極めて敏感なはず。まして、その職業は大学教員、最後は愛予大学の講師です。法学者です。母子家庭。イジメ。苦学。病気。研究の道――

こうしたバックグラウンドから描かれるのは、突飛な人物像でも、攻撃的な人物像でもありません。そうした意味で私は、美彌子は『常識的』『受動的』と申し上げました」

「そして」捜一課長がつぶやく。「そこから導かれる結論が」

「『かなえ』という舞台も、『ルージュ』という舞台も。あるいは村上加奈江なる女将も、暁子なるホステスも――

合理的な理由があって用意されたもの。

さらに、必然的な理由があって用意されたもの。

もっといえば、それは、彼女が望んだものでもなければ、仕掛けてきたものでもない。

だからこそ――」

「――その何らかの合理的な理由で」捜一課長は頷《うなず》いた。「また新たな舞台、新たなイベントが用意されるかも知れん。そういうことか」

「巡査部長の、駆け出しの身で恐縮ではありますが、我々はそれを嗅《か》ぎつけ、それに食いつく態勢をとる必要がある。そう考えます」

「……上甲、どう思う」

「上内が整理してくれたお陰で、儂《わし》、また確信できたことがある」

「何だ？」

「イベントなんや。舞台や」

「なんだと？」

「捜一課長《イッカチョウ》、よう思い出してみい。小料理『かなえ』に通っとった、本官《ホンカン》の証言」

「常連の、警察官客か？」

「ほうじゃ。儂、印象に残った言葉がある……『堂々』『自信満々』『泰然自若』じゃ」

「それはあれだな、警察官客が、美彌子にいわば直当《じかあ》たりしたときの、美彌子の反応」

「それを嚙《か》み締めとると、見えてくる……儂自身も、観察しとるけん。おい、二宮よ」

上甲課長は、捜一の二宮係長を指名した。

「あの夜。マル美に逃げられたあの夜。マル美が乗車したタクシーに最接近したんは、二宮、お前やな？」

「そうです上甲課長。あと一歩のところで通過されまして。飛んだ失態です」

「失態は失態でも、儂より軽いわい。最初に乗車を現認《げんにん》したの、儂やけんの」

（ホントは、僕でないといけなかったんだけど……それこそ飛んだ失態だ……）

「マル美のツラ、現認したな？」

「どうにか。タクシーの後部座席左側。ウィンドウ越しに、数瞬だけ現認できました」

「一言でいうたら、どんなツラじゃ」

「それは……あっ、はい、『堂々』『泰然自若』でした、自信満々、かどうかは思い出せませんが、とにかく……まるで自宅へ帰る勤め人のような。買い物帰りの主婦のような。まったく自然で、気負ったところも焦《あせ》ったところもなく」

「それは事実や。その表現も正確や。なんでかゆうたら。

ドライブレコーダの録画もそうなっとるし、それ以前に、儂もマル美のツラ、現認したけんの。いや、それは順序が違とる。第一発見者が儂や。それで無線吹いて、二宮や小西らが駆けつけた。

ほやけん。

儂は指揮車の、あのワゴンのモニタで現認した。酔客《すいきゃく》を見送ったマル美が、だから一方通行の道路の東端におったマル美が、『堂々と』『泰然自若として』スタスタ西端に歩いていって、『堂々と』『泰然自若として』流れとるタクシーを止めて、以下オナジクでスルリと乗った」

なるほど、あの一方通行の道路は、北へ抜ける道路だ。そして地図で見たとき、スナック『ルージュ』は道路の右にある。もちろん、店のドアもだ。だからドア付近では、タクシーは止められても、そのまま乗車できない。地図でいう左側のドアから乗らなきゃいけないからだ。だから、道路の対岸へゆく。タクシーを止め、後部左側のドアから乗車し、そのまま発車――

(改めて考えてみれば、随分、大胆な動きだ。店に帰らなきゃいけないのに、だからドアを目指さなきゃいけないのに、まるで反対側に行くわけだから)

しかし。

ということは。

マル美がタクシーに乗ったのは、あきらかに、突発的な行動じゃないってことだ。少なくとも、店の外に出る前から行動をシミュレーションしていなければ、こんな振る舞いはできない。

――当然それを見切っている、上甲課長が続ける。

「儂はその姿と、ドライブレコーダの録画を観察して、確信した。念の為、もう一度『ルージュ』の録画も観察して、駄目押しした。間違いない。なんでかゆうたら、ぜんぶや、ぜんぶが一緒の態度やけんの」

「オイ上甲、ひとりで納得するな。お前は何を確信したんだ？」

「儂、もう九回は言うとる。今日、この捜一課長検討の、頭の方でも言うとる」

「だから何を」

「――マル美は気付《ヅ》いたんと違う」

「なんだって？」

「一〇回目の記念に言い直そうわい。

あの暁子はな、儂らが入店してから、自分が狙《ねら》われとることに気付《ヅ》いたんと違う。もっとゆうたら、儂ら見て、警察官が来たとか指紋を採りにきたとか気付《ヅ》いたんと違う」

「なら何故逃げる⁉」

「最初から、知っとったからや。あの態度は、ぜんぶ、最初から舞台の筋書き知っとる、女優の態度じゃ」

第2場

捜一課長検討が終わった、その夜。

正確に言えば、当直もなく、変死もなく、傷害も強制わいせつもなく、僕が八時過ぎには独身寮に帰れた、その夜。

明日も平日なので、十一時過ぎに布団《ふとん》に入り、爆睡していたとき、スマホが鳴った。独身寮では、着信音量を最大にしてある。強行係ともなれば、要は事件屋。いつでも呼び出しがあるし、バイブの震動ではまさか起きられない。

(この着信音は、強行係の誰かだ)

着信音も、いわば専用にしてある。自署管内で殺人が起きました、刑事部屋いちばんの下《した》っ端《ぱ》が、六時間遅れで警視正出勤しました——なんて、その日のうちにデスクが無くなる破廉恥《はれんち》だから。

大声で鳴る着信音に眉《まゆ》をひそめつつ、数週間は乾《ほ》していないペラペラの布団を撥《は》ね飛ばす。パジャマのボタンを片手で外しながら、着信画面を見た。

（この番号は、アリスだ。なら呼び出しでガチだ。まさかデートじゃないだろうし）

——そして時刻は、深夜二時前。

（当直の誰かで対処できない、人足《にんそく》のいる事件ってことだな……）

「もしもし原田ですっ」

『ミツグ？　あたし』

「今度は何？」

……刑事歴二箇月の僕だけど、呼び出しのなかった週の方が少ない。慣れっこと言えるほど場数を踏めていないけど、夜の何時でも、臨戦態勢はとれる。通信指令室でいうところの、そう一一〇番でいうところの『もしもし愛予県警察です。事件ですか、事故ですか？』みたいなノリだ。

『火事よ』

「うわあ」

『この嬉しさが解るってことは、かなり強行に馴染《なじ》んできたわね？』

「そりゃある意味、変死よりヘビーだからね」

『まだ状況詳細不明だけどね。ただ、小西係長は総員招集を指示したわ。つまり』

「火事ってだけじゃなく、事件性がある」

『かも知れない。だから急ぐ。四〇秒で支度《したく》して』

「原田巡査長、了解っ」

――僕は、かなりラフな格好で独身寮を出た。車を飛ばす。交番時代は、まだ自動車通勤の許可が下りなかったけど、さすがに強行刑事ともなると、車がなけりゃ話にならない。愛予県は、まさか東京でも大阪でもないから。バス、電車が終わるのはとてもはやいし、タクシーなんて小洒落《こじゃれ》たもの、二時三時に捕まえるのは、シャブや侵入盗《ノビ》を検挙するより難しい……

ということは、道路事情はベストなわけで。

アリスから入電があった一五分後には、警察署が借り上げた駐車場に、車を入れることができた。そのまま愛予署までダッシュする。

(なるほど、バタバタしてたら)

基本どおりなら、当直班の誰かが、署の玄関で立番《りつばん》していないといけない(あの『ひのきのぼう』みたいなのを構えるアレ)。そして、エントランスを入った先のカウンタ内では、当直班が合宿のノリで、事件事故に備えながらウダウダしているはず。言い方はアレだけど、まあ、火事を待っている消防士みたいな感じで――

（それが、当直長以外、誰もいない）

つまり八人か九人はいる、当直班の総員が出張《でば》っているってことだ。

僕は二階への階段を駆け上がった。右に折れてすぐが、刑事一課だ。

二十四時間開放されている、その刑事部屋に飛びこむ。今夜当直班だった誰かがいるかも――と思ったけど、大部屋は蛻《もぬけ》の殻《から》だった。

（どのみち火事だ。肉体労働だ）

遅かれ早かれ、僕も現場臨場する。そりゃそうだ、最若手の労働力だ。

僕はバックヤードに――というかあの会議室兼倉庫に入ると、ラフな格好から、ある意味さらにラフな格好に着換えた。着換え、着換え、着換え。警察学校の頃からさんざん躾《しつ》けられてきたことだけど（制服夏冬合《なつふゆあい》・活動服・出動服・柔剣道着・ジャージ……）、確かにあの理不尽なまでのコスプレ躾には理由がある。とりわけ強行刑事にとっては、いかに着換えをはやく終えるかが、早飯早グソ以上に必要なスキルだ。参考人調書を巻きにゆくとなればスーツ。被疑者の行動確認をするとなれば『いかにもな若者風』。放火犯の邀撃《ようげき》捜査をするとなれば『夜に溶ける真っ黒系』。当直班で泊まるなら活動服に警棒・手錠・拳銃《けんじゅう》のフル装備。術科《じゅつか》の朝稽古《あさげいこ》が開催されるとなれば柔剣道着。そして。

（そして火事となれば、変死同様、あの機動隊の出動服《ワッペン》だ。働くからなあ……）

そう。

実は変死と火事は、強行刑事の魅《み》せ場といっていい。言葉を選ばないなら、二大演目だ。

昔から『火つけ、殺し、強盗《たたき》』といわれてきた強行事件だけど、まさに変死は殺人と、そして火事は放火と直結している。というか、最初は誰も、犯罪なのかそうでないのか分からない。だから変死があれば強行刑事が飛んでゆく。それは火事でもそうだ。

（まして、変死と火事が魅せ場なのは、もっとしみじみした理由があるんだよなあ）

……変死でどういう肉体労働があるかは、もうさんざん経験してきた。そして僕が刑事になったのは一月、まさに真冬なので、幸か不幸か火事にも（変死ほどの件数じゃないけど）それなりに臨場している。というのも、何故《なぜ》か火つけの名産シーズンは、冬だからだ。そして、変死とは違う意味で、交番時代には想像もしていなかった『仕事』をした。

（なんと、シャベルと鶴嘴《つるはし》で、現場の掘り起こし……）

……考えてみれば、アタリマエのことだ。

火事ともなれば、家だのビルだのが燃えてしまう。程度問題はあるけど、現場は焼け残り。ひどくすれば焼け野原だ。爆撃のあとみたいなもの。これすなわち、証拠品だろうと人間だろうと、燃えてしまうってことだ。いや、もう何が証拠品で何が瓦礫《がれき》なのか、真っ黒の消し炭《ずみ》の山で分からない。しかも常識で考えて解るとおり、消防士が消火活動を、思いっ切り派手に行ったあと……つまり火事の場合、まず火そのものが現場を破壊し、それに対処するための消火活動・救助活動も、仕方が無いけど現場を崩してしまう。

ところが。

さっきから言っているように、強行刑事が火事現場に臨場するのは、『それが犯罪なのかそうでないのか分からない』からだ。もっと言えば、『もし犯罪＝放火だったとしたら、警察が捜査を始めなければならない』から。そして、そうなると必然的に、『これはいったい自然現象なのか、放火なのか？』といった見極めが必要になる。このことは、変死において『これはいったい自然死なのか、殺人なのか？』といった見極めが必要になるのと、まったく一緒だ。

つまり。

強行刑事は、爆撃のあとのような火事現場で、犯罪捜査を――少なくとも犯罪かどうかの調査を、始めなければならない。そして、火事現場はまさか喋《しゃべ》っちゃくれないから、『証拠』を集めなきゃ調査も何もない。

（だから、派手に燃え上がったその暁《あかつき》、そうまさに払暁《ふつぎょう》から、鶴嘴ふりあげてどっこいしょ。スコップかち入れてどっこいしょ）

しかもそこは、採石場でもキャンプ場でもない。犯罪現場かも知れない所だ。ただ穴を掘るのとは訳が違う――そう、『証拠品』を掘り当てるために、ほんとうに慎重に、『発掘作業』をやってゆく。

（時に、強行刑事が目指す『おたから』は、どろどろに熔《と》けたライターの残骸《ざんがい》だったり、奇跡的に焼け残ってたマッチ箱だったりする……）

まして死体が絡《から》んできたら、役がつく。焼死体の変死取扱いとの、合わせ技だ。エジプトの王様が眠っている（かも知れない）、ピラミッドの発掘みたいなもんだ。

そして、警察官はお金のために働くもんじゃないけど、じゃあ火事現場で汗だくのドロドロの肉体労働を一日やって、出動服から軍手から顔からぜんぶ真っ黒にして、それにどれだけの手当がつくかっていうと――なんと『緊急業務処理作業手当』一回

一、二四〇円なり。しかもこれ、勤務時間内で作業が完結してしまったら、一円ももつけてもらえないっていうスグレモノだ。

（変死のこともそうだけど、刑事のこういう実態は、もっと人々に知ってもらいたいなあ。

そういう意味で、あの中学生の時に視《み》たドラマ、事件は会議室云々《うんぬん》のドラマは、今考えても斬新《ざんしん》で、おもしろい。あれが警察部内ですごく人気があるってのも、頷《うなず》ける）

――刑事が意外に多弁で、仲間内では自分語りをしたがるのは、きっと、こういう『言っても解ってもらえない』『言っても誰も変えてくれない』『どうせ俺達がやるしかない』っていう、プライドと表裏一体の諦《あきら》めだろう。そりゃそうだ。死体見分一回一、六〇〇円、火事の処理一回一、二四〇円。もちろん、時給じゃない。内容だって、直腸温だの脱糞《だっぷん》だの肝炎だの土木作業だの炭火焼き死体だの――質にしろ額にしろ、ぶっちゃけ、ファミレスでバイトする高校生にも失笑されちゃうレベルの『待遇』だ。ブラックとまでは言わないけど、そして警察官になった以上命令されたことは実行するけど、刑事っていう『社会の最後の片付け屋』は、ドラマでは絶対に採り上げてくれないほど過酷で、薄給。あのドラマでもまだまだ足りないほど、厳しいものだ。

（まあ、だからこそプライドを持たないと、とても続けられない）

刑事一家の団結力が、警備公安とはまた違った意味で強いのは、『武士は食わねど』『男は黙って』の痩《や》せ我慢をしあう同志だから、だろう。アリスが聴いたら怒るかも知れないけど、アリスだってそのメンタリティは、ぶっちゃけ男のそれだ。実際の性別にかかわらず、仁義とか任侠《にんきょう》とか、同じ釜《かま》の飯を食ったとか、渡世《とせい》の義理とか、そうした『おとこくさい』メンタリティがないと、とても刑事は、特に強行刑事は務まらない。なるほど、べらんめえでがらっぱちになる訳だ——

「おう、原田お疲れ」

「あっ、越智部長お疲れ様です!!」

「火事、火事、火事と」越智部長はさっそく出動服に着換えながら。「朝も早よからカンテラ提げて、なんて歌があったらしいが、あれ何の肉体労働の歌だったかなあ」

「朝も早よからツルハシふって、ですね部長」

「まさしくだ。朝も早よから見取り図描いて」

「朝も早よから着火物《ちゃっかぶつ》捜し」

「朝も早よからウェルダンの死体ってなわけだ」

「——えっ死人出たんですか？」

「俺もいま来たところだから、『事案詳細ハ不明ナルモ』ってテンプレどおりの状態なんだが……アリスが電話越しに怒鳴っていたところでは、がっちりマル変も着いてくるらしい」

「うわあ、合わせ技ですね」

「そういえば原田、霊安室のお清めの塩、切れてたろ？」

「あっそうですね。

しまったなあ、懐中電灯の電池はしこたま仕入れておいたのに。

通り掛けにコンビニ寄れば——でも出動服《ワッペン》は目立ちますからね」

「普段の捜査なら大抵の用事はこなせるが、出動服《ワッペン》系はラーメンひとつ食いに行きにくいからなあ……」

着換え終わった僕らは、会議室から大部屋に出た。するとちょうど、こちらは活動服姿のアリスが駆けこんでくる。ちなみに活動服っていうのは、あのブルゾン・スタイルの制服。それこそ交番時代、僕もずっとこれを着ていた。

「おうアリス」越智部長が手を上げる。「パンツスーツ姿も凛々《りり》しいが、制服姿もまた魅力的だな。こう、斬新というか。コスプレというか」

「バカいわないでくださいよ越智部長」アリスは先輩をバッサリ斬《き》った。「越智部長、ミツグが着任するまであたしとコンビだったじゃないですか。当直班も一緒だったでしょ」

「アリス、活動服のフル装備ってことは」僕は訊《き》いた。「今夜、当直だったんだ」

「まさしく。ちなみに小西係長も一緒だったわ。ついさっきまで、一緒に臨場してた。長丁場《ながちょうば》の大仕事になりそうだから、招集掛けて、みんな集めて、とりあえずあたしが署からピックアップする――ってことになったの。だから上甲課長が到着し次第、あたしのトラックで出向よ。

ミツグ、解ってると思うけど、土木系の装備資器材、すぐに積みこんで」

「了解っ」

「それでアリス」越智部長が訊いた。「現時点での、事案の概要は？」

「あっすみません越智部長。

〈放火の蓋然性《がいぜんせい》が著しくたかい〉火事です。何せ、死体出てますんで」

「民家？」

「民家……ですね、はい」

「それがこの夜中にもう分かっているってことは、全焼じゃあないな」

「半焼未満です。それで投光機の灯り――あと消防さんの灯りでも、現場を踏めました」

——さっき、冗談半分で『朝も早よから……』なんて言っていたけど、真夜中の全焼ともなれば、現場は真っ暗。どっぷりした闇《やみ》そのものだ。証拠品を発掘するも何もない。払暁の光を待つしかない。だから、この夜中に現場が踏めたってことは、そういい、民家に入れたってことは、まさに家が家として残っていたからだ。越智部長の発言は、そういう意味だ。

「さっきのお前の電話では、死体、よく焼けているらしいな？」

「第Ⅳ度です越智部長」

「うわ、炭か」

「もう片方は第Ⅱ度ですけどね」

「え」僕は絶句した。「おふたり？」

「あら言ってなかった？」

「なるほど、人手がいるわけだね……」

「で、アリスよ」越智部長はもちろん動じない。「当該ふたり。もう身元割れているのか？　当該民家の家人《かじん》？」

「少なくともひとりは、確実に割れてます」

「もうひとりは——そうか炭だったな。なら解剖まで行くな」

「そうですね。そもそも、当該もうひとりは、家人でも何でもないそうなので」

「もうそこまで断言できるのか。」

「じゃ確実に身元割れているホトケさん、身元割れている方のホトケさん。単身者か何かか？」

「そうです。だから事件性が疑われてます」

なるほど。第Ⅱ度火傷なら、瘡蓋《かさぶた》や水疱《すいほう》。それなら、面割りができる可能性が強い。仮に面割りが無理でも、身体特徴なり歯型なりが残っている可能性も強い。だから身元は割れる。

ところが、身元の分かったそっちは単身者。その単身者の民家とやらに、まだ身元の割れない死体、炭化した謎《なぞ》の死体がある——『じゃあ第Ⅳ度のそっちは誰？』『何かヤバくない？』という話になる。それは当然なる。このあたりは、ミステリ小説と変わらない。

「それでアリス、当該第Ⅱ度の家人。身元割れている方。何者なんだ？」

「ああ、警察官です」

「……なんだと？」

何処《どこ》の何奴《どいつ》だアリス、その、病院で死なずに強行係を酷使する不心得者《ふこころえもの》は」

「バカ、越智。

軽口叩いとる場合やない」

——新しい声。もちろん、聴き慣れた声。

真打ち登場、とばかりに、ノシノシと刑事部屋入りしたのは——

「上甲課長、お疲れ様です!!」

「おおアリス、出迎え御苦労やな」

「すぐにトラック準備します」——

刑事部屋入りしたのは、冬眠から醒《さ》めたような、上甲課長だった。

その上甲課長に、越智部長が訊く——

「大将は、当該焼死した警察官、もう御存知なんですか？」

「御存知も何もあるか。

警察本部警備部のナンバー・ツー、警備部参事官、清家《せいけ》警視じゃ。焼けたのも官舎じゃ」

第3場

刑事一課のトラックは、古びた細い街道に着いた。

愛予県は、田舎だ。県都・愛予市といっても、愛予城がある城山《しろやま》のたもと――繁華街・官庁街から車を一〇分も飛ばせば、昭和の香りがする田園風景に出会える。田園風景というとお洒落だけど、まあ、畑と田んぼがナチュラルに点在する、どこにでもある日本のド田舎だ。

この細いバス街道も、森と川と野原に事欠くことがない。

そして火事の現場《げんじょう》は、そのバス街道をちょっと折れた、ほんとにささやかな住宅エリアにあった。地名でいえば、愛予市寿能町《じゅのうちょう》というところ。愛予署管内では、『国境』というかいちばん外れで、すぐ隣は愛予南署の下河原町《しもかわらちょう》と、愛予西署の鉄砲町《てっぽうちょう》となっている。

「微妙なエリアだな」越智部長がいった。「ちょっと外れれば、直撃弾は南PSか西PSだった。しかもこれ、解剖どころか捜本《そうほん》、立ちそうだしな……」

「そうしたら美彌子どころじゃないですね」アリスが運転席からいう。「放火の捜本となったら、愛予署、ふたつめですから。もうこれだけで愛予署の強行、身動きとれない」

「バカ、越智、上内」

上甲課長は怒った。けれど、そこには管理職の苦悩が確かにあった。

（上甲課長は、努めて演技してるような――あるいは自分で自分をそう規定してるような、単純な猪武者《いのししむしゃ》じゃない）

それどころか実は、恐ろしく緻密《ちみつ》だ。それは、この短い上甲班での見習いで、数々の現場で、痛いほど解った。その上甲課長が、ボソリと続ける。

「刑事は現場踏んでなんぼじゃ。よろこべ。

それに警察本部の、参事官のヤサや。ウチの管内に決まっとろう」

（言われてみれば、そんなもんかな）

僕の独身寮だって、署の管内にある。それが警察本部の古株警視となったら、そりゃ、警察本部のなるべく近くに官舎があるだろう。いや、会計課がそういう風にするだろう。

だから『火元の当事者が警備部参事官』――ってだけで、ウチへの直撃弾だって可能性は、大になる。愛予署は警察本部も管轄《かんかつ》する、筆頭署だ。

「ですが大将」越智部長がいった。「警備公安のナンバー・ツーにしては、かなり外れた所、あてがわれたもんですね？　警察本部の会計課も、ちょっとえげつないなあ」

「……警察ゆうんは、そういうとこじゃ」

（ちょっと解りにくいけど、話の流れからすると、落ち目になると処遇もえげつなくなる、ってことかな？

あっ、そういえば美彌子事件。マル害の白居《しらい》公安課長も、第一発見者の東《あずま》捜査二課長も、確か『警察本部から自転車一〇分』の官舎に住んでたはずだ。そして、ふたりとも東京からのキャリア。なるほどそういうことか……）

「といっても上甲課長」アリスはトラックを路地に入れ始めた。「清家《せいけ》参事官、この三月で定年退職ってことは、六〇歳ですよね？」

「ほうやの」

「とすると、御自宅をかまえていても面妖《おか》しくないと思うんですが。官舎ではなく」

「……確か清家は」上甲課長は参事官警視を呼び捨てにした。「嫁はん、病気で亡くしとる。因縁の、美彌子事件のあとじゃ。験《げん》の悪いことは、続くらしいな」

「御病気ですか？」

「なんや、心臓病の重い奴や。難しい手術もあったらしい。それも、失敗したんか、予後が悪かったんか……脳に障害が残っての」

「じゃあ、介護を」

「清家は、刑事部門にしてみれば、因縁あるヤクザや。そもそも儂は、事件を潰《つぶ》そうとする奴なんぞ許せん。ただの」

清家は清家で、美彌子事件のあと、人生が狂った。城石もいつか言うとったが、警視正への切符を奪われた。重病の嫁はんも逝《い》った……それも事実や」

「その奥様は、いつごろお亡くなりに？」

「四、五年前じゃ。警察名物『弔事連絡《ちょうじ》』の回覧で見た」

なるほど、あれは確かに『警察日報』とならんで回覧されてくる。しかも、警察日報より真剣に読まれている気がする。それもやはり、警察が〈警察一家〉だからだろうか。

「ああ、じゃあ、そうしたら――」

アリスはいよいよトラックを、現場《げんじょう》隣の、砂利《じゃり》の駐車場に置いた。大地主が土地の使い方に困って、ただっぴろい空き地を適当な貸し駐車場にしている――そんな感じの、かなり大きなスペースだ。もちろん、土木作業部隊としても、現場活動部隊としても有難い。大型車を置くのにも、ブルーシートをひろげて作業するのにも、ひょっとしたら死体見分をするのにも、あるいは、いよいよテントを立てるのにも使えるからだ。

「――もう御自宅をかまえている必要が、無くなったんですね？」

「ほうやろな。子供も、おらんかったんと違うか」

「大将、さっき取《あ》り敢えず確認しました」越智部長がポケットのメモ帳を出した。「清家参事官ですが、確かにお子さんはおられません。御自宅は、かつては諏訪《すわ》警察署管内にあり、愛予市からは電車で二時間。

だからこの、寿能町の官舎にお住まいだった。

奥さんの事情もあり、もちろん単身です。それはアリスから報告があったとおり。

そしてその諏訪PS管内の御自宅ですが、もう売却処分の段取り、終わりつつあるらしいです。よって定年退職後は――官舎から出なきゃいけませんから――愛予市内の分譲マンションから、再就職先に通勤する予定だったとのこと」

「ほう、越智。警備公安の幹部のこと、ヤケに詳しいの。ネタ元はどこぞ？」

「実は、土居署長です」

「なるほど」上甲課長はニヤリと笑った。「使えるもんは、オヤジでも使わんとな」

「署長も、筆頭署長で警視正なのに、朝の二時から叩き起こされて、まあ大変ですね」

「それくらいしてもらわんと。警視正で筆頭署長でハゲポンなんざ、話が美味《うま》すぎるわい」

「ハゲは関係無いと思いますが……」

――僕らは刑事一課のトラックから下りた。現場《げんば》は、すぐ隣だ。

さすがに火事のときの、あのすごい匂いがする。もちろん煙の匂い。燻《いぶ》したような匂い。濡《ぬ》れた炭の匂い。生焼けの木の匂い。消火剤の匂い。

(確かに消火活動は、終わったみたいだ。それに、現場周辺ももう、落ち着いてる)

火事なので、当然、ギャラリーの皆さんはいる。これは交通事故でも列車飛びこみでも変わらないが、火事だとふつう、格別におおい。野次馬根性、というのもあるだろうが、火は人間の本能のどこかを、確実に刺激するんだろう。例の、冬場に火つけが頻発《ひんぱつ》するってこととも、関係がありそうな気がする。

(ただ、元々がド田舎地区だ。ギャラリーも、袢纏姿《はんてんすがた》や、パジャマにコートの御近所さん。しかも数人だけ。愛予の市街地みたいな雑踏《ざっとう》にはならないし、田舎は田舎で、

御近所意識が強い。あからさまな野次馬は、いない）

消防車とPCと捜査車両のライトが、現場をドラマのように照らし出している。赤色灯は交番勤務のとき見慣れているけど、やはり午前二時三時の赤灯《あかとう》の回転は、アドレナリンを分泌《ぶんぴつ》させる。

――外周警戒には、地元の交番勤務員が当たっていた。

といっても、ギャラリーがおおくないのと、もう専務員も消防士も臨場しているので、そんなに気張って警戒するステージじゃない。まして、ひなびたエリア。ロープその他で規制線を展《は》る必要すらない。

（なるほど、官舎はかなり焼け残ってるな。平屋建てだ。木造家屋の、一軒家）

そしてアリスが半焼未満と言っていたとおりだ。家の、なんというか外枠なり外殻《がいかく》は残っている。これなら、爆撃現場の発掘作業にはならずにすむかも知れない。

もちろん玄関も残っている。

もう現場を踏んでいるアリスは、外周警戒の交番勤務員をガン無視して、清家参事官の官舎へ入ってゆく。上甲課長は『入るぞ』とだけ声を掛け、越智部長は『お疲れ様』と手を上げ、そして僕は『原田です、入ります』と室外の敬礼をした。交番勤務員が、ちょっと緩やかなテンポで答礼する。

(アリス、上甲課長、越智部長はもう刑事のベテランだから、交番の警察官に気を遣う必要がない)

ただ、僕はこの一月の終わりまで、まさに交番の警察官だったのだ。もちろん、いま外周警戒をしている初老の警察官とも顔見知りだ。そんな僕が、アリスたちのような態度をとろうものなら、刑事部屋以外で署を歩きにくくなる……やっぱり警察はカイシャだから、このあたりの人間関係は、かなり微妙だ。

薄暗い玄関で靴カバーを二重に嵌《は》めて、三和土《たたき》から廊下に上がる。一階の——というか平屋建てだけど——主要ルートは、もう厚手のビニールで蔽《おお》われていたし、青いシートを使って、臨場員が歩いてよいコースが既に設定されていた。誘導灯というか、ライトまで列《なら》んでいる。

玄関を上がってすぐが洋室。ちょっとした応接間のようだ。そちらは燃えていない。ちょっと廊下を歩くと畳の和室。その奥にはさらに台所、風呂場、トイレがあるようだけど、ガンガンに燃えてしまったのは、この和室。というか、この和室だけ。焼け落ち方からいって、ここが火元で、ここがメインの現場だろう。

和室和室、といっているけど、もちろん『元和室』だ。

天井から壁から襖《ふすま》から、和卓、箪笥《たんす》といった家財道具にいたるまでウェルダン。真っ黒い基調色に、消火剤の名残りと思《おぼ》しき泡、そしてもちろん水浴びの跡が入り混じって、『今日もよく燃えたなあ』といいたくなる。脚を踏み入れることができたのが、不思議なほど。

その和室は、強い投光機複数で照らし出されているようだ。室内はかなり明るい。するの奥の方から、出動服姿がひとり、歩いてきた。僕らと廊下で落ち合う──

「大将、お疲れ様っす」

「おう、小西」上甲課長は淡々といった。「現時点、どないなっとんぞ」

「初期消火の方、成功しましたんで、消防さん一時上がります。夜明けとともに、出火原因の調査に合流したい、とのこと」

「あちらさんはあちらさんで、視ることがあるわな……

それで？　儂らの仕事の方は？」

「警察本部の機動鑑識、それにウチの鑑識係がすぐ臨場してくれたんで、初動はいちおう一段落。あとは強行刑事で、それなりに動かして大丈夫って了解、もらってます。ただ死体出てますんでね。俺とアリスで二体見分してもよかったんですが、何せ、燃えちまった人が燃えちまった人だ。それに」

「もう一体は、第Ⅳ度の炭化」

「どっちも、まあ気合い入れて視とかねえといけねえ」

「検視官は？」

「現在臨場中」

「捜一は？」

「オナジク」

「……どっちも遅ないか？」

「ちょうど久磨《くま》高原《こうげん》署管内で、嬰児殺《えいじさつ》……の可能性がある変死が出たそうで。当番の検視官も、動ける捜一班も、そちらに急行。身動きとれず。仮にそっちが事件性ナシだったとして、こっちに転進できるのは、まあ夜明けでしょうね」

「なら視とこか」

「外のハロゲンライトにします？」

「ここでええ」

上甲課長は昼飯に行くような口調で、現場の和室に入った。僕らも続く。もちろんこの段階で、総員、白手袋を嵌《は》めている。さらには、軍手も用意している。

「……よう燃えたの。しかも、ガソリンじゃ」

「匂いから確実ですが、そこも詰めなきゃいけねえ。

ただ失火じゃねえことは、ほぼガチ。なら強行係のお仕事のネタ、ってのもほぼガチ」

——それはそうだ。一軒家の奥まったところにある和室に、ガソリンは持ちこまない。百歩譲って何かの事情があるとして、これだけ部屋を焼ける量のガソリンは持ちこまない。ということは、『間違って火を出してしまいました』『犯罪じゃありません』って可能性が、ほとんど零《ゼロ》になったってことだ。

「八畳間やな。参事官閣下にしては、うら寂しい」

「玄関入ってすぐに洋室がありますが、鑑識の現時点での判断によれば、そちらはほとんど使用されてなかったって話です。遺留指紋とか足跡《そくせき》とかで分かりますから。で、台所なりトイレなりに近いこの八畳間が——ほら、燃えちまってますが、布団を入れてた押入もあるでしょう？　ここが、衣食住の生活空間だったと視て間違いないとのこと」

「それで、卓袱《ちゃぶ》台《だい》ゆうか和卓もある」

「そのとおり」

「客間でもあった」

「そうなります。ちょっとした庭に通じる縁側《えんがわ》もありますが……ありましたからね。言い訳がましく設《しつら》えた六畳の洋間よりは、まあ風情《ふぜい》がある」

「現場の採証は？」

「採取できた証拠品は、鑑識が作業中。隣の駐車場でもやってますし、PSに搬送しなきゃいけねえ奴は、もう出発してます」

「現状の保存は」

「写真撮影はバッチリ。図面はアリスがもう引いてます。どのみち御札《おふだ》とって、夜明けに検証でしょうが」

「着火物出たんか」

「ライターの熔《と》け残りが出てます。ポリタンクの残骸《ざんがい》も。これまた、どのみち更なる発掘作業が必要ですがね」

「ほしたらいいよ」

「強行刑事の魅《み》せ場ってわけです」

すなわち、死体見分だ。可能性としては、御札とって検証・鑑定だろうけど。とりあえず、そういう捜査手続を始める前に、『事件性があるのかないのか』を見分しないと何も始まらない。そして上甲課長なり小西係長なら、検視官や捜一が来られなくとも、実力的に何の問題もない。

――上甲課長は、その死体に近寄った。

「こっちの第Ⅱ度は、ここ、和室の出口近くで発見された。これはええな？」

「大丈夫です。そこは鑑識のやること。上甲課長が臨場するまでに、原状回復してます。死体の位置は、玄関への襖《ふすま》の近く、まさにそこ」

上甲課長は、火傷《やけど》に――瘡蓋《かさぶた》と水疱《すいほう》と赤い斑《はん》に――蝕《むしば》まれつつも、炭化した部分は比較的かぎられる死体を見遣《みや》った。熊が蹲《うずくま》る感じで片膝《かたひざ》をつき、立てたもう一方の膝に肘《ひじ》を載せながら、それこそ獲物を見定めるように、死体の観察を始める。

「俯《うつぶ》せやな」

「七転八倒したかも知れませんがね」

「火元からは遠い」

「観察からでもそうですし」小西係長は元和室の中央を顎《あご》で示した。「燃え具合からもそう言えます。火元はあの、和卓の付近。それは、燃え残り部分の形状から明白」

「断言はできん」

「ならより客観的に言うと、着火物及び燃料が――燃料容器ですが――発見されたの、和卓の付近だし」

「なるほど」上甲課長は、しかし眉《まゆ》をひそめた。「ほしたら、気色悪い」

「若干ね」

（何が気色悪いんだろう？）

僕が疑問に思っていると、越智部長がさりげなくフォローしてくれた。

「火元が和室中央、和卓ってことは、そこでライターを使ったと考えるのが自然ですね。

でも小西係長、死体の位置は、和室の出口――玄関への出口。ということは」

「そうだろ？　焼死のイロハだ。発火点と躯《からだ》が離れてるってのは、逃げようとした――とも解釈できるからな。それも自然な話だ。だが、逃げようとしたとなると」

「覚悟の自殺、とは断言できなくなる」

「これまた七転八倒説も検討に値するから、この段階では何とも言えねえがな。だが可能性としては、『誰かに火を着けられた』から逃げようとした、『誰かが火を着けた』から逃げようとした――ってな方に、若干分《ぶ》がある」

（なるほど、そうすると他殺。そうすると事件性アリ。そうするとまさに捜本だ）

「着衣は……小西、これ和服の残存片《ざんぞんへん》やな」

「和服っていっても、御立派なもんじゃねえ。そこその浴衣《ゆかた》に丹前だ。ちょっとした旅館で出るレベルの装《よそお》い。侘《わび》しいもんですね。ただ、これだけ切《き》れ端《はし》が残ってるとなると、躯《からだ》にガソリンぶっ掛けたってのは、ちと苦しい」

「すると躯以外にガソリン撒《ま》いた」

「現場の状況からして、そう考えても矛盾ないです。

というのも、第一に手指の燃え方がヌルい。自分にぶち撒けて火を着けたってんなら、ライターを使った手が激しく燃える。ところが、死体を観察するに、手が特段焦《こ》げてるってこたあねえ。

そして第二に、脚元《あしもと》と火傷の流れ。自分でガソリン被《かぶ》ったなら、ガソリンは脚元に流れる。だから脚元の方が激しく燃える。おまけに、そのガソリンの流れに沿った火傷ができる。ところが、これまた死体を観察するに、脚元が特段焦げてるってことも、液体の流れみたいなもんが見分けられるってこともねえ。

だから、ガソリンを撒いたのは、自分自身の躯じゃねえ。

だから、顔もこれだけキレイに残ってる――

そこで大将。警部ドノにお願いして申し訳ないんですが、警察本部の機動鑑識でも面割りできてねえんで……

これ、警備公安の、清家って参事官で間違いないですか？」

「確実や。美彌子事件のとき、よう拝んだ顔やけんの」

「すると警察官殺しか、警察官の自殺か――

そうなると問題は、もう一方の真っ黒焦げ、第Ⅳ度の方ですね。

家人でもなければ、同僚でもなさそうだ。平日の深夜に、参事官警視のヤサに遊びに来る警察官は、まずいねえだろうから」

「バカ、小西。先《ま》ずは清家に語ってもらうこと、腐るほどあるやろが」

「ほいほいっと。そうするてえと――

テンプレとしては、躯の火傷部位だな。おいアリス、ちょっと引っ繰り返すの手伝ってくれ」

「上内巡査部長了解です」

もちろんアリスは変死のベテランだ。シーツでも交換するように、焼死体をバサバサ動かしてゆく。そして、自分の意見をいう。

「うーん……どちらかといえば背中側が激しく燃えてますけど、『片側だけ』とまでは言えない焼け方ですね……程度の違いはありますが、『満遍《まんべん》なく』に近い」

「ほう、ってことは？」

「意地悪ですね小西係長。ハッキリ他殺とは断言できない、ってことです。生きてるうちに焼かれてしまったとしても、死んだあとに焼かれてしまったとしても、他人に燃やされたときは、焼きムラができますから。背中側ばっかり焦げてるとか、胸が全然焼けてないとか、半分だけ燃えてるとか――ただ、清家参事官の死体について言えば、そこまでハッキリした他殺の特徴はない」

「敢えて言えば、死体の前面の方が、焼きが甘いがな」

「説明としては、最後の姿勢が俯《うつぶ》せだったので、下になった側はミディアムだった――こう考えても矛盾ないです」

「腕を上げたなアリス。ただ、大将流にいえば、最後は能書きじゃなく、客観的証拠で決める話だけどな。まあ、確かにアリスの説明は自然だ。

あと越智。原田が見てるぞ。ちょっと先輩面《づら》、見せてやれ」

「いや原田はこれで、結構いい眼、しているんですけどね。

それじゃあ指導部長らしく言うとな、原田」

「はい越智部長」

「さっきから上甲課長、小西係長、アリスが鑑別したがっているのは、もちろん自他殺の別だ。それはもちろん、検視班が到着し次第、それこそ『客観的に』――まあ要領は、いつもの死体見分のテンプレと一緒だが――パーツパーツごと詰めてゆく。ただ。

強行刑事ともなれば、常識的に、外表の観察だけで分からなきゃいけないこともある」

「はい」

「そこで、だ。

もう出た論点としては、死体の姿勢と着火物、これの論理的っていうか自然な説明だな。あと、火傷部位による焼け方のおかしさ、これも議論した。

残る焼死体のテンプレは――そうだな、まずは生活反応だ」

「なるほど、それはマル変一般と一緒ですね」

生活反応というのは、カンタンに言えば、生きている躯のディフェンス反応だ。もっとカンタンに言えば、いま生きている僕の躯が起こすリアクション。ヒトが生きているうちに、刺激に対して反応したサイン。だから、強行刑事の用語で『生活反応がある』といったら、それは、『生きているうちに遺《のこ》した、死者のメッセージ』ってことだ。もちろんそのメッセージっていうのは、言葉の情報じゃなく、躯の化学的な反応なんだけど。

「これは確実に解剖までする事案だが」越智部長が続ける。「この、ほら鼻のあたり、俺達でいう鼻《び》口腔《こうくう》のあたりだが、こうしてペンライトで視ると――」

「ああ、あきらかに煤《すす》がありますね、見える限りでは、結構奥まで」

「他にはどうだ？」

「ええと――これは、何て言うのか――細かい泡が、ぷくぷくと」

「まさしく。鼻口腔からの泡沫《ほうまつ》。煤煙《ばいえん》の吸入と合わせて、生活反応と視ることができる」

「あっなるほど。生きてるから呼吸してるし、呼吸してるから煤を吸いこむ」

「そのとおりだ。ただ事《こと》は火事だからな。煤がどういう形で鼻に入りこむかは、未知数だ。だから解剖をして、気管内の煤煙付着を確認することになる――刑事って、意外とロジカルだろ？」

「ほんとです、なるほどです」

「肺から気管からバッサリ開いて、キレイだったら死んでから燃えたってことさ。他方で、泡沫の方は、これは煤煙みたいな外的なリアクションじゃない。だから、解剖とまでいわずとも、まあ生活反応だろうな――と当たりはつけられる。

その当たりに不安があれば、更に他の生活反応を捜せばいい。例えば死斑《しはん》だ。これまでのマル変でお馴染《なじ》みの、死斑だな」

「えっ、でも死斑は確か、生活反応じゃないですよね？　死んだあと、血液が沈下して、模様になる現象ですから。生きてるうちの反応じゃないような」

「よく勉強しているな。一般論としては、そのとおりだ。だが応用編は、どんな仕事にもある——ほら、この紅《あか》い斑《はん》な、火傷の類《たぐい》と思ってしまいがちだが、押してみな」

「あっ、退色しますね、ということは、火傷じゃなく」

「そう、指圧して褪色《たいしょく》するなら、これは死斑だ。ところが、俺達で言う『暗紫赤色《あんしせきしょく》』の、いつもの死斑じゃない」

そうだ。僕はアンシセキを、最初の変死臨場で学んだ。

「このあざやかな紅色の死斑は、焼死の大きな特徴なのさ。しかも、ノーマルな死斑と違って、俺達に大きなメッセージを送ってくれる——」

「——もしかして、あざやかな紅色の死斑が、生活反応」

「察しがいいな。そう、生体が焼けると、この死斑が出る。そして何故《なぜ》、ノーマルな死斑と色が違うかっていうと、一酸化炭素を吸うからだ。

火事では煤煙も出るが、一酸化炭素も出る。すると、これは知っておいて損がないが、血液に一酸化炭素へモグロビンができる」

——強行刑事は、前も言ったけど、法医学の教授とタメで議論できる、そんな職人だ。だから越智部長は、アタリマエのように続ける。

「この一酸化炭素へモグロビンによって、血液の色調も変わるわけさ」

「なるほど、だから死斑はあざやかな紅色になる」

「逆に、そこから言えることは?」

「ええと……逆に、死斑が紅色になるってことは、一酸化炭素へモグロビンが多いから。一酸化炭素へモグロビンが多いのは、つまり、火事で出る一酸化炭素を吸ったから——

ああ!! 煤《すす》と一緒ですね、なるほど!!

それは、『生きてるうちに一酸化炭素を吸った』証明になる。死んでしまったら、煤も一酸化炭素も吸えないから」

「御名答だ、原田。

というわけで、この清家参事官の死体の外表観察だけで、生活反応が確認できる。すると、『清家参事官は死んでから燃えたわけではない』『清家参事官は、生きながらにして燃えた』——ということも、筋読みできる」

「例えば殺されてしまって、そのあと火を着けられたとか、そういうストーリーは成立しない」

「そのとおり。火を着けたのは誰か——それは全くの別論として、火事が起こったとき、清家参事官は生きていたのさ。もっといえば、清家参事官の死因は、見たままの焼死である可能性が、極めて強くなった。そういうことにもなる」

「首を締められて、隠蔽《いんぺい》のために燃やされたとか、刺し殺されたあとで燃やされたとか、そういう偽装の可能性が、低くなったということですね？」

「そうなる。

ただこの事案では、第三者がいる。これは、厄介だ。

もしこの第三者がいなければ、火を着けたのは清家参事官です——ってストーリーが、いちばん自然になる。ところが、一緒に燃えている誰かがいる。となると、そこにどんなドラマがあったのか、それによって筋読みもいろいろ分岐してくる……

ただ、『殺害後放火』や『殺人隠蔽』の可能性が消せそうなのは、それはそれで大きいが」

「ただし、だ」小西係長は悪戯《いたずら》っぽく指を立てながら。「越智の生活反応講義は見事だったが、どのみち外表観察だけじゃ限界があるぜ。肺と気管を開くのと一緒に、解剖のとき、心臓血を採る。もちろん、一酸化炭素ヘモグロビン検出検査をするためだ。そこまで客観的に、科学的にやって、初めて『生活反応がある』『生きているうちに燃えた』と断言できる――そう、これは上甲の大将が正しい。百の能書きより一の証拠さ。

で、その上甲の大将。清家参事官の外表観察ですが、講評等はありますか？」

「そんなもん、あるか」

小西係長はニヤリとして、僕ら強行係を見遣った。

もちろん、上甲課長の講評がよかったからだ――『付け加えることがない』って。

――続いて僕らは、問題のもうひとり、謎の第三者の死体観察にうつった。

こちらの死体は、何度も繰り返されているとおり、第Ⅳ度の炭だ。和卓の残骸の近くで、いわゆる拳闘士型《ボクサースタイル》になっている。これも、これまでの火事で勉強させてもらった。焼死体におおい特徴だ。生きているうちに焼けても、死んでしまってから焼けても、火の熱で骨格筋《こっかくきん》が硬直してしまう。だから躯が――四肢も――そう拳《こぶし》をかまえたボクサーみたいに、独特のかまえをした感じで、固まってしまうのだ。裏から言えば、それだけウェルダンに加熱されたってことになる。

「おい、小西。こっちも現状、そのままやな？」

「そりゃ鑑識も動かしてますし、俺達も写真バシャバシャ撮らしてもらってますが、もちろん原状回復してますよ」

「ならこっちは、和卓の傍《そば》」

「そうですね。参事官は出口の方。こちらさんは和卓の傍。まあ、和室中央至近」

「服もキレイに焼けとる。女やな」

「女だってことは確実。見るとこ見りゃ分かる。ただ外表観察では、顔貌《がんぼう》も容姿《ようし》もへったくれもねえ」

「俯《うつぶ》せでも、仰《あおむ》けでもないな」

「敢えて言うなら、横むきですね、横臥《おうが》。あとは生活反応――って言いてえところだがな、原田」

「はい、さっき越智部長が確認した点ですね？」

「そうだ。ところがこれも応用編でな……第Ⅳ度のウェルダンとなると、実はほとんどお手上げだ。炭に対処できるのは、煤煙でも泡沫でもねえ。ただ心臓血あるのみ。燃え具合から、女の方が先に火をもらったと、そんな陳腐なことしか言えねえな」

「おい、小西。それより、この口は何ぞ？」

「……ていうか、口の跡ですね。

うーん、まあ顔が燃えてるのは分からんでもないが、歯までバキボキに折れてるってなあ、こりゃ分からねえ。何か、崩れてきた木材でもブチ当たったのか？」

「小西係長、ただ」越智部長が天井を示した。「天井も燃えてますが、まさか梁《はり》だの瓦《かわら》だのは、落ちてきてないですよ。倒れてきた柱があるわけでもない」

「そうだな、そういう意味では荒れてねえ。乾いた和室が、まあその内側が、キレイに燃えたって感じだ。ヤサの外殻が崩れたとか、そんな派手な現場じゃねえ」

「そうなると」アリスが和室の、畳だったものを見遣った。「これらのブツ、すごく気になりますね」

僕はアリスの視線を追った。

なるほど、和卓の残骸の近く――女の死体が和卓に就いていたとすれば、その対面《といめん》に、ものすごく特徴的なブツがある。

ゴルフクラブだ。

もちろん火事現場に遺留されているブツだから、当然、火をくぐっている。それはグリップの焼け具合・熔け具合、そしてクラブの銀色の変色具合・焦げ具合からよく分かる。

（グリップの部分は、ゴムだろうか、樹脂《じゅし》だろうか。いずれにしても、もちろん金属じゃない。そこは、もうドロドロだ。現場で燃えたのは……少なくとも今日燃えたのは、間違いない。

そして、ヘッドの部分に、そうあのシャフトの先の、頭の金属部分に……何だろう、あきらかに煤とは違う、何かの焼け焦げがある。何かの附着物《ふちゃくぶつ》の、焼け焦げがある。ヘッドは金属だから、グリップみたいにグチャグチャにはならない。なのに、何かグチャグチャしたものがある。金属部分に、じくじくした何かの滓《かす》、何かの燃え残りがある――

そうだ、まるで、炭火焼肉で焼き過ぎた肉の残骸。そんな感じだ。量は少ないけど、あれにそっくりだ）

「小西、これも原状ママやな？」

「もちろん」

「すると、もしこの女が座っとったとすれば、このアイアンは」

「女と対面した、反対側の席近くに置かれてた。

そして事実、これです、これ座布団《ざぶとん》の燃え滓でしょ？　これが和卓を挟んで、ふたつあった」

「なら席は、ふたつ」

「登場人物も、ふたりですね」

「女と反対側の座布団の近くに、このアイアン。ゴルフクラブ」

僕も観察した。

八畳の元和室。

中央に和卓の残骸。

対面して座るように置かれた、座布団の燃え滓ふたつ。

和室の床の間側の座布団の近くに、ゴルフクラブ。ウッドじゃない奴。

和室の下座には、もうひとつの座布団。

確認のため言えば、その座布団直近に、女の死体。

そして和室出口付近、玄関への襖《ふすま》（だったもの）の近くに、清家参事官の死体だ。

――よく視ると、あと、床の間側の座布団の近くに、ポリタンクの残骸がある。

（元はきっと、赤だったんだろうけど……ほとんど真っ黒で、ドロドロだ。だから大きさは想像するしかないけど、燃え残りからは、そうだな、一斗缶《いっとかん》よりちょっと小さいくらいか）

あとは、その近くに、問題の着火物。すなわちライターの残骸。これも本体はドロドロで、ガムみたいになっている。残骸の形状と、焼け残ったバネだの噴出口だのといった金属部分から、なんとかライターだと識別できる。

そしてそのライターの至近に、黒焦げになった鍵《かぎ》。ちょっと古風な、小ぶりの金属鍵。間違ってもオートロック用のボタンとかは着いていない。どちらかといえば、デスクの鍵に近い。いかにも昭和風な、レトロな、質朴《しつぼく》な鍵。

（まとめると——

和室の床の間側に、ライター、鍵、ポリタンク、アイアンのゴルフクラブ。

和室の下座に、女の死体。横臥《おうが》した死体。

さらに手前、和室の出口側に、清家参事官の死体。

現場はこうなる。そして観察できた範囲では、これ以上、特別なものはない——といっても、ゴルフクラブってだけで、もう祭りの前夜祭だなあ）

それはそうだ。

どう考えても凶器だから。どう考えてもトラブルがあったから。

そうでなきゃ、茶の間にアイアン一本だけ、しかも怪しげな附着物がついたアイアン一本だけ、存在するはずがない。

（……そして捜本が立てば、いよいよお祭りだ。泊まり込み、泊まり込み、泊まり込

み。時間外、時間外、時間外。ここ数日は、徹夜かも知れない）

「小西、遺留物の鑑識は終わっとるんやな？」

「もちろん。とりわけ指紋《モン》とかＤＮＡ試料とかはガッチリやってます。すぐ外でもやってますが――もう今なら、愛予署で照合してるタイミングでしょう」

「当然、これらのブツは、火事のあとに持ちこまれたブツやない」

「まあ検証はしますし、なんなら鑑定にも出しますが、焼毀《しょうき》の程度から、現場で燃えたこたぁガチでしょうね。

　それに、台所と風呂場に続く廊下の隅《すみ》に、ゴルフのキャディバッグがある。この和室からなら、ほら、床の間の横の襖《ふすま》――だったもの――を開けて数歩のところ。そちらは和室ほど燃えてません。ほとんど生き残ってる。そして、確認したところ、七番アイアンだけが入ってない」

「なるほど」上甲課長は何故か苦笑した。「で、和室にあるのも七番アイアン、か」

「自然に考えたら、現場にある七番アイアンは、廊下にあるキャディバッグから採り出した奴でしょう。ま、ゴルフセットですから、他のアイアンと比べてみれば一目瞭然《りょうぜん》ですが」

「……他にブツはないんか？」

「現場にはありません。風呂場にあります」

「風呂場？」

「血の着いた包丁が一本。あと、女もののトートバッグ」

「当然、採証済みやな？」

「もちろん。風呂場は生き残ってますから、まさか燃えてない」

「そのトートバッグいうんは？」

「革製の、かなりしっかりした奴で、容量も中身もそれなりにあります——いってみれば、旅行鞄《かばん》みたいな感じ。

こっちは鑑識が作業中なんで、記憶でしゃべりますが、財布、スマホ、Suica、サングラス、マスク、ライター、煙草《たばこ》入れから始まって、化粧道具はもちろん、ちょっとした着換えまで色々入ってました。すぐに実況見分しますが」

「それぞれ、女もの」

「まさしく」

「旅行鞄か」

「ボストンみたいに剛毅《ごうき》じゃねえけど、すぐ旅立てる感じではありますね、しっかりした鞄」

「なるほどの……で、血の着いた包丁ゆうんは？　また気の利《き》いたブツやが」

「風呂場に、そのトートバッグと一緒に、列《なら》べてあったんです」

「列べてあった？」

「あきらかに、どこからか持ってきて風呂場に置いた。隠しちゃいねえが、とりあえず目立たない所に置いた——そんな感じで、タイルの奥の方に、チョコンと列べられてた」

「捨て置いた感じか？」

「いや……どちらかといえば、安置した感じですね。ポイッと投げ入れちゃ、いねえ」

「どんな包丁ぞ」

「セラミックの、比較的新しいタイプの包丁。刃が白い。ただ、かなり小ぶりです。それ一本で料理をするにゃ、ちと苦しい感じ。サブか、ちょっとした果物用とかって感じ。もちろん、大量生産品です。日本のどこででも買えるでしょう」

「その口調やったら、小西、当該包丁の出所も検討済みやな？」

「もちろん。この官舎の包丁じゃねえ。断言はできませんが、九九・九九％そう」

「なんでぞ」

「台所も燃え残ってます。ほとんどサラピン状態で。

その流しの下には、包丁入れがある。

そこには大小二本の包丁が入れっぱなし。メーカーとタイプは一緒。現場に遺留された包丁とは、まるで特徴が違う——ここの家のは昭和レトロ。風呂場のは、セラミックで白い。

しかも有難えことに、風呂場のバッグには、この包丁の鞘《さや》っていうか、ビニールのカバーが入ってたんです。俺はまだ目視しかしてませんが、大きさと形からいって、それ以外ではありえない。包丁の刃の形をしたビニールのカバーなんて、他に用途がないですからね」

「ちょっと待てえ。

包丁には血が着いとったんやろ？」

「そうです」

「ほしたら、風呂場の包丁は剝《む》き出し」

「剝き出しで、タイルの目に合わせて、そっと安置された感じでしたね」

「その鞘だけが、トートバッグのなかにあったんか？」

「事実として、そうです。どういう状況で、どういう経緯でそうなったかは——まあ、いろいろな筋読みができますけどね。

現場に包丁が持ちこまれてる。鞘が抜かれてる。抜いたのは誰か。どうやって抜いたか――そこに加害の意思があるんなら、まさか相手の眼の前じゃ、抜き身にゃしねえでしょう。隠して抜く。そのとき鞘はどうなるか？　ゆかに置かれるか、隠されるか――」

「バカ、先走るな。

その包丁。血はどんな風に付着しとったんぞ？」

「すぐに写真を見せますがね、そんな大したもんじゃありません。喩《たと》えるなら、包丁がスッと腕なり手なりをかすめた――そんな感じですね。刃の、こう斬《き》るところに細く長く、線のように血が着いてます。脂肪は全然確認できませんから、ブスリと刺したとか、滅多《めった》切りにしたとか、そういう態様じゃないでしょうね。もちろん、皮膚は採れるでしょう」

「……七番アイアンは現場、血の着いた包丁は風呂場、か。

そしてその七番アイアンにも、肉片と思《おぼ》しきものがあったな」

「あの、ヘッドの焦げ残りね」

（やっぱり、上甲課長も小西係長も、見逃してなかったんだ。観察、観察、観察だ）

——やがて、上甲課長は小さく頷《うなず》いた。そしていった。

「……ブツ関係。指紋とDNAの結果が出れば、それなりの絵は描けるわな」

「慎重ですね大将。

七番アイアンと包丁の物語。どっちが誰のか。何が起こったのか——

もう決め打ちでいい段階だと思いますがね？」

「刑事にいちばん要らんのが、先入観じゃ」

そうは言いつつ上甲課長は、死体の外表観察と、遺留物件のチェックとに、とりあえず満足したようだ。ノッシノッシと和室を離れ、廊下に出、玄関へと赴《む》かってゆく。

「おい、小西。清家の所有車両、割り出しとるんやろな」

「バッチシ。ていうか隣のでっかい駐車場のひと区画、そのまま借りててくれたんですがね。

そこに置いてある黒いゴルゴ。洋モノの小洒落《こじゃれ》た奴。年季は入ってますが、ピカピカ。ヴィンテージっていうか、クラシック・カーなんですかね。

参事官警視ってなあ、高給なんですか？　結構なスポーツ・セダンですよ？」

「清家にしては、洒落《しゃれ》とるの」

「本人のキーに、ゴルゴのロゴが入ってましたから、まあ間違いねえとは思いましたが――もちろん車両照会掛けました。当該ゴルゴの所有者は、清家斉《ひとし》でガチ」

「その本人のキーはどっから出てきた？」

「さっきの和室にあった、清家参事官のスーツのなかから。スーツのポケットに入ってました――もちろん、『ポケットだった残存片』ですけど。ハンガーと一緒に、スーツからベストからパンツから、ブスブスの焦げ焦げになっちまってた」

「そういえばここの鍵」上甲課長は玄関を出ながら訊《き》いた。「玄関。鍵掛かっとったんか？」

「先に臨場した消防サンによれば、ネジの締まり錠《じょう》でガッチリ施錠されてた、とのこと。

　ちなみに消火活動で派手に破壊されちまってますが、この和風玄関の引き戸、昭和レトロなチェーンまで掛かってたそうです。あの、鎖を縦のレールに引っ掛けるみたいなアレ」

「ああ、そういえば清家の傍《そば》に、なんや古めかしい鍵があったな」

「すんません大将、説明忘れてました。

　あれが玄関の鍵。和風玄関にピッタリな感じだったでしょ？」

「もちろん確かめたんやろな？」

「当然です」

「なら玄関施錠、鍵は内部——か。

あと、和室に縁側があったな。あれ、破壊されとるけど、ガラス戸から外に出られたやろ」

「そうですね、ちょっとした庭がありますから。和室らしく、靴脱ぎ石もあった」

「そのガラス戸の鍵は、どうやった」

「それも消防サンに確認したんですが、現着したときには、もう火の中。施錠の確認は、とれず——まあ火元ですからね」

「他の開口部は？　台所があるなら、そっちにも裏口、ありそうやな」

「はいあります。ただ台所も風呂もトイレも、官舎のその他の部分もそうですが、ほとんどが燃え残ってます。これは俺も自分で確認しましたが、ガッチリ施錠されてますね」

「あと、靴もこれ、このままか」

「はいそうです。こっちのいかにもスカした高級革靴、これジョン・ロブです。一〇万は下らんでしょう」

「ただ、どう視《み》ても普段履《ば》きやな」

「そうですね。確認はしますが、使いこんでる感《かん》はある」

僕も、その靴を観察した。ブランドの名前は知らなかったけど（僕は官品《カンピン》として支給される革靴しか履かない、というか履けない……）、確かに一見したところドレッシーな、カイシャの幹部っぽい革靴。ただくすみ、擦《す》り傷、へこみ、内側の黒ずみ等々から、普段の仕事用として『履きつぶしている』のは間違いない。それは、玄関に他の靴が出されていないことからも裏付けられる――なるほど他の革靴は、玄関の棚に、しかも紙箱に入ったまま仕舞われていた。私生活用と思われる雪駄《せった》とサンダルも、几帳面《きちょうめん》なのか、靴の棚に仕舞われている。そして、埃《ほこり》を被《かぶ》っている。

（観察結果からして、いったん帰宅したら、外には出ない生活だったんだな。夜中にぷらっとコンビニ、っていう歳《とし》でもないだろうし。

そして、高級革靴。靴べらが見当たらないし、踵《かかと》が若干、折れ曲がってる。

つまり、これが普段履きだ。これで大抵の、昼の用を足してるスタイル。

だから今夜というか、前日の仕事でも履いてた靴だ）

……事件性が疑われるから、とりわけじっくり瞳《め》を凝らしたけど、普段履きとして考えられる以外の傷、汚れ、染《し》み、破れ、匂《にお》い等々は、残念ながら無かった。まあ現場は奥の和室だし、この靴に強くこだわることは、ないのかも知れない。

そう、この靴には。

というのも、ある意味当然ながら、玄関には、もう一組の靴があるから――

「おい、小西。こっちの女靴も、そのままなんやな」

「大将も意外と繊細ですよね。基本に忠実って言うか。そう、そっちも原状回復してます」

「女物の、パンプス」

「ローヒールの、黒いフォーマル・パンプスやね。遊び靴じゃない」

「DNA試料は採れる。あの第Ⅳ度の女との照合も、できんことないやろ」

「それはちょっと、どうですかね……第Ⅳ度の炭化ですから。しかも、ガソリンの高熱」

「……そうか、頼みは、凝固して残っとる心臓血だけか」

「それも、一酸化炭素へモグロビン云々《うんぬん》なら古典的だからできそうですが、DNAとなるとどうだか……アリス先生、何か知ってるか？」

「DNAは高温でも安定性があるそうですが……ガソリンで部屋を焼くとなると、確か一、〇〇〇度くらいはいっちゃうそうですよ。それで、消防士用のあの防火服って、

一、二〇〇度くらいまで耐えられるんだそうです。いつか現場で、消防さんとそんな話、しました。

ところが、そのあたりの温度になっちゃうと、さすがにＤＮＡ、破壊されちゃうって言うか、鑑定資料としては使えなくなるそうです。ちなみに、骨の中まで焼けちゃうとか」

「ってことです大将。パンプスと女の客観的照合は、ちょっと微妙ですね。

ただ、現場の状況からして、そこまで駄目押ししなくても、持ち主は決まりでしょうが」

「バカ、小西。鑑識と科捜研《かそうけん》に訊いて、詰めとけ」

――それもそうだ。参事官官舎には、ふたりの死体。清家参事官と、炭になった女。玄関には男の革靴と、女のパンプス。小西係長は、どう考えても死体が履いていたパンプスだといい、上甲課長は、それでも駄目押しはしておけ、と命じたわけだ。

僕はまた、そのパンプスを観察した。さすがに女物の靴となると、イメージが湧《わ》かないっていうか、予備知識が無い。だから、かなり身を屈《かが》めて凝視した。

（観察、観察、観察――

っていっても、目視するかぎり、何の変哲《へんてつ》もないパンプスだ。いや、目視するかぎ

りっていうか、触れても嗅《か》いでも、何も変わった所は感じられない)

僕がパンプスから瞳を上げたとき、上甲課長は、玄関を出るところだった。

しかし玄関を出る前、引き戸の敷居《しきい》のところで、ふと立ち止まった。

「……家におった。客があった。玄関を開けた。客を入れた」

「そして何らかのトラブルがあった」小西係長が続ける。「そしてガソリン、そして火事」

「客がガソリンのポリタンクを搬《はこ》び入れた――これはさすがに、自然性が無い」

「そんな客は、玄関の敷居を跨《また》がせねえでしょうからね。仮にも主人は、警察官だ。ただ大将、客が搬び入れたとして、主人が死んじまった後なら、問題はねえ」

「――もちろん、清家が搬び入れたゆう脚本は、残るけどの」

上甲課長はいま、引き戸の手を掛ける部分に注目しているようだ。

こじ開けられ、半ば破壊されている引き戸に近づき、わずかに身を傾けている。そう、熊が兎《うさぎ》を狙《ねら》い定めるように観察している。

(指紋だろうか?

ただそれは、それこそ鑑識が徹底して採取してるはずだけど)

僕が疑問に思っていると、課長は何に満足したか、ノシノシと玄関を出、門扉《もんぴ》のあたりまで行ってしまう。強行係の皆《みんな》もだ。僕はあわてて追い掛けつつ、それでも、課長が注視していた『引き戸の手を掛ける部分』に顔を近づけた。観察、観察、観察だ。

（……でも、目視できる指紋とかは無い。消防さんが破壊した痕跡《こんせき》以外、まさか特異なキズもなければ、附着物《ふちゃくぶつ》ひとつない。血痕、異臭、損傷、変色……いや、何も無い）

僕が玄関を出たとき、上甲班はもう、門扉を出るところだった。

門扉といっても、ここは公務員の官舎だ。申し訳程度につくられた、うらぶれた金属の開き戸。要は、柵《さく》のパネルが二枚あって、ノブで開いて入る、とても陳腐《ちんぷ》な感じの門扉だ。

――清家参事官は、その立場にもかかわらず、あまり優遇されていなかった。だから官舎は、愛予署管内のいちばん外れ。だから木造平屋建て。まあ、単身者だったってこともあるだろうけど。その微妙な位置付けが、この門扉にも象徴されている気がする。

僕は上甲課長の真似《まね》をして、熊めかして身をかがめ、その門扉も観察した。けれど、結果は玄関の引き戸や靴と一緒だった。僕がここで、とりわけ期待したのは匂いだった。というのも、さすがに火元と離れた、さすがに野外の門ともなれば、火事現場のあの強烈な匂いは若干、弱い。だからひょっとして、香水とか、血の鉄錆《てつさび》めいた匂いとかが、嗅げるかもしれないと思ったからだ。なにせトラブル、しかも女絡《がら》みだから。

　ただ――

（これまた、ハズレだ。

　この門扉にもノブにも、何の異常もない。それこそ玄関の引き戸や、二足の靴と一緒。僕の観察に答えてくれるものは、何も無い。

いや、野外なのに、さっきの革靴とパンプスより『無味無臭』だ。あっちの方は、その、なんだ、少なくともヒトの履き物としてのリアルな香ばしさが、火事現場に近いってのに、充分感じられたから）

「おい、小西。台所、風呂、トイレその他。例の包丁とバッグ以外に、何かあったか」

「いえ特段。台所とかには飛び火してねえから分かりますが、今夜の使用感は全くナシ。冷蔵庫のビール、飲んだくらいじゃないですかね。摘まみを用意した形跡もねえし、流しがそもそも濡《ぬ》れてねえ。黒焦げの女が参事官の客だとしたら、歓待するつもりはなかったし、どっちかといえば邪険《じゃけん》に扱う相手だったんじゃないですかね。茶ぁひとつ出さねえってんだから。ちなみに、さっきいった裏口も窓も施錠はバッチシ」

「風呂の方は？」

「やっぱり使用感ナシ。今夜は入ってねえ。風呂桶《ふろおけ》からタイルから隣の洗面所まで、カラッカラに乾いてやがる。だからこそ、例の包丁なりトートバッグなりが、『安置された』状態だったんです。気持ちとして、濡れた所にゃ置かねえでしょう？　そして、これまたちなみに、窓は完璧《かんぺき》に施錠済みだった」

「ほうか」

（上甲課長は、小西係長に、現場が密室だったかどうかを確認してるんだな）

そして会話の流れによれば、玄関も窓の類《たぐい》も、キチンと施錠されていたようだ。そして官舎の鍵は、現場の、和室だったものから発見されている。とすれば現場は閉ざされていて、黒焦げの女以外は誰も入れず、誰も入らず。だから、火を放ったのは参事官か女のどちらか――

（と考えたくなる所だけど、そう上手《うま》くはゆかない）

なんといっても、庭に面した和室が火元だ。そこは、ガソリンで派手に燃えてしまった。いちばんに燃えてしまった。なら和室の窓とかが施錠されていたのかどうかは、永遠に分からない。

(証拠品なり状況なりを物理的に消し去ってしまうのが、火事の刑事泣かせなところだ……)

——やがて僕らは、駐車場に出た。

といっても、ここは僕らがトラックを乗り付けた場所だ。すなわち、だだっぴろい砂利《じゃり》の空き地。

そしてなるほど、まばらに駐《と》まっている車のなかに、黒いゴルゴがある。

もう既に、小西係長がナンバー照会を掛け終わった車。だから、清家参事官の所有車。

(上甲課長がここへ出た理由は、駆け出しの僕にも解る。車に執拗《こだわ》る理由も——)

「おい、小西。車は開けたんか?」

「はい、鑑識と一緒に、例のキーで。だから採証活動、終わってます」

「照合結果、知りたいところやな」

「そうですね。清家参事官は単身者でしたから、とりわけ運転席周りは、本人の指紋だけでしょう——またそうでなきゃ困る」

「あと、給油口周りもな」

「第三者の指紋でも出たら、それこそミステリですよ。

だって、現場に残ってるのはポリタンクですからね。金属の携行缶だってんならまだしも、ポリタンクにガソリンを入れてくれる所はこの御時世、さすがにありゃしません」

「金属缶でないと、ガソリンは」越智部長がいった。「静電気で発火しますからね。だから現場の外観からすると、清家参事官がガソリンを手に入れられるのは、そう、この自分の自動車以外に無いですよ。それに——」

越智係長は、自分の懐中電灯で（これは強行刑事必携だ。とりわけ火事では必携だ）、黒いゴルゴの給油口を照らし、そしてすぐ、その真下を照らした。

（ああ、砂利の地面に、あきらかにガソリンの痕跡があるな。大きなダマもあれば、びちゃびちゃと跳ねた跡も。いや、よく視れば、車体そのものにも液体の流れた跡がある。タイヤにもホイールにも飛んでる）

……器具の関係で、ガソリンの移し換えに苦労したのだろうか。いずれにせよ、給油口、車体、タイヤ、そして地面などに、『びしょびしょ』『びしゃっ』と形容したくなる、そんな液体の痕跡があった。そして、このテカり具合はまさか水じゃない。

（そりゃそうだ。そもそも燃料だ。今度は、さっきみたいに懸命に嗅ぐ必要もない）

「——ガソリンを吸い出して移し換えるとき、零《こぼ》したんでしょうね。誰がやったかは措《お》くとしても、手元が暗いし、心情的にも平静ではなかったでしょうから」

「おい、越智。最近の車で、そんなことできるんか」

「それは車種によりますね。だから、出たとこ勝負です。普通は危ないからやりませんが、これは普通の状況じゃない。

そして、逆流防止シャッターとかのセイフティが装備されていなければ、ホームセンターで売っているような、ちょっとしたポンプがあれば誰でもできる。理科の実験未満です」

「そしてこのゴルゴ」小西係長がいった。「クラシック・カーで、しかも洋モノだな」

「ええ、古ければ古いほどやりやすいでしょう。加えて、国産車より外車の方がやりやすいでしょう。だから既に、出たとこ勝負ではない」

「物理的には、できる」上甲課長が不思議な苦笑をした。「そして駐車場には、ガソリン痕《こん》がある。べったりと、ボタボタと。理科の実験としても、その誰かさんは器用やなかったらしいな。

おい、小西」

「はい大将」

「墨汁でもインクでも何でもええ。ガソリンの代わりに使って、実際に再現見分やって、ソイツの派手な零し方、実況見分調書に落としとけ」

「うわあ、この地面の染《し》みを視るに、なんか、真っ黒になっちまいそうな再現見分だなあ。

　アリス、原田、ひとつ頼むぜ。面倒くせえ仕事は、若手の特権だ」

「すごい特権もあったもんですね小西係長」とアリス。「まあ上内巡査部長了解です。それによって、ガソリンの出所がこのゴルゴだと駄目押しする、と。

　でも……そうですね、ちょっと疑問が。ガソリンの出所。

　あたし自身は、『ガソリンの計り売り』ってしてもらったことないんですけど――例えば、セルフスタンドだったらどうなんです？　勝手に入れられちゃいそうな気もしますけど」

「それじゃあ、消防法でポリタンクを禁止している意味がなくなる」越智部長は淡々と。「セルフスタンドには監視員がいる。夜間監視員もな。もちろん車両以外に給油していないか確認するのも、その業務にふくまれる――

　ちなみにセルフスタンドだと、金属の携行缶でも、売ってもらうのは難しいだろうな。確か条文上は、『ヒトが車両以外に給油するのはセーフ』みたいな感じなんだが、ところがどっこい、ヒトが給油しないからセルフスタンドで、だからガソリン代が安いんだ。監視員を呼んで入れてもらおうとしても、まず断られるだろう。消防署の指導も、かなり厳しいはずだ」

「へえ……じゃあ、ふつうのガソリンスタンドで、ヒトに計り売りしてもらうのはどうなんです？」

「それは言ったとおりセーフだ。ヒトが車両以外に、だから容器に計り売りするのは禁止されていない。ガス欠の場合なんかが、当然想定されるからな。

だが、その場合はまさにヒトが目視しながら売るわけで、まさかポリタンクに入れるのを許しゃしないさ。重ねて言うが、消防法違反になるからな。バレたら市長の――まあ消防署の――許可が取り消されかねない。というわけで、話がふりだしに帰《もど》って」

「ポリタンクにガソリンを入れてもらうことは、どのみちできない」

「そういうことになる。

まあ当然、燃料に用いられたのがガソリンなんだから、近隣のガソリンスタンドは、そうだな――防カメ映像等を確認することになるだろうが、それは念押し、駄目押しだ。

ああ小西係長、ガソリンスタンドといえば、ガソリンの残量はどうなんです？　清家参事官、最近スタンドに寄ってそうですか？」

「いや、俺もそう思って確認したんだが、ほら燃料計、ハンドルの左側にある奴。目盛りが縦に八段階あるだろ？　鑑識と確認したら、ケツふたつ分しかなかったよ」

「じゃあガソリンスタンド捜査は、ほんとうに駄目押しですね」

「そもそも寄ってねえんじゃ、映像に残りようもねえからなあ」

――すると上甲課長が、総員を手招きしつつ、刑事一課のトラックに集めた。そしていった。

「小西はもう筋読みして、絵、描いとるようやが――」

「そりゃ大将もでしょうが」

「――客観的証拠で語るんが刑事じゃ。刑事の基本じゃ。

ほやけん、小西と上内。お前らは死体見分ゆうか検証。越智と原田、お前らはその他の実況見分じゃ」

「検視官は久磨高原だから」小西係長がいった。「当分は臨場できねえけど？」

「かまわん、最後は儂《わし》が視る」

「で検視官が来たら、官職氏名を埋めさせるだけにしておくと」

「そのあいだに、御札《おふだ》関係も準備じゃ」

「ええと、解剖だから、鑑定処分許可状と――」アリスが指折り数える。「――鑑定嘱託書。それから検証許可状と、捜索差押許可状もでしょうね、令状請求。そうすると検証調書と、捜索差押調書がセットでついてくる……ああ死体検案書と、歯医者先生の鑑定書も頂くと。

事件は会議室では起こらないけど、画板とデスクの上で進行することは間違いないんですよね……」

「書類は刑事の基本じゃ、よろこべ。で、越智と原田の方は、現場と所持品の見分どっちも担当せえ。捜一もこれまた久磨高原やけん、愛予署でできることはとっとと済ますぞ」

「越智巡査部長了解です――」

全焼じゃなかったのが、せめてもですね。家屋全部だったら、俺達だけじゃとても視きれない。圧倒的に人足《にんそく》がたりない」

「いや、原田にとっては、ちょうどええ経験じゃ。

着衣と所持品と、あと凶器と思《おぼ》しきブツ。すぐに実況見分調書の作成や。これは、ド素人《しろうと》……に毛の生えた新人でも、できる」

「りょ、了解しました」

——上甲班が任務分担を確認していた、そのとき。

ひろい駐車場に、あのマグネット式の赤色灯を載せた捜査車両が一台、突っこんできた。

いわゆる面パトだけど、愛予署の捜査車両じゃない。それならすぐ分かる。

勢いよくブレーキを掛けたその車から下りてきたのは——

「ああ上甲、外にいたか、ちょうどよかった」

「なんや、城石やないか」

それは、あの美彌子PT担当管理官、捜査一課の城石警視だった。

「城石、とうとうお前が動員されたんか」

「とうとう？　動員？」

「そらそうやろ。

お前は美彌子PTの専従《せんじゅう》管理官やけんの。まさか火つけ担当やない。

久磨高原の殺しのせいで、知能畑のお前まで狩り出されたか。また難儀《なんぎ》やの」

「そうか、検視官がバタバタしていたのは、他に殺しがあったからか」

「——知らんかったんか？」

「それどころじゃ、なかったからな」

「何ぞ、美彌子に動きでもあったか。

ただ儂らはしばらく、動けんぞ。こっちにも捜本、立つけんの」

「だから来たんだ」

「………？」

上甲課長が、めずらしく素で絶句する。その理由は、僕にも解った。

（城石管理官は、渡部美彌子だけを担当する管理官だ。しかも、時効成立一箇月前。

まさかこの寿能町の放火だの殺人だのを担当する暇《ひま》は、ないはず）

——しかしその城石管理官は、上甲班総員の疑問を、啞然《あぜん》とするかたちで解決してくれた。いや、あまりにドラマチックなかたちで。

「上甲、この事件は俺が仕切る。いや、仕切らなきゃならん……

官舎には女がいたな？」

「ああおった。第Ⅳ度に炭化した女やけどな」

「それは、渡部美彌子だ」

「なんじゃとて？」

「現場と所持品から採取された指紋が、美彌子のものと一致したんだよ」

第4場

——愛予県警察本部、地下一階、福利厚生スペース。

あの、時の止まった床屋。

僕はまた、シートの上でカクン、と躯《からだ》を崩し、鋏《はさみ》を頭に突き刺しそうになった。いけない、自分が変死体になってしまっては、アリスとかに丸裸にされてしまう……

「うわっゴメン」いつものとおり涎《よだれ》を拭《ふ》く。「どうして床屋って、寝ちゃうんだろう？」

「何を今更。毎度のことでしょ——ってそれにしても疲れてるわね、ミツグ」

「あっマスター、いま何時？　スマホ、クロスの下でさ」

「大丈夫。ウチの時計は秒単位で超正確よ——午後六時三三分四五秒を過ぎたとこ」

「ゴメン、ちょっと早回しできる？」

「それはお安い御用だけど、特急料金三四万円になるわよ」

「三四〇万円払っても、七時までには愛予署に帰らないと。刑事部屋のデスク、なくなっちゃう」

「……そんなにいそがしいの？」

「うん、詳しいことは言えないけど、いってみれば、愛予署に爆弾が落ちたようなものかな。書類、書類、書類。裏付け、裏付け、裏付け。もう寝る間もないよ」

「そんななか、よく来てくれたわね、ありがとう」

「こっちこそさ。近いし便利だしマスター優しいし。無理も聴いてくれるし。警察官がこんな気楽に飛び込めるとこ、ここしかないよ」

「じゃあ超特急で仕上げるとして、もう今からワイフにコーヒーとお勘定、準備させるから――ねえアンタ!!　アンタったら!!　ミツグいま大変なの、ちょっと出てきて」

――マスターは言葉どおり、なんと六時四五分には全部のメニューを終わらせてくれた。だから、奥さんにお勘定をするどころか、いつもの缶コーヒーをもらう時間まで、できたほどだ。

その奥さんが、とても心配そうにいう――

「愛予署さん、そんなに大変なのね。これからもお仕事だなんて」

「今日もたぶん、徹夜かな。シャワーを浴びに帰れるかもしれないけど」

「お仕事の中身は訊かないけど、きっとすごい事件とかなのよね」

「事件もだけど、やっぱ書類かな。刑事って書類書いて書類読んでナンボ、みたいなとこあるんで。課長とか、先輩とか、同期とか、ううん警察本部のひとだって、ひたすらデスクワーク。もちろん、書く中身がないとデスクワークにならないから、外回りの営業で、話聴きに行ったりモノ見に行ったり写真撮ったり図面引いたり……」

「そういう書類って、ふつうの人が読んでも解る言葉で書くの？」

「それはもちろんそうだよ。特に今は、裁判員裁判があるから。それこそおばちゃんだってマスターだって、裁判員になったら、そうした書類を読むことになる。確かに基本、報告書だし、事実の確認だし、役所的でとっつきにくい点はあるけど、必ず『総括』『まとめ』みたいな箇所があるから、ストーリーがちんぷんかんぷんってことはないよ。例えば、裁判員に読んでほしいって出される書類なんかは、事件の組み立てにどうしても必要な、そうだな……『事実の濃いエキス』みたいな感じかな。そして、それを組み合わせると、事件の流れが見えてくる。その意味では、とても小説的かも知れないね」

「躯《からだ》、壊さないでね」マスターが、やっぱり心配そうにいった。「仕事に疲れたり、仕事が一段落したら、いつでも遊びに……じゃなかった、ええと、聞き込みでも何でもいいから、ウチにいらっしゃい。

ワイフもアタシも、ミツグのこと、大好きだから。なんか最近、また立派になったしね」

「ありがとうマスター、奥さん。それじゃあ」

——僕はタクシーを拾って、愛予署に帰った。

自分に任された、捜査書類のパーツを埋めるために。

もちろん、刑事部屋のみんなが担当する書類と連動させながら、だ。

そうした僕らの書類は、現在のところ、次のようになっている——

鑑発第　２９１　号

平成２２年３月２５日

愛予県愛予警察署長殿

愛予県警察本部刑事部鑑識課長

指紋等確認通知書

現場指紋等取扱書（平成２２年３月２５日愛予警察署長送付第８９号）により送付された殺人及び放火被疑事件の遺留指紋等と当課保管の指紋資料とを対照したところ、次のとおり符合することを確認したから通知する。

記

１　対照資料

指紋記録等

２　作成番号

愛予県愛予署平成１２年第１０６号

３　記入事項

(1)　氏名　渡部美彌子

(2)　生年月日　昭和４７年４月２３日

(3)　本籍　京都府阿美浜町八町通１２５０番地

(4)　出生地　同上

(5)　住所　愛予県愛予市清水町４丁目９番地１４号

４　符合する指紋等

(1)　現場指紋等取扱書の採取番号第１（包丁）　渡部美彌子の右手示指等

(2)　現場指紋等取扱書の採取番号第２（スマホ）　渡部美彌子の右手中指等

(3)　現場指紋等取扱書の採取番号第３（バッグ）　渡部美彌子の右手環指等

(4)　現場指紋等取扱書の採取番号第４（クラブ）　渡部美彌子の左手母指等

(5)　現場指紋等取扱書の採取番号第５（引き戸）　渡部美彌子の左手中指等

５　その他

４の(1)、(3)ないし(5)が採取された物件にあっては、次号鑑発第２９２号に記載する清家斉の指紋の付着がある（次号参照）。

６　対照者

鑑識課　柏井伸一郎

７　検査者

鑑識課　金子暁子

㊞

鑑発第　２９２　号

平成２２年３月２５日

愛予県愛予警察署長殿

愛予県警察本部刑事部鑑識課長

指紋等確認通知書

現場指紋等取扱書（平成２２年３月２５日愛予警察署長送付第９０号）により送付された殺人及び放火被疑事件の遺留指紋等と清家斉の遺留指紋とを対照したところ、次のとおり符合することを確認したから通知する。

記

1　対照資料

清家斉の遺留指紋（当該者の官舎及び警察本部執務室から採取したもの）

2　作成番号

愛予県愛予署平成２２年第１１２号

3　記入事項

(1)　氏名　清家斉

(2)　生年月日　昭和２５年２月５日

(3)　本籍　愛予県諏訪市豊栄町５３番地の２

(4)　出生地　同上

(5)　住所　愛予県愛予市寿能町６の１８の３３

4　符合する指紋等

(1)　現場指紋等取扱書の採取番号第１（車両の鍵）　清家斉の右手母指等

(2)　現場指紋等取扱書の採取番号第２（給油口）　　清家斉の右手母指等

(3)　現場指紋等取扱書の採取番号第３（クラブ）　　清家斉の右手示指等

(4)　現場指紋等取扱書の採取番号第４（包丁）　　清家斉の右手母指等

(5)　現場指紋等取扱書の採取番号第５（バッグ）　　清家斉の左手中指等

(6)　現場指紋等取扱書の採取番号第６（引き戸）　　清家斉の左手示指等

５　その他

４の(3)ないし(6)が採取された物件にあっては、前号鑑発第２９１号に記載する渡部美彌子の指紋の付着がある（前号参照)。

６　対照者

鑑識課　柏井伸一郎

７　検査者

鑑識課　金子暁子

㊞

凶器に関する捜査報告書

平成２２年３月２５日

愛予県愛予警察署

司法警察員　警視正　土 居 健 一 殿

愛予県愛予警察署

司法警察員　警部補　小 西　悟　㊞

住所　　愛予県愛予市寿能町６の１８の３３

地方公務員　　清　家　　斉　　６０歳

方《かた》において発生した殺人及び放火被疑事件につき捜査した状況は、下記のとおりであるから報告する。

記

1　殺人及び放火被疑事件において採取された指紋

清家斉方《かた》火災発生に伴う臨場により、現場の実況見分をした結果（平成２２年３月２５日付け司法警察員巡査部長越智卓作成に係る実況見分調書参照）、現場から８３個の潜在指紋を発見したのでこれを全部採取した。採取した指紋、及び、別途採取された該清家斉の指紋を即時警察本部鑑識課に送付し、これの対照依頼をしたところ、指紋等確認通知書により、うち５６個は清家斉の指紋と判明、また、うち１３個は渡部美彌子の指紋と判明した。

2　凶器と思しき物件から採取された指紋

これらの指紋は、当該火災の発生現場において差し押さえたゴルフクラブ及び包丁にも付着しており、ゴルフクラブからは清家斉の指紋が８個、渡部美彌子の指紋が１個確認された。また包丁からは、清家斉の指紋が１個、渡部美彌子の指紋が６個確認された。

3　包丁を凶器と認定した理由、使用の態様及び被害者

平成２２年３月２５日付け司法警察員警部上甲正作成に係る検証調書によれば、清家斉の左腕部に刃物の防御創《ぼうぎょそう》が確認されていること、また、平成２２年３月２５日付け愛予県警察科学捜査研究所長作成に係る鑑定書によれば、当該包丁に付着した血液は清家斉の血液であることから、当該包丁は、清家斉を傷害した凶器と判明した。

4　ゴルフクラブを凶器として認定した理由

(1)　ヘッドに付着した肉片

３と同様に、検証調書によれば、当該火災現場から発見された女性の焼死体は、口部《こうぶ》及び歯牙《しが》を中心として顔面を激しく殴打《おうだ》されているところ、当該ゴルフクラブのヘッドに付着した何らかの焼却片《しょうきゃくへん》を採取し、これの鑑定を嘱託《しょくたく》した結果、鑑定書によれば、当該焼却片は人の肉片であり、ＤＮＡ等による照合は不可能であったものの、人を殴打したときに付着した肉片と考えて矛盾はないとのことであった。

(2)　ゴルフクラブの使用の態様

当該ゴルフクラブには、清家斉及び渡部美彌子以外の指紋が付着していないこと、並びに、清家斉の死体には殴打の痕跡がないことから、当該ゴルフクラブは、清家斉が殴打の用《よう》に用いたこと、及び、当該殴打の相手方は、火災現場から発見された女性であることが判明した。

(3)　女性の焼死体と渡部美彌子との関係

ここで、当該女性は焼死しているため、本人の死体の指紋及びＤＮＡを確認することは不可能であるが、現場官舎の玄関引き戸に渡部美彌子の指紋が遺留されていること、及び、現場官舎の風呂場において発見された遺

留物（女性用のもの）からは渡部美彌子の指紋が採取されていることから、当該官舎に渡部美彌子が立ち入ったことに疑いの余地はなく、また、前述のとおり、清家斉を傷害した包丁からも渡部美彌子の指紋が採取されていることから、清家斉と渡部美彌子が当該官舎内において何らかのトラブルに関与したことにも疑いの余地がない。

(4) 被害者

よって、当該現場から発見された女性の焼死体は渡部美彌子であり、またこのことから、先のゴルフクラブは、渡部美彌子を傷害する用《よう》に用いられたことが判明した。

5 凶器に係る総括

以上のことから、本件火災現場においては、

渡部美彌子が清家斉を包丁により傷害したこと（左腕部、軽傷）

清家斉が渡部美彌子をゴルフクラブのヘッドにより傷害したこと（顔面、重傷）

が判明したので報告する。

㊞

ガソリンに関する捜査報告書

平成２２年３月２５日

愛予県愛予警察署

司法警察員　警視正　土　居　健　一　殿

愛予県愛予警察署

司法警察員　巡査部長　越　智　　卓　㊞

住所　　愛予県愛予市寿能町６の１８の３３

地方公務員　　清　家　　斉　　６０歳

方《かた》において発生した殺人及び放火被疑事件につき、放火に用いられたガソリンについて捜査した状況は、下記のとおりであるから報告する。

記

1　ガソリンの入手元

(1)　清家斉の所有車両

平成２２年３月２５日付け本職作成に係る実況見分調書記載のとおり、清家斉が所有する車両の給油口至近の地面に、相当量のガソリンが落下した痕跡がある。また、給油口付近から採取された指紋を警察本部鑑識課に送付し、これの対照依頼をしたところ、指紋等確認通知書により、全て清家斉の指紋であり、第三者の指紋の付着はないことが判明した。

(2)　清家方付近のガソリンスタンド

清家方から半径１キロ以内のガソリンスタンド４を抽出し、従業者からの聴取、及び任意提出を受けた防犯カメラ映像２週間分の捜査を行ったところ、当該２週間の期間において清家斉が来店した事実はなく、かつ、従業者もその旨《むね》回答した。なお、抽出した4のガソリンスタンドのうち１は、その従業者からの聴取により、清家斉のいわゆる馴染《なじ》みの店舗であること、清家斉はガソリンを給油する際は必ず当該店舗を利用すること、それは来店のタイミングとガソリン残量から確実に理解できること、及び、そろそろ残量が少ないので来店する時期であると考えていた旨の回答を得た（平成２２年３月２５日付け本職作成に係る供述調書参照）。

(3)　消防署への確認

清家方を管轄《かんかつ》する寿能消防署に赴き、同署員から聴取したところ、同署管内において、ガソリンスタンド以外にガソリンが入手できる事業所等はないことが判明した。

2　ガソリンに係る総括

1(1)に記載した給油口至近の地面のガソリンの痕跡、給油口付近から清家斉以外の指紋が採取されないこと、清家斉は直近の２週間において近隣ガソリンスタンドを利用していないこと、及び、他にガソリンを入手できる事業所等は存在しないことから、本件放火に燃料として使用されたガソリンは、清家斉の所有車両のガソリンタンク内のガソリンと判明したので報告する。

㊞

着火物に係る捜査報告書

平成２２年３月２５日

愛予県愛予警察署

司法警察員　警視正　土　居　健　一　殿

愛予県愛予警察署

司法警察員　巡査部長　越　智　　卓　㊞

住所　　愛予県愛予市寿能町６の１８の３３

地方公務員　　清　家　　斉　　６０歳

方《かた》において発生した殺人及び放火被疑事件につき、放火に用いられた着火物について捜査した状況は、下記のとおりであるから報告する。

記

1　ライター

(1)　記号又は紋様の記載

平成２２年３月２５日付け本職作成に係る領《りょう》置《ち》調書及び実況見分調書記載のとおり、本件発生現場である清家方和室において、焼《しょう》毀《き》されたライターと思しき物件の残骸《ざんがい》が発見されている。当該残骸はプラスチック製であり、その概《おおむ》ね５分の４は熔解《ようかい》していると推定されるところ、ライター特有の着火口付近の金属部分、歯車、ばねが発見されたほか、本体の底部５分の１が、毀損《きそん》はしているものの、その形状を残していた。よって、これがライターであったことに疑いの余地はない。また、当該５分の１の底部は、その表面の記号又は紋様を確認できる程度に燃え残っており、当該記号又は紋様は

OUGE

と読める装飾的なものである。また本体は透明でなく鮮紅色で、当該記号又は紋様は白色である。よって当該ライターは市販のいわゆる百円ライターではなく、店舗名の入った営業用のライターであることが判明した。

(2)　指紋

当該ライターの底部５分の１からは、毀損により、指紋を採取することができなかった。

(3)　スナック『ルージュ』との関係

平成２２年２月２６日付け司法警察員警部上甲正作成に係る捜査報告書記載のとおり、愛予県警察愛予警察署が傷害致死の被疑者として全国指名手配している渡部美彌子は、愛予県愛予市末広町《すえひろちょう》のスナック『ルージュ』に稼働《かどう》していたとみられるところ、この稼働先捜査において、司法警察員警部補小西悟及び司法警察員巡査部長河野忍が、当該『ルージュ』の店舗において使用され及び配付されている営業用ライターを現認《げんにん》している。両者に、上記ライターの残骸を呈示して確認したところ、

スナック『ルージュ』の営業用ライターに酷似《こくじ》している

アルファベットに見える文字は『ＲＯＵＧＥ』の一部である

数字の列は、スナック『ルージュ』の電話番号の末尾である

との回答を得た。

(4)　渡部美彌子の所持品との関連

平成２２年３月２５日付け本職作成に係る領置《りょうち》調書及び実況見分調書記載のとおり、本件発生現場である清家方《かた》の風呂場においては、女性の所持品が発見されているところ、トートバッグ、財布、スマートフォン、化粧

用品等から、渡部美彌子の指紋が採取された。それらに係る指紋等確認通知書によれば、渡部美彌子の指紋以外の指紋はないことから、それらは全て渡部美彌子の所持品である。

また、その所持品のうちにライター１個があるところ、当該ライターは、上記(3)記載のスナック『ルージュ』のものであることが確認できた。

当該ライターは、煙草入れの中に煙草とともに入れられており、前述のとおり渡部美彌子の指紋が付着していることから、渡部美彌子の喫煙道具であると判明した。

なお、当該煙草入れに、煙草１箱及びライター１個以上の物件を入れるスペースはなく、実際に試行してみても、ライターを２個入れることは不可能であった。さらに、トートバッグからは、上記領置調書のとおり『下《しも》鴨《がも》珈琲店』との記載あるマッチ箱（マッチ在中）が発見されており、渡部美彌子が予備のライターを必要としていたとは認められない。

よって、清家方《かた》和室において発見されたライターの残骸は、渡部美彌子のライターと同一種類のものであるが、渡部美彌子のライターではない。

(5)　ライターの総括

以上のことから、清家方《かた》和室において発見されたライターは、スナック『ルージュ』のライターであり、かつ、清家斉が所有していたものであることが判明した。なお、このことにより、清家斉がスナック『ルージュ』と何らかの関係を有することも判明した。

2　ポリタンク

上記領置調書のとおり、清家方和室において、ポリタンクの残骸と認められる焼燬《しょうき》されたプラスチックの塊《かたまり》が発見されているが、原形を留めておらず、その形状、種類、規格、特徴等を把握するのは困難である。

　他方、清家方物置において、赤色のポリタンク（底面２１センチ×３０センチ、高さ３０センチ。容量１０リットル。『２・５ガロン』の記載あり）が発見されており、これを寿能消防署に呈示して確認を求めたところ、同署員から、

　ガソリン対応の、いわゆるジェリー缶として市販されているもので、通信販売で容易に入手できるほか、ホームセンターでも販売されている

　これにガソリンを計り売りするのは消防法違反であるが、このような容器を販売することについては、特段の規制はない

との回答が得られた（平成２２年３月２５日付け本職作成に係る供述調書参照）。

　加えて、このポリタンクが発見された清家方物置には、これと同一サイズの物件が取り出された跡と思しき空きスペースがあり、実際に同一のポリタンクを並べて置いた状態を再現したところ、空きスペースは隙間《すきま》なく埋まった。

　よって、清家方物置には、このポリタンクが少なくとも２個存在していたこと、うち１個が持ち去られていることが判明した。

　以上のことから、清家方和室において発見されたプラスチックの塊は、ガソリン対応のポリタンクであったと考えて矛盾はないので報告する。

㊞

特異な所持品に係る捜査報告書

平成２２年３月２５日

愛予県愛予警察署

司法警察員　警視正　土　居　健　一　殿

愛予県愛予警察署

司法巡査　原　田　　貢　㊞

住所　　愛予県愛予市寿能町６の１８の３３

地方公務員　　清　家　　斉　　６０歳

方《かた》において発生した殺人及び放火被疑事件につき、領置《りょうち》された渡部美彌子の所持

品について捜査した状況は、下記のとおりであるから報告する。

記

1　領収書と思しき紙片

(1)　渡部美彌子の財布の見分

平成２２年３月２５日付け司法警察員巡査部長越智卓作成に係る領置《りょうち》調書及び実況見分調書記載のとおり、清家方風呂場において、渡部美彌子のトートバッグが発見されている。当該トートバッグからは、財布その他、渡部美彌子の所持品が複数発見されている（同領置調書等参照）。

当該財布を見分したところ、当該財布から、二つ折りにされた１１センチ×７・３センチの紙片を発見した（同前）。

当該紙片は無地の白いものであり、油性ボールペンによる手書きで

４月分

金壱拾万円

確かに領収しました

清家斉

と四行の記載があり、清家斉の氏名の右には、清家名義の印が押印されている。

(2) 紙片に遺留された指紋

当該紙片からは、清家斉、渡部美彌子及び第三者の指紋が採取された（指紋等確認通知書参照）。

(3) 紙片の筆跡に係る捜査

当該紙片に記載された文字の筆跡と、清家斉の筆跡を照合するため、警察本部科学捜査研究所長に鑑定嘱託したところ、当該文字の筆跡は、警察本部執務室等において確認された清家斉の自筆文字の筆跡と一致することが判明した（平成２２年３月２５日付け司法警察員警視正土居健一作成に係る鑑定嘱託書、及び同日付け科学捜査研究所長作成に係る鑑定書参照）。

(4) 紙片に係る総括

１０万円を領収した旨の記載は、その筆跡から、清家斉によって書かれたことに疑いの余地はなく、よって当該紙片は、清家斉が何者かから１０万円の金銭を受領したことを示す領収書であると判明した。

２　１０万円に係る捜査

上記の領収書から、１０万円の現金が清家方に存在すると認められたため、清家方の捜索を徹底するも、焼毀《しょうき》している和室からも、燃え残っている官舎の他の室からも、当該現金は発見できなかった。

当該現金が、渡部美彌子から清家斉に支払われたものだとすれば、現金は清家斉に、領収書は渡部美彌子に手交されることとなるから、渡部美彌子はそれをトートバッグ内の財布に入れ、清家斉は現金を和室某所に置いたと考えて特段の矛盾はない。よって、清家方風呂場に入れられたトートバッグ内の領収書が燃えず、１０万円の現金は燃えたと考えて特段の矛盾はない。

３　その他の金銭関係

⑴　財布

渡部美彌子のトートバッグからは、上記のとおり財布が発見されているが、当該財布に在中する現金は、

２万２，０８２円

であり、その内訳は

１万円札２枚、１，０００円札２枚、５０円玉１枚、１０円玉３枚、１円玉２枚

であった。またこのうち、１万円札２枚はまだ一度も使用されていないと思《おぼ》しき、いわゆる新札であった。

⑵　Suica

渡部美彌子のトートバッグからは、Suicaが発見されているが（上記領置調書等参照）、当該Suicaの残額を確認したところ、

１，１０７円

であった。なお、これはSuicaであり、Suica対応クレジットカードではない。

⑶　その他の現金等

渡部美彌子のトートバッグからは、上記以外の金銭は発見されていない。また、財布にクレジットカード、キャッシュカードは存在しない。さらに、渡部美彌子は清家方和室で焼死しており（平成２２年３月２５日付け司法警察員警部上甲正作成に係る検証調書参照）、そのとき帯びていた物件はと

もに焼失している。

よって、渡部美彌子の事件当夜の所持金額は、少なくとも2万3，189円であり、領収書の記載が事実であれば、少なくとも12万3，189円であったことが判明した。

4　領収書に係る総括

上記筆跡及び指紋、渡部美彌子の事件当夜の所持金のうち残存しているもの、並びに、渡部美彌子が所持していた1万円札が2枚とも新札であることから、何らかの理由に基づき、渡部美彌子が清家斉に多額の現金を手交したことが判明したので報告する。

㊞

平成２２年３月２６日

愛予警察署長　殿

株式会社　ＮＴＴドコダ
総務部　㊞
取扱い　吉　野　美　春

回答書

平成２２年３月２５日付け捜査関係事項照会書（愛刑一発第５９９号）によりお尋ねのあったスマートフォン端末のご契約者等につきましては、下記のとおりですのでお知らせします。

—記—

１　ご契約者氏名
清《せい》家《け》斉《ひとし》　様

２　ご契約者住所
愛予県愛予市寿能町６の１８の３３

３　ご契約年月日
平成１３年１月２０日（土曜日）
※当時は携帯電話。スマートフォンには、平成２１年９月２６日（土曜日）に機種変更なさっています。

４　同伴者
特段の記録はありません。

５　ご契約内容等
２台目のご契約です。清家さまは、平成８年に最初の携帯電話の契約をしておられます。ご照会のあったスマートフォン端末は、２台目のものです。なお、３台目はありません。
お支払いは、清家斉さま名義の口座引き落としで、滞ったことはございません。

６　ご利用内容
別添のとおり送付します。

—以上—

渡部美彌子のスマートフォンに係る捜査報告書

平成22年3月26日

愛予県愛予警察署

司法警察員　警視正　土　居　健　一　殿

愛予県愛予警察署

司法警察員　巡査部長　越　智　　卓　㊞

住所　　愛予県愛予市寿能町6の18の33

地方公務員　　清　家　　斉　　60歳

方《かた》において発生した殺人及び放火被疑事件につき、領置《りょうち》された渡部美彌子のスマートフォンについて捜査した状況は、下記のとおりであるから報告する。

記

1　架電状況

清家方風呂場から発見されたトートバッグ内のスマートフォンにつき、その架電記録を入手し解析したところ、シティホテル、旅行代理店、美容院、リフレクソロジー店等各種営業に対して架電していることが判明したほか(平成22年3月26日付け司法巡査原田貢作成に係る捜査報告書参照)、

清家斉

に対する架電が確認できた。

2　清家斉に対する架電

入手した4箇月分の架電記録（平成21年12月から平成22年3月まで）の解析によれば、

渡部美彌子から清家斉に対する発信は3件

発信の日は、12月25日、1月25日、2月25日

発信時刻は、それぞれ午後９時１８分、午後９時１０分、午後９時１１分

通話時間は、それぞれ１分３秒、４９秒、５５秒

であった。また、この４箇月においては、この３件以外の清家斉への発信はない。なお、清家斉から渡部美彌子に対する発信は、そもそもない。

3　渡部美彌子と清家斉の通話に係る総括

渡部美彌子は、この４箇月のうち３箇月において、同一日、かつほぼ同一時刻に、清家斉に架電をしているところ、その通話時間は極めて短い。しかも、すべて月末である。よって、これは渡部美彌子からの清家斉に対する、何らかの定期的な連絡と判明したので報告する。

㊞

清家斉の足取りに係る捜査報告書

平成２２年３月２６日

愛予県愛予警察署

司法警察員　警視正　土　居　健　一　殿

愛予県愛予警察署

司法警察員　巡査部長　上　内　亜　梨　子　㊞

住所　　愛予県愛予市寿能町６の１８の３３

地方公務員　　清　　家　　斉　　６０歳

方《かた》において発生した殺人及び放火被疑事件につき、清家斉の生活圏内における行動を解析して捜査した状況は、下記のとおりであるから報告する。

記

1　捜査の目的

清家方風呂場から発見された渡部美彌子の財布から、清家斉名義の領収書が発見されたため、当該領収書に記載された金１０万円に関する捜査を行うべく、清家斉の生活圏内における金融機関等の利用状況等を確認したもの。

2　捜査の対象

清家斉の預金通帳、並びに、当該預金通帳を取り扱う金融機関の店舗及びＡＴＭ

3　捜査の結果

(1)　清家斉が利用している金融機関は、愛予銀行である。

(2)　清家斉は、愛予銀行本店及び愛予銀行愛予西支店に口座を各１作っている（司法警察員巡査部長越智卓作成に係る通帳の領置調書参照）。なお、愛予銀行愛予西支店は、清家が貸与されている公務員官舎を管轄する支店であり、かつ、同支店のＡＴＭは、官舎から徒歩１０分未満の場所に所在する。

(3)　(2)の口座については、前者が給与等振込口座であり、後者が各種引き落とし用生活口座であると認められる。

(4)　そのいずれについても、捜査した直近の４箇月においては、金１０万円の入金記録がない。

(5)　実際に店舗に赴き、捜査関係事項照会書により清家斉名義の銀行口座を確認したところ、清家斉の銀行口座は、上記(2)に記載した２のみであることが判明した。また、愛予県内の全ての金融機関についても照会したところ、他の金融機関には清家斉の銀行口座がないことも判明した。

(6)　よって、清家斉の銀行口座を扱う愛予銀行の両店舗から、防犯カメラ映像の任意提出を受け、直近の４箇月における清家斉の来店の有無を確認したところ、この期間においては、清家斉の来店は全く認められなかった。

そこで、通帳に記載された取引がどこで行われていたのかを照会したところ、全て警察本部地下１階フロアに設置された愛予銀行ＡＴＭにおいて行われていたことが判明した。もとより、(4)記載のとおり、金１０万円の入金事実はない。

(7)　金融機関の利用等の総括

清家斉は、直近の４箇月においては、その取引する全ての金融機関において、金１０万円の入金をしたことがない。

なお、清家方官舎直近のＡＴＭについて、その防犯カメラ映像の任意提出を受け精査したところ、清家斉が当該ＡＴＭを最後に利用したのは平成２２年３月１４日であった。それ以降、清家斉が官舎直近のＡＴＭを利用した事実はない。

4　生活圏内の行動の捜査

(1)　渡部美彌子との接触状況の捜査

平成２２年３月２５日付け司法巡査原田貢作成に係る捜査報告書、及び同２６日付け司法警察員巡査部長越智卓作成に係る捜査報告書により、清家斉と渡部美彌子が金１０万円の授受を行っていたこと、それが定期的なものであること、その連絡にスマートフォンが用いられていたことが強く疑われたため、直近の４箇月における清家斉と渡部美彌子の接触状況等を確認すべく、清家斉の所有車両の走行経路、及び清家斉の生活圏内における防犯カメラ映像の捜査を行っているところである。

(2)　事件当日の行動

なお、本件殺人及び放火被疑事件の発生した平成２２年３月２４日における清家斉の行動にあっては、その勤務する警察本部を午後５時３５分に退庁し、愛予鉄道及び徒歩により帰途につき、

午後６時５０分に自宅から徒歩５分強のファミーユマート（自宅北西約３００メートル）の防犯カメラ１台に捕捉《ほそく》され

午後６時５４分に自宅から徒歩１分の寿能小学校（自宅西５０メートル、同一街路上）の防犯カメラ複数に捕捉されている

ことから、官舎に帰宅したのは、午後６時５５分過ぎと認められる。

事件当日の当該午後６時５５分過ぎ以降について、上記コンビニエンス・ストア及び寿能小学校の防犯カメラのほか、近隣に所在する全ての防犯カメラ映像の任意提出を受けこれを解析したが、清家斉の姿は確認できなかった。同様に、近隣に所在する全ての防犯カメラ映像において、清家

斉の所有車両の通過は確認できなかった。

なお、清家方官舎の西５０メートルには上記寿能小学校が、東７０メートルには郵便局が所在するところ、これらはいずれも同一街路上にあり、清家が車両又は徒歩により外出し、街路から出ようとするときは、必ずこのいずれかの防犯カメラに捕捉されることとなる。しかし、事件当日の午後６時５５分過ぎ以降、上記のとおり、清家も清家の所有車両も、防犯カメラには捕捉されていない。

なお、渡部美彌子の姿も、それら防犯カメラには捕捉されていない。

５　清家の足取り捜査に係る総括

領収書記載の１０万円が定期的なものだとすれば、その行方が明らかでない。また、領収書が渡部美彌子宛《あ》てのものだとすれば、同人との過去の接触状況が未だ明らかでない。加えて、事件当日、清家が官舎に帰宅してからは、清家は外出をしておらず、かつ、清家方に赴く渡部美彌子の姿も確認されていない。

よってこれらを解明すべく、引き続き任意提出を受けた防犯カメラの解析等に努めることとするから報告する。

㊞

様式第31号（刑訴第218条、第222条）

捜索差押調書(甲)

平成２２年　３　月２６日

愛予県警察本部　捜査第一　課

司法警察員　警視　城　石　　元　㊞

被疑者　清家斉　に対する　殺人及び放火　被疑事件につき、本職は、平成２２年　３　月２６日付け　愛予地方　裁判所　裁判官　斉　藤　隆　信の発した捜索差押許可状を　加　藤　義　亮　に示して、下記のとおり捜索差押えをした。

記

1　捜索差押えの日時

平成２２年　３　月２６日午　前　１１　時　３０　分から午　前　１１　時　５５　分まで

2　捜索差押えの場所、捜索した身体又は物

愛予県愛予市城山町２番地の２

愛予県警察本部警備部参事官室

3　捜索の目的たる人又は捜索差押えの目的たる物

(1)　被疑者と指名手配犯渡部美彌子との関係を疎明《そめい》するに足る日記、ノート、帳簿、メモその他の関係文書及び電磁的記録媒体

(2)　本件犯行の動機を疎明するに足る現金、通帳、有価証券及び貴金属その他の財産的価値ある高額な物件

4　捜索差押えの立会人

愛予県警察本部警務部総務室長

地方公務員　加藤義亮（５７歳）

5　差押えをした物

別紙押収品目録のとおり

6　捜索差押えの経過

(1)　警察本部警備部参事官室の執務デスクの施錠できる引き出し内から手提げ金庫及び現金２７０万円を発見したので、その状況を写真撮影してこれを差し押さえた。

(2)　捜索差押え終了時に、上記立会人に押収品目録交付書を交付した。

（注意）　1　物件の所在発見場所、発見者、発見の経緯等は、できるだけ具体的に捜索差押えの経過欄に記載すること。

2　やむを得ない理由により令状を示すことができなかったときは、その理由を付記すること。

様式第33号（刑訴第222条、第120条、規則第96条）

年　領第　号

押収品目録	被疑者	清　家　斉（~~ほか㊞　名~~）

符号	番号	品名	数量	被差押人、差出人又は遺留者の住居、氏名	所有者の住居、氏名	備考
	1	手提げ金庫（銀色、施錠済み、底面27センチ×20センチ、高さ12センチ）	1個	愛予県愛予市城山町2番地の2 加藤義亮	愛予県愛予市寿能町6の18の33 清家斉	
	2	現金（1万円札270枚）		愛予県愛予市城山町2番地の2 加藤義亮	愛予県愛予市寿能町6の18の33 清家斉	
				㊞		

（注意）1　符号は、証拠金品総目録によって付ける押収物の整理番号である。
2　検察官に送らないで処分したものについては、その旨を備考欄に記載すること。
3　上部欄外の領置番号は、検察庁で記入する。

様式第21号（刑訴第221条、第222条）

任意提出書

平成２２年　３　月２９日

愛予県警察本部刑事部捜査第一課

司法　警察員　警視　上　原　正　英　殿

住　居　愛予県愛予市城山町２番地の２

職　業　地方公務員（愛予県警察本部会計課長）

氏　名　風　森　章　子　　　㊞　　　（54歳）

下記物件を任意に提出します。用済みの上は、処分意見欄記載のとおり処分してください。

提　出　物　件

番号	品　名	数量	提出者処分意見	備考
1	宅配便の小包(底面２０センチ×２７センチ、高さ１３センチ、クロイヌボックス６号と記載あり、差出人渡部美彌子、封筒２と緩衝材《かんしょうざい》在中)	1	所有権を放棄します。	
2	封筒（白色、いわゆる長形３号、１２センチ×２３・５センチ。２通のうち１通は表に「愛予県警刑事部長さま」、裏に「渡部美彌子」と記載あり。もう１通には何も記載なし)	2	所有権を放棄します。	
		㊞		

（注意）　還付不要の物件には、提出者処分意見欄に必ず「所有権を放棄する。」旨明記させること。

渡部美彌子から宅配された物件に関する捜査報告書

平成22年3月29日

愛予県警察本部刑事部捜査第一課長

司法警察員　警視　上　原　正　英　殿

愛予県警察本部刑事部捜査第一課

司法警察員　　警視　城　石　　元　㊞

住所　　愛予県愛予市寿能町6の18の33

地方公務員　　清　家　　斉　　60歳

方《かた》において発生した殺人及び放火被疑事件につき、鋭意捜査中のところ、愛予県警察本部刑事部長宛てに、渡部美彌子名義で手紙等が宅配されたため、それについて捜査した状況は下記のとおりであるから報告する。

記

1　宅配の経緯

上記事件発生から5日後の平成22年3月29日、愛予県警察本部において郵便物等を取り扱う総務室の庶務係員が、宅配便の配達員から、渡部美彌子名義の小包を受領した。

小包に貼《は》られた伝票の名義人が特異であることから、直ちに警察本部捜査第一課に報告があったため、本職が総務室に赴き、当該小包の外表を確認した。すると上記係員の申告どおり、伝票の名義人は「渡部美彌子」、名宛人《なあてにん》は「愛予県警刑事部長さま」であった。

これを特異物件と認知した本職は、当該小包の占有者となった愛予県警察本部総務室会計課長（準遺失物の占有者）風森章子事務官よりその任意提出を受け、これを領置した（平成22年3月29日付け本職作成に係る領置調書参照)。

2　小包の中身

(1)　封筒

定型（長形３号）の白い封筒が２封在中していた。

うち１封には表に「愛予県警刑事部長さま」、裏に「渡部美彌子」の記載があった。

この名宛人等の記載ある封筒には、便箋《びんせん》が封入されており、それは２４枚にわたる長文の私信と認められた。

もう１封には何も記載されておらず、指輪１個のみが封入されていた。

(2)　指輪

女性用の指輪であるが、その詳細は、平成２２年３月２９日付け司法警察員警部補二宮俊作成に係る実況見分調書のとおりである。

(3)　緩衝材

小包のサイズが、在中物に比して大きいため、内部はスチロールの緩衝材で埋められていた。

3　差出人の特定

(1)　指紋

封筒、指輪、緩衝材、小包の箱のいずれからも、渡部美彌子の指紋が多数採取された（別添指紋等確認通知書のとおり）。第三者の指紋は、宅配便の従業者複数、及び上記庶務係員のものであると判明した。それ以外の指紋の付着はない。

(2)　宅配便従業者からの聴取

当該小包は、平成２２年３月２４日の午後６時頃、

トマト運輸　愛予市愛予西センター

に対し直接持ち込まれたものであり、持ち込んだのはサングラスをした女性であった。この女性は、宅配の手続をする際、荷の到着が「３月２９日」になるよう、期日指定サービスを利用している。この女性について、防犯カメラ映像等による確認を試みたが、その営業所カウンタを直接捕捉する防犯カメラは、存在しなかった。よって、営業所の出入口付近を撮影する防犯カメラの映像により、当該女性を確認したところ、一見したところ、スナック『ルージュ』に出現した村上加奈江に酷似している。しかしながら、顔貌等の映像が必ずしも鮮明でない。ゆえに現在、科学捜査研究所にスクリーニング等を依頼しているところである。

なお、当該営業所のカウンタからは、渡部美彌子の指紋が採取されている。

(3)　筆跡

上記伝票及び封筒に記載された文字の筆跡と、愛予警察署捜査本部が領置している渡部美彌子関連物件（平成１２年発生に係る傷害致死事件の証拠品）から抽出した文字の筆跡とを照合するため、警察本部科学捜査研究所長に鑑定を嘱託したところ、同一人の筆跡と考えて矛盾ないとの回答を得た（平成２２年３月２９日付け科学捜査研究所長作成に係る鑑定書参照）。

4　宅配された物件に係る総括

在中物及び宅配便営業所に遺留された指紋、並びに、在中物に記載された文字の筆跡から、警察本部に宅配された小包は、渡部美彌子本人によって送付されたものと判明した。よって、在中する上記封筒も、渡部美彌子によって送付されたものであり、その私信は、渡部美彌子が書いたものと判明した。

当該私信の内容は、鋭意解析中であり、別途報告する。

第5場　渡部美彌子の手紙

愛予県警警務部長さま
愛予県警刑事部長さま

前略
突然、このような手紙を差し上げること、お許しください。
また、この十年間、警察の皆様にこれ以上なく御迷惑をお掛けし、申し訳ありません。私の謝罪など、罪の大きさ、逃げ隠れした卑劣さに鑑《かんが》みれば、とても受け容《い》れていただけるものではございませんし、警察の皆様のお怒りを買うだけだと解《わか》っております。むしろ、愚弄《ぐろう》していると思われても仕方がございません。

ただ、私はこの十年間、いっそ出頭し、この自ら招いた地獄の日々から逃れたいと、そして罰を受け罪を贖《つぐな》いたいと、そう思わなかった日はございません。逃亡犯としての人生というのは、充分に御案内のとおり、残酷で、孤独で、そう、この世界に居場所を持たない者の漂流でございます。まさか、なまやさしいものではございません。ですので、この十年間、出頭しよう、交番のおまわりさんに声を掛けようと思わなかった日は、ただの一日もございません。これは、嘘偽《うそ》らざる事実でございます。

しかし、私は出頭いたしませんでした。

そして、この手紙を読んでいただけているということは、私はもう、この世にはおりません。というのも、私は清家斉に殺されているからです。

私が死んでしまう以上、私の罪は……十年前に白居公安課長さんを刺し殺してしまった罪は、永遠に贖えません。また、その犯罪は、永遠に解決されません。

それもまた、許されないことに思えます。

卑劣な逃亡の日々を重ねてきた私でございますが、いえ、そんな恥ずべき私だからこそ、私の物語、私の犯罪を赤裸々《せきらら》に書き連ね、すべてを告白して、十年前の事件に決着をつけなければならない。そう思うのです。

それは、警察の皆様にとっては、決着でも何でもない。それも理解しております。しかし、いわばこれは殺人者の自白、最後の自白。その人生を賭《と》した、自白でございます。我《わ》が儘《まま》とは承知しておりますが、どうぞ御吟味《ごぎんみ》の上、私の逃亡の日々を締め括《くく》り、看《み》とっていただきたいと切に願うものでございます。ぜひとも、ぜひとも御賢察《ごけんさつ》くださいますよう。

それではまず、私が何故《なぜ》、逃亡することとしたのか。あるいは何故、逃亡の日々を続けることとしたのかを、御説明します。

忘れもしません。十年前の四月二六日、水曜日。

あの日は、大雨でした。それが、私にとってさいわいで、また不幸でした。

というのも、警察本部の課長さまたちの官舎には、よく新聞記者さんたちが、いわゆる夜討ちを掛けるからです。官舎の前で、幾人かがたむろしていることも稀《まれ》ではありません。とりわけ、東《あずま》捜査二課長さま――今の警務部長さまは、そのお仕事から、記者の方との夜のおつきあいが多うございました。でもその夜は大雨で、少なくとも私が見たかぎり、官舎の前で傘が開いている様子も、人が隠れている様子もありませんでした。だからこそ、警察本部の課長さまの官舎に、私などがするりと入ることができたのです。そこに、白居公安課長さまの御配慮なり御手配があったのかは、今となっては、知ることもできません。永遠に無理かも知れません。

そこで、あのひとと、私達の話し合いが行われました。

もちろん、不倫問題についてです。率直に言えば、私との交際の清算についてです。

実は私は、その清算については、お信じ頂けるかどうかはともかく、覚悟をしておりました。

あのひとは、将来のある方。大望のある方。だからこそ、議員先生のお嬢様との御結婚、という話にもなる。そして私といえば、母子家庭の、そう困窮《こんきゅう》のなかで育った庶民でございます。実家は、大衆食堂をしている、ごくふつうの……いえ金銭的には決して恵まれない家庭でございます。閨閥《けいばつ》によるバックアップなどというものからは、最も縁遠い家庭環境でございます。まして、御案内のとおり、その頃から母は、胃ガンに苦しんでおりました。姉は、事件直前に、平凡な国語教師と結婚しております。

これらのことは、とりわけ金銭的に、あるいは社会的に、あのひとにとって何もプラスにならないという事を意味します。いえ、例えば母の介護等を考えたとき、そしてそれが東京・霞《かすみ》が関《せき》を遠く離れた地で行われなければならないという事を考えたとき、あのひとにとって、私との交際は、この上ないマイナスでございます。
……あのひとは、確かに、私を愛してくださいました。私も全身全霊で、あのひとを愛しました。あのひとをずっとお支えしたいと、ともに新しい人生を歩んでゆきたいと、ただそれだけを熱望しておりました。赤裸々に申し上げれば、もちろん肉体関係もございました。それは、警察官にとっては、そしてあのひとにとっては、致命的なものです。それだけに、私は、あのひとがきっと私を救い上げてくれると、信じておりました。私との激しすぎる愛を、結婚というかたちで結実してくださると、そう夢見ておりました。

——夢みておりました、というのは。

あのひとを一途《いちず》に愛する私は……自分で申し上げるのも奇妙でございますが、愚直で後先顧《かえり》みない私は、その結婚を信じて疑わなかった。と申しますか、どうしても信じたかった。信じることを、止められなかったのでございます。他方で、御案内のとおり、私は大学の教員で、法学の研究者でございました。その冷静な自分は、どこかで割り切っていたところもあった気がします……あのひとは私を裏切り、私を捨てるだろうと。

それはそうです。

冷静な研究者として、ロジックで考えたとき、あのひとが順風満帆《じゅんぷうまんぱん》の、エリートとしてのしあわせを、金銭的安定を、栄達《えいたつ》への切符を、捨てられるはずもない。そう考えざるをえません。あのひとは、確かに愛予にいるうちは私を愛してくれましたが、キャリア官僚というのは、一年二年の渡り鳥。やがては愛予を去る。確実に。そのときあのひとの隣に私がいるかといえば……客観的に考えて、いるはずもない。昔風にいえば、私は港々《みなとみなと》の女、波止場の一夜かぎりの女でございます。

ただし。

学者でも、研究者でも、女は女です。

そして男と女は、学者の理屈で割り切れるものではございません。

まして、私には重病に倒れた母と、直前に結婚をした姉がおりました。母を救ってあげたい。母を安心させてあげたい。そして……姉のように、しあわせになりたい。そうした事情も、私のこころを強く動かしました。そう、どうしても信じたいと、どうしても諦《あきら》められないと。最後に、必死になって私のこころを衝突《ぶつ》ければ、あのひとだって、こころを動かしてくれるかも知れないと。

ここで、あのひとにも、私との話し合いに応ぜざるをえない事情がありました。というのも、私との関係があまりに深かったので、悪い言い方をすれば、私の口をきちんと封じておかなければならなかったからです。そうしなければ、警察官として、官僚として恐ろしいスキャンダルになるからです。

つまり。

二〇〇〇年四月二六日に最後の話し合いがセットされたのは、そういう事情からでした。

その顛末《てんまつ》については、諸々《もろもろ》書き記すまでもございません。

あのひとは、頑《がん》として私との関係を清算する旨《むね》を。私は、どうしてもあのひとと結婚する旨を。それをたがいに告げて、どちらも譲《ゆず》りませんでした。

ただ、事がそれだけならば。

まさか私は殺人鬼ではございません。とても激しい絶望と悲しみにうちひしがれ、かなりの確率で自殺を選んだとは思いますが……あのひとを刺すだの殺すだの、そんな展開には絶対にならなかった。

それは、信じて下さい。

重ねて、私はもうこの世におりません。もはや恥も外聞も言い訳もございません。だから、これだけは申し上げておきます。

あれは、恐ろしい偶然が重なった、不幸な事故……いえ不幸な犯罪でございました。私にとって不幸、というと傲慢《ごうまん》ですので、関係者のすべてにとって不幸、と申し上げます。

その、恐ろしい偶然というのは。

まず、あのひとがお酒を嗜《たしな》まない人であったことです。もちろん警察本部の課長さまですので、酒席は幾らでもありますが、ビール一杯、お猪口《ちょこ》一杯で顔を真っ赤にするほど、アルコールが苦手なひとでした。それで、警察では大変御苦労なさっていると聴いたことがございます。

次に、あのひとの御実家から、林檎《りんご》の箱が送られてきたことです。御実家の方の地域の名産で、それは立派な林檎でございました。そのようなことは、私があのひとと交際している期間、しばしばございました。お母様が、遠く愛予に赴任したあのひとに、お心遣いをなさるのでございます。もちろん私は、それを剝《む》いたことも幾度かございます。内縁関係のようなものでしたから……その林檎が、あの四月二六日にもありました。重ねて、あのひとはお酒を嗜みません。ですので、あのひとと私達の話し合いの席で、林檎が剝かれるのは、ある意味必然でございました。偶然から生まれた、必然です。

また、私は漁村の出で、大衆食堂の娘でもあります。料理が得意ということは、きっとお調べのとおりです。ですので、それを剝くには私の方が適しておりましたし、実際、それまでもあの夜も、林檎を剝いたのは私でした。これも、偶然から生まれた必然です。

最後の、恐ろしい偶然は。

あのひとが、どちらかといえば……いえかなり明朗で、いえかなりハッキリ物を言うひとで、しかもその口調が、独特だったことです。お役人によくあるタイプ、とでもいうのでしょうか……学者の私からしても、理詰めで、ハキハキと喋《しゃべ》りますし、やはり警察の指揮官の方ということもあって、バッサリ物を言うタイプの方でした。しかも、お若くして警察本部の課長になられていたので、現場の指揮官ということもあって、その口調が、時に大変厳しいものとなるのです。とりわけ感情が激してまいりますと、「そうではない」「そのようなことはできない」「冗談ではない!!」「くどい!!」「君は自分が何を言っているか解っているのか!!」「これ以上話し合いの余地は無い!!」等々と、命令調と申しますか、軍人調と申しますか、いかにも警察の若手エリートといった感じの、上下関係を意識した、断定的で大きな声を発することがあるのです。

……これらが、とりわけ最後の偶然が、私にとって致命的であったことは、きっと御理解いただけるのではないかと思います。警察の皆様は、私の過去を徹底的に捜査なさったことでしょう。ならば私が、多感な時期にイジメを受け、それが原因でPTSDを発症しているということも、お調べになったことと思います。

林檎。包丁。大声。PTSD。フラッシュバック。

正直に申し上げます。

私には、私があのとき何故あんなことをしたか、全く理解できないのです。少なくとも行為の瞬間は……そう、私が白居公安課長さんを刺してしまったその瞬間は、無《む》我《が》夢中《むちゅう》どころか、そうする意識も、そうした記憶もありませんでした。今でもありません。何が何だか自分でも分からないうちに、包丁を手に採り、あのひとを刺そうとした。白居公安課長さんは、包丁で大きな怪我《けが》をした。そういう事実関係が、頭で理解できるだけです。

重ねて、それは事実ですし、その事実はまったく争いません。

すなわち、私に責任能力がなかったとか、すべて病気のせいだとか、あるいは、記憶にすらないので私が犯人ではないのだとか、そういった類《たぐい》の弁解は、一切、するつもりがございません。

私がパニックにおちいり、そのパニックゆえ、咄嗟《とっさ》に包丁をつかみ、あのひとを刺そうとした。実際、白居公安課長さんを刺してしまった。私の記憶にはございませんが、それを否定する材料もなく、まさか現場に私達以外の一般の方がおられるはずもない。私は法学者です。研究者です。僭越《せんえつ》ながら、自分のことを合理的な人間だと考えております。ですので、責任能力、病気、記憶云々《うんぬん》で、自分の犯してしまった罪を否定する気は毛頭《もうとう》ございません。白居公安課長さんを刺したのは私で、その場にいた他の誰でもありません。またこのことは、客観的な事実として、証拠品によって、充分に立証されているものと想像します。

ですので、これは「自白」です。

ここで、法学者として、警察の皆様に、感謝したいと思います。

というのも、私の犯罪を、傷害と……傷害致死と認めて下さったからです。

私はパニックにおちいっておりましたので、あのひとを殺すつもりがあったのかなかったのか、正直、自分でも断言することができません。その「真実」は、本人でさえ自供することができません。

しかし。

私は、あのひとを愛しておりました。最後の瞬間まで、意識が飛んでしまうその瞬間まで愛しておりました。意識がある段階を、ギリギリまで顧《ふりかえ》ってみましても、あのひとを殺してしまおうなどとは、絶対に考えておりませんでした。

だから、包丁で刺したとき、絶対に殺意が無かったなどと断言はできませんが……

そして、言い訳がましくなり、さぞかし御不快と思いますが……

あれは、私にとっては、イジメからの逃避、イジメからの防御でございました。きっと思いっ切り、そう、逃げようとして、無茶苦茶にふりまわしたのだと想像します。

それが結果として、白居公安課長さんに刺さってしまった……いえ、白居公安課長さんを刺した。

その結果は、先のとおり疑いのないものですし、何も否認いたしません。ただ、どうしても私が申し上げたいのは、私の病気と、あのひとの激昂《げっこう》からして、私は殺意を感じるより、恐怖と焦燥《しょうそう》を感じたはずだということです。懸命に、自分を攻撃する何者かから逃げようと……ロジックで考えて、そこに殺意は生まれません。私は、私自身をそう分析していま す。そして結果として、警察の皆様は、私に殺意がなかったことをお認め下さいました。だから、「殺人」ではなく「傷害致死」で指名手配をして下さいました。このことについては、警察の皆様がどうお感じになっているかは解りませんが、私としては、深く、深く感謝しております。

私には、あのひとを殺すことなど、到底できませんでしたし、今もできませんので。

それからのことをお話しします。

実はここで、清家斉が……今の清家参事官が出てまいります。

清家斉は、私の十年間にわたる逃亡生活の、いわば協力者……いえ命令者でございました。

もともと、十年前、清家は白居公安課長さんのすぐ下の部下で、白居さんを、公安課次長として支えていた。そのことは、警察の皆様の方がよく御存知と思います。

白居公安課長さんは、清家次長を信頼しておられ、また清家次長も、白居公安課長さんに懸命にお仕えしておりました。そして、これも御案内のとおり、私が包丁で刺してからも、白居公安課長さんには息がありました。と申しますか、充分に意思疎通《そつう》ができました。

……警察官僚が、赴任先で、痴情《ちじょう》の縺《もつ》れで、包丁で刺される。

これは、スキャンダルです。しかも不倫が絡《から》むとなれば、ただのスキャンダルではすまされません。当時は、御記憶でしょうが、埼玉、神奈川、新潟、栃木など、いろいろなところで警察不祥事が頻発《ひんぱつ》していて、メディアの警察に対する姿勢は、それはもう厳しいものでございましたから。いえそもそも、あのひとの親御さまが、どれだけ呆《あき》れ、絶望され、お怒りになり、お嘆《なげ》きになるか……

したがいまして。

東京から赴任してきたあのひととしては、私のしでかしたことは、絶対に秘密にしなければならないものでしたし、いつ記者が訪れるか分からない課長官舎での出来事ですから、直ちに、そう、事件を隠蔽《いんぺい》する必要がありました。重ねて、白居公安課長さんには意識があり、また、会話をすることも、その後の段取りに気を回すこともできました。ただ、白居公安課長さんは刺されています……刺したのは私ですが。当然、お怪我があります。諸々の具体的な段取りを組むとなると、荷が重い。そして私はといえば、茫然自失《ぼうぜんじしつ》というか、虚脱《きょだつ》状態にあった。

そこで、白居公安課長さんが警察電話で連絡をとったのが、いわゆる女房役の、公安課次長、清家斉警視だったのです。

清家は当夜、大雨のなかを、いえ大雨に救《たす》けられて、すぐ公安課長官舎にやってきました。そして救急車を急いで手配するその前に、白居公安課長さんと脚本を練《ね》り上げました。といっても、複雑なものではありません。そのときはまだ、単純な……ひどいお怪我はさせてしまいましたが……傷害事件であり、被害者である白居公安課長さんはそれを隠したがっている。そしてあのひとは、このことをまさか口外するはずがない。できるはずがない。

そこで。

清家はまず、私を逃がすことから始めました。白居公安課長さんも清家も、いわゆる警備公安の方です。特別な協力者には、事欠きません。私を大都会の某所《ぼうしょ》に逃亡させることは、すぐに決まりました。

その某所については、今なお御迷惑が掛かりますので、申し上げることができません。しかし、警察ならではの知恵に基づく、絶対に安全なところです。私はそこに、五日間お世話になることとなりました。その段取りも、たちまち清家が組んでくれました。そして私は、すぐに現場である公安課長官舎を離れ、その夜のうちに捕まえることができた特急列車で、愛予県を脱出したのです。そして某大都会に到《たど》り着き、地図を頼りに、清家が手配した隠れ家へ入れました。これも、まさに犯行当夜のことです。

……このように、私は現場を脱出してしまったので、その後のことについては、自分自身の言葉で語ることができません。もちろん、逃亡生活については語れますので、それはすぐにお話しします。私が語れないそのこととは、「私が脱出してから、公安課長官舎で何が起こったか」です。

まず、白居公安課長さんが救急車で搬送されたこと、これは間違いありません。私は目撃してはいませんが、そうするのが必要だった状況でしたし、その後の報道などで、それが事実であると分かります。

次に、清家の脚本では、現場の改竄《かいざん》と証拠の隠滅《いんめつ》が行われるはずでした。私は警察官ではありませんので、どういうストーリーで、どういう風に傷害事件を揉《も》み消すつもりなのかは分かりませんでしたが、清家はとにかく「痴情の縺れで女が刺した」という事件にだけは、するつもりがないようでした。そこは、白居公安課長さんと辻褄《つじつま》を合わせ、どうにかカバーストーリーをでっち上げ、「渡部美彌子」が一切登場しない事件あるいは事故にする——という方針だったはずです。だから、私が指定された逃亡期間は、そうです、隠れ家での潜伏期間は「五日間」でしたし、清家としては、それまでには自分の書いた脚本で、警察内部をまとめあげるつもりでいたのでしょう。

ここで、白居公安課長さんがお亡《な》くなりになったのは、結果論です。

重ねて、私には殺意がありませんでした。お怪我の状態など素人《しろうと》には分かりませんが、清家との意思疎通とか、共謀とかができるほど、意識もハッキリしていました。一分一秒を争って救急車を呼ばなければ死んでしまう——といった状態でも、ありませんでした。

だから。

当夜の目論見《もくろみ》としては、白居公安課長さんは治るし、被害者として被疑者を告訴することはないし、あるいは事故当事者として当夜のことを騒ぎ立てたりはしない。病院での治療も、それなりの期間は掛かるでしょうが、手術はまず成功するだろうし、それが分かるのに二十四時間は必要ありません。万一、予後が急変するとしても、五日のうちには分かるだろう――そういう目算だったのです。

そして、そのことは、あながち身勝手な、希望的観測ではありませんでした。むしろ、その目算が現実のものとなる可能性の方が、遥《はる》かに大きかった。

というのも、これも御存知のとおり、白居公安課長さんがお亡くなりになった原因といえば――確かに遠因は私に刺されたことですが――直接の原因は、手術中の医療ミスだからです。それはまさか、私達当事者をふくめ、神様だって予期できなかったことです。これが、目論見の狂ったことの、第一です。

目論見の狂ったことの、第二は。

清家がいっていた、現場の改竄と証拠の隠滅が、結果として、できていないことです。できなかったことです。もちろん、当時の私には、それが何故なのか、全く理解できませんでした。理解できたのは、これが「女による」「傷害事件」であると認知されてしまったということです。隠れ家で接した報道が、もうそうなっていました。

これは当然、清家の脚本ではありえない事態です。

そして、いよいよ犯罪者になった……警察に犯罪者として確定されてしまった私にとっては、恐ろしい衝撃でした。そんなはずはない、そんなバカなと、何度も新聞を読み返しました。

しかし、まさかそんな報道が、虚偽のはずありません。

とすると、清家の現場工作も、カバーストーリーのでっち上げも、失敗したことになる。

……結局、その理由が解ったのは、後日、清家との忌《い》まわしい交際が始まったあとでした。それについてもすぐお話ししますが、私は清家から、当夜起こったハプニングを、聴かされることとなったのです。

それはすなわち。

予期せぬ客の到来でした。

私は全く知らなかったのですが……知っていれば、これまた、あのような事件は起こらなかったに違いありません……なんとあのひとは、私との話し合いが決裂したり、私が激昂したりして取り乱したときのため、第三者を官舎に招いていたのです。それは、そう、このお手紙を差し上げている東警務部長、当時の東捜査二課長が、いちばん御存知のことでしょう。すなわち、私とあのひととの話し合いのあと、第三者が公安課長官舎を訪れたのです。もちろんそれは、結果から分かるとおり、私が現場から逃亡したあとになりました。

ここをもう少し、詳しく説明しますと。

まず、私達が交際の清算について話し合いをし、私が白居公安課長さんを刺し、私達が現場工作について打ち合わせ、私が逃亡してから、なんと現場に新たな登場人物がやってきた――こういう物語になります。

もちろんその第三者は、現場を見てしまいましたし、だから、何が起こったかも（少なくとも、白居公安課長さんが何者かに刺されたことは）理解してしまいましたし、だから、おなじ警察官として、現場の改竄だの証拠の隠滅だのには、加担しなかった。もっと正確に言えば、東警務部長がいちばんよく御存知のとおり、その新たな客が来てしまったことにより、もう犯行現場をいじることが、できなくなってしまったのです。

もし新しい客が、例えば刑事どうしであるとか、例えば警備公安どうしであるとか、現場で共謀《きょうぼう》のできる間柄《あいだがら》であったなら……また話は違ってきたことでしょう。しかし、お聴きしたところ、刑事と警備は水と油。

白居公安課長と東捜査二課長が、どれだけキャリア同士仲がよいとはいえ、片方の幹部が刺され、その犯人までが逃亡してしまったとき。新しい客として、何も知らずにやってきたもう片方の幹部は――自分の立場を考えても。警察を取り巻いていた厳しい状況を考えても。また部門どうしの壁や対立を考えても。自分の部下職員がどう思うかを考えても。

まさか揉み消しに加担できるはず、ありません。

だから、結果として、傷害事件の現場も証拠も、そのまま残った。残さざるをえなかった。ここで、目論見が狂った。この狂いから、「私の」「傷害事件」の捜査は開始され、警察幹部の傷害ということで、メディアにも大きく採り上げられることとなった。私の隠れ家での潜伏も……清家からの指示で……五日ではすまなくなった。

もっとも、事情があって、その隠れ家にずっといることは不可能でしたので、私は五日目にそこを出、いよいよ犯罪者としての逃亡生活に入りましたが……。

そのときは、それがまさか十年になるなどと、考えてもいませんでした。

やがて、白居公安課長さんが、医療ミスでお亡くなりになり。

私の犯罪は、「傷害」から「傷害致死」に格上げとなりました。

その罪の重さと、逃亡の事実から、直ちに全国指名手配の、お尋ね者となりました。

これもまた、隠蔽だの揉み消しだのが到底無理となった理由です。最初は、犯罪にもならずに処理されるはずだった。次は、傷害犯として処理されるはずだった。ところが、どんな運命の悪戯《いたずら》か、私の罪は、とうとう人殺しにまでなってしまった。世間的には、傷害致死も殺人も違いはありません。人殺しです。そして傷害致死の時効は、十年です。

私が指名手配までされてしまった時点で、もう、年老いて病んだ母にも、せっかく結婚したばかりの姉にも、途方《とほう》もない迷惑を掛けてしまいました。凶悪犯罪者の家族として、母と姉たちがどれだけ苦しんだか……ただ、私が逮捕されたり、起訴されたり、有罪判決を受けたりすれば、もっともっと好奇の瞳《め》にさらされ、もっともっと嫌がらせなどを受けるでしょう。

すなわち、私がもう一度、この世間に浮上することは、胃ガンの母はもとより、何の罪もない姉とその夫に、もう一度迷惑を掛けることになります。とりわけ母は、若い頃からの苦難多い人生と、命を蝕《むしば》む難病で、既に充分、つらい思いをしています。他方で、メディアは瞬間的には過熱しますが、指名手配、逮捕、起訴、公判、有罪判決といった「イベント」がなければ、他の諸々《もろもろ》に追われて、私のことなどを報道したりしません。そして、もはや指名手配での「沸騰《ふっとう》」は、終わっています。事実、この十年間で、渡部美彌子なる女の物語は風化し、大多数の人々には忘れ去られています。

ならば。

次のイベントを、私が用意するわけにはゆきません。すなわち逮捕も、起訴も、公判も、有罪判決も避けなければなりません。それは——私の身の安全ということももちろんありますが——とりわけ貧しい子供時代、肩を寄せ合って生きてきた母と姉を、世間の好奇の餌食《えじき》としないそのためです。綺麗事《きれいごと》と思われるかも知れませんが、私は母に、「殺人者の親」として旅立ってほしくはないのです。少なくとも、世間にそう騒がれたくないのです。

それでは、いよいよ、私が十年間の逃亡生活を果たせた事情について、お話しします。

まず、私は一介の大学教員でした。そして、貧しい家庭の出です。まさか私に、十年間を逃げ延びる資力も、能力も、組織的な支援もありません。もちろん、私の逃亡を陰に陽に手《て》救《だす》けしたのは、清家斉です。かつての清家公安課次長であり、今の清家警備部参事官です。

清家が私の逃亡を手救けしたのは、私という最後の証拠を、時効完成まで湮滅《いんめつ》するため。すなわち自分の部門の恥をこれ以上世間にさらさず、しかも、敵対する刑事部門にいわば嫌がらせをするためです。指名手配犯の検挙は、大きな実績になるそうですから。

もちろん、それは、合理的な人間としての動機であって……清家には他の動機もあった。そのことを私は、じきに、嫌と言うほど知ることとなるのですが……

私は、例の五日間の隠れ家生活ののち、実は東京におりました。清家の手配です。清家の、あるいは警備公安の協力者が、私の東京潜伏をサポートしてくれたのです。事情を知り、かつ、清家を裏切らない協力者のサポートがあれば、逃亡生活は、困難ではありません。まして清家は、指名手配をしている愛予県警の幹部です。清家は、それなりに不遇な職業人生を送ることとなりましたが、警察のやり方を熟知してもいれば、愛予県警の内部情報も手に入ります。

結果として、東京の某所における潜伏には、何の危険もありませんでした。

私が東京にいたのは、三年間です。

その後、清家の指示を受け、なんと愛予県に帰ることとなりました。その大きな理由は、私に極めて似ている顔かたち・姿をした「村上加奈江」さんを発見できたことです。

といっても、これは、説明が逆立ちしているかも知れません。

私に極めて似ている方を、それも複数発見できるのは、まさに愛予県警だからです。指名手配をした刑事さんは、当然、私を血眼《ちまなこ》で追っていますし、そうでない警備公安も、オウム真理教関係で、いろいろなローラー作戦をしています。その過程で、私に極めて似ている方の情報が入ってくるのは全く自然ですし、また、それが入ってくるのは警察だけです。事実、清家は、私が東京に潜伏していた三年間で、私と瓜二《うりふた》つといってもいい――ほんとうに微妙な、顔のパーツ等の違いをのぞけば――女性をふたり、発見しています。刑事部門なら、ふたりどころではないでしょう。

その、清家が存在を知ったふたりのうち、ひとりが「村上加奈江」さんでした。

幸か不幸か、御両親も親族も亡くし、天涯孤独《てんがいこどく》の身。年齢も、いま三七歳の（当時は二八歳でした）私と五つ離れていません。清家と……もちろん私にとって、絶好の人物でした。そう、清家はこの「村上加奈江」さんをどうにかして身方《みかた》に取りこみ、私に、いわゆるなりすましをさせようと決意したのです。

清家は、私の逃亡生活を手救けできるほどの、金銭を動かすことができました。清家の会話の端々《はしばし》から、それは、警備公安部門の捜査費というものだという事、そしてそれを、なんと無謀にも個人的に流用しているのだという事が、理解できました。

また清家は、その当時は、「美彌子スキャンダル」の責任を問われていたとはいえ、まだ五〇歳を幾許《いくばく》か過ぎただけの、若手警視です。定年までまだ余裕があり、人事的にもまだ逆転のチャンスがあり——そしてなにより、警備公安のエースとして、部門に睨《にら》みが利きました。二〇一〇年の今でこそ、役員にもなれず定年退職という、エース警視としては最悪の結果になってしまいましたが……

いずれにせよ、村上加奈江さんを発見した当時は、まだ、清家にも権力がありました。それは資金力でもありました。だから、私の整形費用を出すこと、小料理屋『かなえ』の開店資金を出すこと、私の愛予県における新生活を御膳《おぜんだ》立てすること——そしてなんと、村上加奈江さんから戸籍その他の人生を「買いとる」ことも、充分にできたのです。ちなみに、村上加奈江さんに偽造旅券を用意することも、警備公安の清家にしてみれば、朝飯前といえるほど容易なことでした。

そのような経緯で。

村上加奈江さんは、清家のどのような働き掛けがあったのか、具体的には分かりませんが、結果として清家と私に人生を売り渡し、偽造旅券で海外へと旅立っていったのです。渡航先は、ブラジルともアルゼンチンとも聴きましたが、清家が詳しいことを教えるはずもありません。

だから私は、「村上加奈江」としてのキレイな戸籍、キレイな住民票、キレイな健康保険、キレイな来歴等を、手に入れることができた。これらによって、私は、小料理屋の営業許可も、たやすく手に入れることができた。

しかし……

このなりすまし自体は、ともかく。

愛予県で暮らすことも、まして や、警察官がよく来るような小料理屋の女将《おかみ》をすることも、私には、正気の沙汰《さた》とは思えませんでした。せっかくキレイな人生が買えたのだから、せめて公訴時効が完成するまでは、大都会の森のなかか、あるいは海外か(『村上加奈江』が海外に出ることに問題はありません)、あるいはそれなりに繁華な地方都市か……いずれにせよ、身を隠すべきだと思ったのです。

それは当然です。いくら整形したとはいえ、それは私を村上加奈江さんに似せるた

め の整形。だから私の顔は依然「渡部美彌子と酷似している」のです。そんな私が、指名手配までして私を躍起《やっき》になって追っている愛予県警の、しかも警察署のお膝元《ひざもと》で、接客業をやるなんて……わざわざ、逮捕してくれと大声で叫んでいるようなものです。

ただ結果として、私が、清家のこの狂気のシナリオに乗ることとなったのは――まず、当時の私が清家に頼る以外、生活の術《すべ》を持っていなかったからです。私のすべての逃亡資金は、清家から出ていました。その清家のシナリオに叛《さか》らうことは、できません。

そして第二に、清家のシナリオにも、それなりの合理性があったからです。すなわち、まさかあの渡部美彌子が、愛予県に、しかも警察署の近くにいるわけがない、という心理的な盲点です。そして、だからこそ積極的に接客業をし、顔を売り、警察官すらたくさん招き、この「まさかあの美彌子が」という思い込みを、強くさせる。灯台もと暗しといえば陳腐《ちんぷ》ですが、つい一年ほど前までの、『かなえ』での人生を顧《ふりかえ》るとき、この作戦は見事に成功しています。これは、結果が全てとしか言い様がありません。

さらに第三の理由として、私が安心できる安全装置さえ、あったからです。すなわち、私が最も恐怖する「指紋」の問題が、クリアできたからです。

　ここで、「DNA」は、恐れる必要がありません。清家を通じて、私の——すなわち渡部美彌子のDNA試料《しりょう》が存在しないことは、知っていました。私の髪とか皮膚とか吸い殻とかから、私が渡部美彌子だと特定することは、不可能なわけです。

　また、村上加奈江さんはそもそも『かなえ』に入ったことすらなければ、そのアパートは清家が徹底的にキレイにして（あるいは汚染して）しまったので、村上加奈江さんのDNA試料を新たに採取することは、できません。だから「私がなりすましで、ほんとうは村上加奈江ではない」ということも、まず露見《ろけん》しません。

　まとめれば、DNA関係は、問題になりません。

　そうすると、最大の問題は、絶対に変えられない私の指紋、渡部美彌子の指紋です。

　これは、まさにあのスナック『ルージュ』で、刑事さんたちが懸命に私の指紋を入手しようとしていたとおり、「私＝渡部美彌子」という事実を、確実に証明してしまいます。そしてそのとき、「私≠村上加奈江」ということも、証明されてしまいます。言うまでもないことですが、村上加奈江と渡部美彌子の指紋は、違いますから。

　だから私は、小料理屋『かなえ』で指紋が採取されることを、死ぬほど恐れました。またそれを恐れるからこそ、清家のシナリオを、狂気の沙汰だと思ったのです。

しかし……

これは、この手紙をお読みになっている東警務部長さま、宇都宮刑事部長さまに大変な御迷惑をお掛けしてしまうので、詳細は申せませんが……結論として、この指紋問題すらクリアできました。

といっても、これでは御納得いただけないと思います。ですので、ほんとうに概略だけを申し上げれば……仮に『かなえ』で私の指紋が採取されても、あるいは『かなえ』から私の指紋の着いた物が持ち出されても、最終的に、「それが私のものという結論が出ない」よう、工作がなされていたからです。もう少し申し上げれば……仮に「村上加奈江なる女の指紋を採取したら、それが渡部美彌子の指紋だった」という本当の結論が出ても、それをどうとでも処理できる工作が、警察本部においてなされていたからです。ただ具体的には知りませんし、知っていても関係者に御迷惑が掛かるので申し上げられません。

でも、特定の方がその協力をしてくださるかぎり、その方に御異動なり御退職なり御変心なりがないかぎり、採取された指紋は「渡部美彌子のものではない」「ヒットしない」という結論が、出続けたはずです。

この、いわば指紋についての保険がありましたので、とうとう、私は小料理『かなえ』の女将になることを決意し、我ながら驚愕《きょうがく》しますが、警察官御用達《ごようたし》の店を、幾年も幾年も続けることができたわけでございます。私の申し上げていることが真実かどうかは、これも、結果が全てとしか申し上げようがございません。

こうして、私は小料理屋の女将として、長い歳月を送ってまいりました。こうなる以前は、清家から逃亡資金等を援助してもらう身の上でしたが、村上加奈江として、それなりに堂々と営業ができましたので、清家に頼る必要は、ほとんどなくなりました。必要なのは、警察内部の工作と、万一身元が割れたときの逃亡対策だけです。

しかし、ここまでくると、私と清家はある意味、一蓮托生《いちれんたくしょう》。私が清家を必要とする事態もまだ想定されますし、清家は清家で、次第に落魄《らくはく》し始め、以前のような権力も、羽振りのよさも失ってゆきました。清家いわく、警察の捜査費についても、強引に勝手気儘《きまま》な使い方をすることができない身の上になったとか。清家が役員であれば、まだやりようもあったと言っておりましたが……ただ何年経《た》っても、かつてのエースで出世頭だったのに、それ以上、上へゆくことがありません。

ここで、元々、小料理屋『かなえ』の売上は、私と清家で折半《せっぱん》することとしておりました。私は、出自からお分かりのとおり、また重々お調べのとおり、料理などが得意でございます。それゆえ、僭越《せんえつ》ながら、『かなえ』を繁盛させることもできました。また、これまた生まれの故《ゆえ》か、贅沢《ぜいたく》をすることを知りません。ですので、私の取り分が半分でも、女ひとり生きてゆくだけには、充分でございました。だから、清家に売上の半分を上納しても、特段の問題は生じなかったのです。ちなみに、清家の羽振りのよさは、私の逃亡当初は清家が個人的に横領していた捜査費によるもの、そして私の『かなえ』時代、とりわけその後半は、私の上納金によるものです。

私と清家が、一蓮托生であること。

清家が次第に落魄していったこと。

私が元々、清家にお金を渡していたこと。

……こうしたことから、陳腐《ちんぷ》な話ではありますが、清家の「脅し」が始まったのでございます。

もちろん、私の方は、依然として、売上の半分を渡しておりました。それは『かなえ』時代を通じて、一度たりとも欠かした事がございません。ただ、清家の方の事情が変わりました。捜査費のこと、出世のこと、そして奥様の御病気のこと等々、諸々の悪条件が重なり、いってみれば、私より金銭的に逼迫《ひっぱく》してきたのでございます。

そしてとうとう、『かなえ』を休業する二年ほど前からは、売上の半分に加えて、月に一〇万円ずつ、別途支払うようにと要求してまいりました。

……要求があった当初は、どうにかその月額を、工面していました。もともと、私の収入は、売上の半分以下しかございません。そこへきて、月額一〇万円、年額一二〇万円を捻出《ねんしゅつ》しろというのは、いくら私が贅沢を知らない女とはいえ、かなりの無理がございます。しかし、逃亡生活も長きにわたり、まさか清家との縁を切ることもできません。清家は組織に絶望してから、そして奥様を亡くしてから、自棄《やけ》になっていた面もありました。まさかとは思いましたが、そんな清家が私を売り、私と刺し違えることも、ありえないシナリオとはいえません。

そうしますと、そもそも、警察の皆様に御迷惑を掛けながら、破廉恥《はれんち》な逃亡を続けた意味がなくなります。母と姉の平穏のため。母に静かに逝《い》ってもらうため。できることなら、こっそりとでもその死に目に会うため——といった目的が、すべて果たせなくなります。この何年もの歳月が、全くの無駄になります。

そうしたわけで、私は、清家の求めるまま、上納金に加え月額金を、払うこととしたのです。

ところが、その無理はすぐに来ました。

どう工面しても、『かなえ』の収入では、月額金を捻《ひね》り出すことができなかったのです。『かなえ』は大きな店ではございませんし、警察官の皆様が御用達にしてくださるほどですから……そして指名手配犯が営むような店ですから……ひっそりと、静かに、手堅く商売をする店でございます。そこに月々の、いわばみかじめ料が加わっては、もはや最低限の生活をすることも、ままなりません。

それに加えて、私が『かなえ』を休業する半年ほど前から、清家は、その月額一〇万円を、月額二〇万円にしろと命じてきたのです。むろん、私は無理だと言いました。一〇万円でさえ大変なのに、それが倍となっては、もう店をたたむしかないと。

しかし清家は、納得しませんでした。そして私が恐れていたとおりのことを、口にしました。そうです、死なば諸共《もろとも》、お前を刑事の連中に売ってやると——当然、自分もただではすまないが、もうどうなってもいい人生だ、お前と一緒に心中するのも一《いっ》興《きょう》だと。

もちろん、演技が入っていたでしょう。

清家という人は、警察官でありながら、事件を隠蔽しようとしたばかりか、個人的に公金を横領したり、指名手配犯の逃亡を援助するような、なりすましの手筈《てはず》まで整えるような、そんな人間です。いさぎよくも、諦《あきら》めがよくもありません。いえ、指名手配犯の身でこのような表現が許されるのなら、警察官にあるまじき破廉恥漢《はれんちかん》、そして金の亡者《もうじゃ》といえるでしょう。ですから、心中云々《うんぬん》とか、私を売るとかは、ある程度、演技の入った言葉だと思います。

ただ、それが演技であったとしても……

私には、そのハッタリに挑戦する勇気がありませんでした。どのみち、一蓮托生《いちれんたくしょう》の犯罪者なのです。私を売れば清家は死にますが、さかしまに、清家が死ぬ気で無茶をすれば、私は確実に死ぬのです。

そして、申し上げにくいことですが、その……あのひとは男と女の関係も、私に求めてまいりました。いえ実は、それも、私を愛予市に置いておきたかった理由だったのかも知れません。奥様の御病気もあって、あんな男とはいえ、寂しく思うところもあったのでしょう。また私も、もはや顔を上げて太陽の下を歩けぬ身。頼れる男手、頼れる男といえば、最後は清家しかありません。私達の関係が、『かなえ』開業当初から男女のものとなっていったのも、むしろ自然でした。酷《むご》い自然ですが。

そんな私は、いったい、あのひとをどう思っていたのか……それは正直、自分でも感情の整理がつきません。ただ、逃亡当初から、まるで父親に甘えるように、兄に甘えるように、清家を頼ってまいりました。それは、私の育った環境、私の育った家庭と関係するかも知れません。いずれにせよ、私の方にも、清家を失えない理由が……それが愛にしろ非常時の保険にしろ……ありました。

それゆえ、私は清家の要求に屈したのです。いえ、要求を受け容《い》れました。それ以外に選択肢がなかった、ということもありますが……

何より、清家がお金の増額を求めてきたのが「約一年半前だった」ということが大きかったのです。そうです。それはつまり、私の傷害致死の公訴時効が成立する、約一年半前でもあったのです。

――私のこの十年。三〇代のほとんどを日陰と暗闇《くらやみ》で費やしたこの十年は、すべて、公訴時効の完成のためにありました。それはそうですよね、逃亡犯ですから。

公訴時効が完成すれば、すべては終わる。

白居公安課長さんには、ほんとうに、心の底から申し訳ない気持ちでいっぱいですが、だから私の罪は許されませんが……しかし、私の罰はなくなります。私自身の、取り返しようもない十年と、忘れられようもない後悔、それを別論とすれば、私の罰はなくなる。いえ何よりも、また太陽の下を歩ける。もう一度、母に会える。姉とも。そして新しい人生を、やり直させてもらえる。それが、それだけが私の十年の希望で、生きるよすがでした。

あと、約一年半。

それまで我慢すれば、私は自由になる。罰からも、もちろん清家からも。それはそうです。私が指名手配犯で、逃亡者であるからこそ、脅すことができるのですから。

私が指名手配犯でも逃亡者でもなくなれば、清家が私からお金を手に入れられる理由は、一切合切《いっさいがっさい》、なくなります。

むしろ、立場が逆転するといってもいいでしょう。

私の公訴時効は完成しますが、その瞬間まで、清家は私の逃亡をずっと支援していたのですから、清家の「犯人蔵匿《ぞうとく》」「犯人隠避《いんぴ》」の罪の時効は、これから起算される。すなわち、私の公訴時効の完成は、ある意味、清家の公訴時効の開始でもあるのです。

ほんとうに、私にはそのようなつもりはありませんが、脅すというなら、そのときから、立場が完全に逆転するのです。

だからこそ、私は、清家の脅しにとりあえず屈し、あと一年半、どんなことをしてでもお金を工面して、どんなことをしても清家を黙らせ、私の公訴時効を完成させせようと考えました。

そこには、ひとつの大きな懸案《けあん》と、だから大きな火種《ひだね》があったのですが……

それは、時系列にしたがって、すぐあとにお話しすることとします。

ということで、私はスナック『ルージュ』で働くこととしました。もちろん、夜の仕事の方が、お金を稼ぐことができるからです。それが、『かなえ』を実際上、たたんでしまった理由です。

そこでも、この二月まで、まったく渡部美彌子であるとは気付かれなかったこと、そしてとうとうこの二月に、愛予警察署の刑事さんたちに発見されてしまったことは、警務部長さま、刑事部長さまがよく御存知のとおりでございます。

ここで、私はひとつ、自衛のための手段を講じておりました。清家から借り受けた秘匿《ひとく》カメラというもので、お客様を撮影することとです。とりわけ新しいお客様、ひろみママも知らないお客様、あるいは……そうです、ひろみママの紹介がどこか不自然なお客様も、チェックしておりました。チェックしていたというのは、緊急でなければその録画を、緊急であればリアルタイムの映像を、清家に視《み》てもらうということです。それはもちろん、刑事なり警察官なりが、お店に来ていないか、清家に確認してもらうためでした。清家はかつてのエースで、羽振りがよかった頃は顔がひろかったし、仮に清家が顔を知らない警察官でも、清家なら、同職の匂《にお》いや癖が、分かるからです。

だから、この二月まで、安心してお勤めをすることができましたし——

——とうとう、この二月に、「愛予警察署の刑事さんたち」が、お客様のふりをしてお店に来たことも分かりました。ひろみママの態度は、とても自然なものでしたが、私は十年を逃亡してきた指名手配犯です。危機への嗅《きゅう》覚《かく》のようなものが、とても発達しております。ですから実は、刑事さんたちがお店に入ってくる前、そう、お店のグラスなり瓶なりが普段以上に丁寧に磨かれていると気付いたとき、ひろみママの申し訳なさそうな視線と合わせ、すぐ、非常事態であると分かりました。

ひろみママは、裏表のない、嘘《うそ》の吐《つ》けない真っ直ぐなひとです。ですから、あの界《かい》隈《わい》の顔役が務まっているのです。そんなひろみママだからこそ、私の警報器になってくれましたし……そんな素敵な、優しい、とても親身になってくれたひろみママを騙《だま》したり利用したりして、ほんとうに申し訳なく、ほんとうに土下座して謝りたい気分でおります。

ただ、この手紙が読まれているということは、もう、その機会は永遠に無いということでもあります。身勝手ではございますが、もしこの破廉恥な女の心情を、いささかなりともお酌《く》みとり頂けるのならば、このような気持ちを、あのひろみママにお伝えいただければさいわいです。

さて、いよいよ刑事さんたちが来てしまった以上、グラスなり瓶なりを回収させないことは、できません。仮にその場をどうにかしたとして、刑事さんたちが諦めるはずもありません。

ですから、指紋はむしろ堂々と残し、刑事さんたちがそれを回収してしまうのもいわば見逃し、チャンスがあればすぐさま逃亡することとしました。チャンスは、他のお客様がお帰りになる、そのお見送りのときに来ました。これは、私にも予想できたチャンスですし、実は、それまでのお勤めのあいだ、何度も何度も繰り返して考えてきたシナリオのひとつでした。『ルージュ』の前のあの一方通行の道路は、タクシーの流れがとても多いところですから。

その逃亡後は、やはり、寿能町の清家の官舎に身を潜めておりました。

実はこれが、先に申し上げた大きな懸案、大きな火種が吹き出した場所でございます。

と申しますのも。

かねてから、そうここ数箇月、私が心配しておりましたことが、清家の口を通じて確認できたからです。警察の方なら、すぐにピンと来ると思いますが……

そうです。

刑事訴訟法の改正と、それゆえ、公訴時効の改正です。

刑事訴訟法の改正法案は、それまでにも議論されていました。そしてその他の犯罪についても、公訴時効を完成する期間を、もっと長くしてしまうと。

私は当事者ですから、かなりの関心を持って、その動向を確かめておりました。

ただ、メディアの報道では、改正法案の大まかな内容は分かっても、それがいつ成立するのか、あるいは成立する可能性は高いのか低いのか、国会でどんな具体的な審議が行われているのか——そういったことまでは、知ることができません。

私があの『ルージュ』からの逃亡劇の時点で、知ることができていたのは、そしてとても心配していたのは、もちろん「傷害致死の公訴時効がどうなるか」ということに尽きます。

そして、その時点における議論は。

傷害致死の公訴時効は、私が知っている――だから逃亡の前提としている「一〇年」から「二〇年」になる、というものでした。そしておそらく、その改正は、過去に遡《さかのぼ》って適用される――ということも分かりました。そうなれば、もちろん私は、さらに十年を逃げ続けなければならないわけです。

御想像ください。

もうゴールは直前だったのに、さらに倍の距離を、走り続けろと言われた気持ち。

いきなり、十年間信じてきたルールが、一方的に変えられてしまった気持ち……

……私は、タイミングの悪さを呪《のろ》いました。もちろん、因果応報《いんがおうほう》なのですが。

ただひとつ、私にも希望はあります。

これは、まだ改正法案の段階。そして報道によれば、どうやらその成立時期は未知数で、おそらくはゴールデンウィーク前後らしい。

ここで、私が白居公安課長さんを刺してしまったのは、二〇〇〇年四月二六日です。

だから公訴時効の完成は、二〇一〇年の四月二五日が終わったときです。もし。

もしこの日より前に刑事訴訟法が改正・施行されてしまえば。

それは遡って適用されるのですから、私の公訴時効はもう十年、完成しません。

これを裏から言えば、もし、四月の二六日以降に刑事訴訟法が改正されれば、私の公訴時効は完成するということです。

これこそ、公訴時効完成直前にして私が苦悩することとなった大きな懸案、大きな火種でした。

ところが、あの『ルージュ』からの逃亡劇のあと、そう清家の官舎に身を潜めておりました頃、清家が私に言ったのです――

警察庁に確認してみたところ、どうやら刑事訴訟法の改正法案は、四月の中旬には成立しそうだと。四月の中旬といえば、どう考えても問題の二六日より前でしょう。

私は必死になって、清家に何度も何度も確認しました。ただ、清家は「これは確実だ」「警察庁の総務課がそう言ってるんだから、間違いない」と繰り返すのです。

……私は、絶望のあまり、座っていることすらできないほどの目眩《めまい》を感じました。

とうとう嘔吐《おうと》までしたほどです。

もし運命の荒波というものが、あるとすれば。私はそれに、思いきり酔いました。思いきり翻弄《ほんろう》されたとも思いました。この十年は……他人の瞳をまっすぐ見られなかったこの十年は、嘘ばかり吐き続けてきたこの十年は、そしていつも自分の背後ばかり気にしてきたこの十年間は、いったい何だったのかと。因果応報だというのなら、最初から希望を与えるなと。人生をリセットするどころか、また十年も巻き戻すなんて酷《むご》すぎると……

そんな私の、心の折れてしまった様子を、見透かしたように。

清家は私に、蛇のような嫌らしい態度で、こう言いました——

「これでもう十年、腐れ縁が続くことになるな。俺も定年だし、稼ぎは悪くなるし、まあ、二人で仲良くやっていこうや」と。

……そうです。

これからも指名手配犯・逃亡犯として、自分にお金を貢《みつ》ぎ続けろと命じたのです。

私は、必死に、懸命に反論しました。私が清家にお金を支払っていたのは、その警察官としての権力を頼りにしていたからだと。それが定年退職して、何の権限もない一般市民になってしまっては、それだけのお金を払う意味がなくなると。頭が朦朧《もうろう》としたまま、それこそ命懸けで哀訴《あいそ》しました。

しかし、清家は……

どうにかそう反論した私を殴り倒し、馬乗りになり、頬《ほお》を叩《たた》き続け、ゴルフクラブまで持ち出し、そして……そして反論どころか抵抗できなくなった私を、まるで強姦《ごうかん》するように犯し、また犯し、そう何度も犯しては、最後に恐ろしい台詞《セリフ》を……

「定年後のマンションに匿《かくま》ってやる家賃と、口止め料だ。月に三〇万入れろ。まだ四〇前の女なんだから、愛予市駅でもユリちゃん人形前でも温泉街でも、いくらでも立ちんぼができるだろう」

……このとき私は、白居公安課長さんのときとは違い、確実な、確乎《かっこ》たる殺意をいだきました。要求が出鱈目《でたらめ》だということより、もう、この卑劣な男に嬲《なぶ》られるのが嫌だったのです。この恥知らずと、もう十年、あらゆる意味での関係をもつことに、心が耐えられなかったのです。

私はその殺意を必死で隠し、犯された翌朝、清家の官舎を後にしました。もちろん、清家の要求は承諾しました。承諾したといって、とりあえず穢《けが》らわしい場所から逃げたのです。

それから約一箇月間、隠れておりました場所は、これも東警務部長と宇都宮刑事部長にとんでもない御迷惑をお掛けしてしまいますので、絶対に申し上げることができません。このことの御詮索《ごせんさく》は、警察の皆様の誰もしあわせにしませんし、その方《かた》も、私に対する思い遣《や》りとして、無理を聴いてくださった方です。私にとって、長い歳月にわたる恩義がある方です。どうぞそのあたり、御賢察くださいますよう。

そしてこれから私は、清家の要求にこたえ、現金三〇万円を持って、寿能町の官舎に赴きます。念の為、確実に認《したた》めておきますが、殺意をいだいて赴きます。そのための包丁も買いました。

そして今度こそ、傷害でも傷害致死でもなく、殺人罪を犯すつもりでおります。

――それに成功したならば、この手紙が読まれることはありません。

これを宅配便でお送りしたのは、期日指定がしたかったのと、いつでも荷の回収ができるようにするためです。

宅配便の営業所で期日指定を頼めば、少なくともいきなり警察本部に送られることはない。そして期日をできるだけ先に――それでいて、これから起こるであろう事柄《ことがら》の真実が、できるだけはやく解るような日に――しておけば、この荷は、私にとって必要な期間、営業所に保管される。そして郵便局と違って、民間のサービスですから、それを配達前に回収することは、まったく難しくはありません。それは確認済みです。

私が成功すれば、私はこの荷を回収します。だから、この手紙は読まれない。

私が失敗すれば、この荷は期日指定どおりに到《とど》きます。だから、真実が明らかになる。

そして私が失敗したそのときとは……私が荷を回収できない状態にあるとき。そして清家の人格からして、確実に、私が永遠の逃亡を果たしたときです。

もし私が清家殺しに成功したなら……

それはこの手紙に必要のない物語ですが、私は母の顔を見にゆき、そして必要な決断をするでしょう。

なお。

内容から、そして筆跡から、この手紙が悪戯などでないことはすぐに御理解いただけるはずですが、私が渡部美彌子である証拠として、指輪をひとつ、荷に入れておきます。これは過ぎし日、あのひとが私に買ってくださった指輪です……婚約指輪でも、結婚指輪でもありませんが。

どうぞ指紋をお採りになってください。あのひとと、そして私の指紋が出るはずです。

一方的で、不躾《ぶしつけ》で、しかも冗漫な手紙になりました。お許し下さい。

そしてできることなら、姉はともかく、私の母には……母には私の逃亡生活、とりわけ清家との関係を、どうか物語らないでくださいませ。ただ死んだと、くたばったと、どのようなかたちでも結構ですので、そっと死んだと、そうお伝え下さいませ。

それが、人殺しで逃亡犯の、私の最期《さいご》の願いでございます。

末尾になりましたが、東警務部長さま、宇都宮刑事部長さまを始め、愛予県警の数多くの皆様に、この十年間、破廉恥な御迷惑をお掛けしてきたこと、心からの後悔とともに、謝罪致します。命をもって贖《つぐな》ったなどとは申しませんが、きっと、指名手配犯にふさわしい醜《みにく》い最期をもって、皆様へのお詫《わ》びに代えさせていただきます。

草々

平成二十二年三月二十四日

渡部美彌子　指印

第6場

平成二二年四月二日、金曜日。

愛予警察署、署長室。

いよいよ四月に入り、最後の、署長御前《ごぜん》検討が行われた。

出席したのは、愛予署から土居署長、そして上甲課長以下上甲班の刑事たち。

捜査一課から捜査一課長、そして城石管理官以下「美彌子PT」の刑事たち。

――そして、まさに最終の検討を象徴するように。

今度ばかりは、異例にも、最上級幹部がふたり、参加していた。

すなわち東《あずま》岳志警務部長と、宇都宮明刑事部長だ。

これを要するに……

（愛予署からは、警視正支店長以下、美彌子捜査を行ってきた総員が。そして警察本部からは、美彌子捜査を行ってきた総員ばかりか、指揮官の捜一課長――そしてなんと副社長である東警視正と、宇都宮警視正までが加わってる）

もちろん、署長室の黒革のソファに座れるのは、ここの全能神である土居署長と、所属長警視である捜一課長、そして役員である警務部長・刑事部長だ。

今回は、警視管理官である城石管理官も、現場指揮官である上甲警部も、ソファ周りでパイプ椅子《いす》に座っている。そしてそれ未満の僕ら――小西係長・越智部長・二宮係長・河野部長・アリス・僕はといえば――会議の傍聴人《ぼうちょうにん》か速記係よろしく、ソファから離れた壁際《かべぎわ》で、パイプ椅子を一列にならべ、まさに畏《かしこ》まっていた。

（あれが、僕らの話に何度も出てきた、東岳志警務部長か……

美彌子事件の第一発見者にして、今の副社長警視正。

その副社長に加えて、刑事部長までがやってきた。まさに刑事の大ボス、ラスボスが。何度も聴いた話だけど、愛予県の場合、刑事部長は、地元のノンキャリアが目指せる最終ポストでもある。つまり、ノンキャリア相場でいけば『社長』だ。

そんな錚々《そうそう》たる最上級幹部が、自ら愛予署に――だから支店に、会議に来るなん

て）

もちろんそれには理由がある。

そもそも、この最終の署長御前検討は、土居署長以下、上甲班と城石PTで行う予定だった。だから、検討の会場が署長室だったのだ。ところが……（どうしても東警務部長が臨席すると言い出して、聴かなかった。そうなると、副社長が臨席するのだから、担当役員である刑事部長が出ないわけにはゆかない。そして警察本部の役員クラスが出るというのだから、なら警務部長室か刑事部長室でやろう、という話にもなってたらしいけど……でも）

第一に、土居署長の格がたかい。キャリアの副社長が筆頭署長を呼びつけた——というのは、政治上、ちょっと角が立つ。そしてそもそも、警察署長たる職は、おいそれと警察署を離れてはならない職だ。

そして第二に、むしろこっちの理由が大きかったんだけど（というのも、土居署長はあまりこだわらない人なので）、東警視正が、どうしても愛予署の、現場の刑事の声を聴いて最終判断をしたい——と主張してやまなかったからだ。

（以前にもそんな騒動があった気がする）

この副社長は、キャリアにしては、現場にこだわりのある人のようだ。もっとも、事件の第一発見者にして被害者の親友。それで美彌子事件にこだわるな、という方が無理なのかも知れないけど……

そんなわけで、今、愛予署では極めてめずらしい『警視正三頭会議』が行われている。

もちろん議題は、いよいよ約三週間後――正確には二十四日後――に肉迫している、『渡部美彌子に係る傷害致死被疑事件の捜査方針について』である。付随的《ふずいてき》に『清家警備部参事官官舎において発生した殺人及び放火被疑事件の処理方針について』もだけど、実際上、これらは一緒の話だ。

――総員には、美彌子事件のチャートが配られている。

十年前の白居公安課長殺しに、今年に入ってからの全ての動きを溶け込ませた、事件チャートだ。

渡部美彌子・白居秀和・東岳志といった名前のほか、村上加奈江・清家斉・栗木裕美（ひろみママ）といった登場人物が、加えられている。そしてそれらは、イコールや矢印で図式的に結ばれ、人間関係、行動、捜査結果といった様々な注意書きも入れられている。図式的に、一見して事件の概要と捜査の進展が分かるようにするのが、事件チャートだ。そしてこれは、四月二日現在の最新版となる。

もちろん警察も役所。そして役所のやることは、すべてボトムアップだ。だからこのチャートの電子データを持っている——というか起案をしたのは越智部長であり、それに必要な資料を一件記録から引き出してサポートしたのはアリスと僕。チェックしたのは小西係長。意見を出したのは捜一の二宮係長・河野部長。そして上甲課長と捜一課長の内諾《ないだく》をもらって、最終的に決裁したのはオヤジの土居署長。それを、いよいよ警務部長と刑事部長という役員に御覧《ごらん》いただき、『闊達《かったつ》な御意見』『忌憚《きたん》のない御意見』を頂戴《ちょうだい》する——それがこの最終御前検討の段取りである。

（なるほど、警察もカイシャなら刑事もカイシャインだ……）

そして、この御前検討は。

いよいよ城石管理官による現状のブリーフィングを終え——要はチャートのおさらいだ——三人の警視正たちの判断を請《こ》う段階になっていた。その城石管理官が、プレゼンを締めくくる。

「以上、御説明しましたとおり。

第一、スナック『ルージュ』に出現した暁子は、自称村上加奈江であります。

第二、この自称村上加奈江は、渡部美彌子であります。

第三、渡部美彌子は、清家参事官の逃亡支援を受けております。

第四、清家参事官は、渡部美彌子を恐喝しております。

第五、渡部美彌子は、清家参事官を傷害しております。

第六、清家参事官は、渡部美彌子を撲殺《ぼくさつ》しております。

第七、よって渡部美彌子は、渡部美彌子もろとも、自身に放火しております。

これらのことから。

捜査一課美彌子PTとしては、慚愧《ざんき》の念に堪《た》えませんが、本件を次のとおり処理したく意見具申《いけんぐしん》いたします。

処理案の一、殺人及び放火被疑事件を送致すること（被疑者清家斉死亡）。

処理案の二、傷害致死被疑事件を送致すること（被疑者渡部美彌子死亡）。

担当管理官からは、以上であります」

――署長室を、なんともいえない沈黙が襲った。

しかしそれを破ったのは、室内禁煙に不満そうな、眠り熊の上甲課長だった。

「愛予署としては、意見がある」

「……聴いておこうか、上甲」

「送致を急ぐ理由がない。

清家のことは知らん。けど渡部美彌子の送致は、急ぐ必要がない」

「それらは表裏一体のものだぞ」

「なるほど。清家が女に刺されそうになりました――実際に軽傷を負いました。ほんで、清家が逆襲しました。七番アイアンで女の顔面、とりわけ口を滅多《めった》打ちにしました。

百歩譲って、それはかまわん」

――確かにそうだ。

清家参事官の遺体左腕から発見された防御創《ぼうぎょそう》。これは見分により、まさに風呂場にあったセラミックの包丁による創《きず》だと判明している。誰かが清家参事官を襲ったわけだ。けれど、清家参事官の死体には生活反応があった。だから、清家参事官は刺殺されたわけじゃない。現に、そんな創もない。そして死体の検証・解剖から、清家参事官は焼死。また一緒にいた女は脳挫傷《のうざしょう》による死亡って確認されている。それをやったのは、指紋その他から、清家参事官と考えて矛盾ない。ならば、最初に死んだのは女で、火を放って死んだのは清家参事官と考えて矛盾ない。

(もっとも、これらは現場に臨場したときから明白だった。その裏付けが、確実にとれたってだけだ)

――加えて、渡部美彌子の手紙が出てきた。それを頭から信用するわけにはゆかないけど、現場の状況と全く矛盾がないし、何より、手紙の筆跡は確実に渡部美彌子のもの。手紙に付着した指紋もまた、渡部美彌子のものだった。それも科学的に間違いない。

（そうすると、あの夜、清家警視の官舎で何があったのか――には、ほとんど疑問の余地がない。

上甲課長が『かまわん』といったのは、そのストーリーについてだ）

その上甲課長に、進行役の、城石管理官が訊《き》き返す。

「じゃあ何について意見があるというんだ、上甲？」

「あの女が誰か、い、い、い、ゆう意見や」

「……発言の意味が解らない」

「なんであの第Ⅳ度黒焦《こ》げの女が、渡部美彌子いえるんじゃ」

「さっき説明したと思うが……客観的証拠として、現場に遺留された指紋。これは所持品の指紋でもあるし、引き戸といった家財の指紋でもある。

そして現場に遺留されたスマホ。これは清家参事官が二台目として契約したものだ。これが『清家参事官への架電に使われている』という事実がある。本人が使用していたというのなら、本人に架電するはずがない。少なく見積もっても、これは清家参事官が誰かにレンタルしていたスマホだ。そしてそのスマホにも、もちろん美彌子の指紋がある」

「それだけやったら、黒焦げの女＝渡部美彌子にはならん」

「……愛予署刑事一課の、上甲警部だったね？」

そこへ、おだやかに介入したのは、東警務部長だった。

「では逆に訊きたい。君は何故《なぜ》、あの女が美彌子ではないと考えるのか？」

「話はシンプルですわ、警務部長」

上甲課長は、二階級上の副社長に、もちろん物怖《ものお》じなどしない。

「あの女と渡部美彌子を結び付ける、直接的な証拠がない。それだけじゃ」

「なるほど。

清家さんに顔面を殴打されているから、歯牙《しが》による本人確認ができていない。そしてこれからも、できることはないだろう。また焼死という態様から、指紋も採れなければＤＮＡ試料も採取できない——凝固した心臓血で試みてみたが、無理だった。科捜研の判断では、公判資料として使える鑑定書は、とても書けないということだった」

「ゆうたら、あの女は名無しの権兵衛《ごんべえ》――名無しの権子《ごんこ》のまま」

「いやそうではないだろう。秘密の暴露《ばくろ》があるからな」

「……秘密の暴露ぉ？」

「そうだ上甲警部。すなわちあの、確実に自筆といえる手紙だ。あれは、渡部美彌子の自白だ。そしてあの自白のなかには、そう、君たちのことが書かれている――〈暁子〉を捕り逃した上甲班のことがね。

あれは、渡部美彌子でなければ知りえない事実だ。

それはそうだ。あのスナック『ルージュ』で真実を知っていたのは、ひろみママと上甲班と、そして渡部美彌子だけだったのだから。あの夜逃亡した渡部美彌子でなければ、絶対にあの手紙は書けない。そして事実、あの手紙は、渡部美彌子が書いたものに一〇〇％間違いない」

「それは儂《わし》も認めます。あの手紙は、渡部美彌子の御真筆《ごしんぴつ》じゃ。それは、客観的証拠じゃ」

「……では何が客観的でないと？」

「警務部長。警務部長はここの刑事やったね？」

「……ああそうだ。捜査二課長を、させてもらっていた」

「警察キャリアとしての畑も、刑事畑《ばた》」

「詳しいな」

「なら当然、習っとるでしょう。

刑事は能書《のうが》き垂《た》れるもんやない、客観的証拠で語るもんやと」

「――何が言いたい!!」

「あるいは、こうも習っとるはずや。

刑事は物を見るんやない。観《み》るんやと。観察、観察、観察やと」

「残念だが上甲警部、私は君の教養《キョウヨウ》を受ける立場にない。発言は具体的にしてもらおう」

「儂は現場、踏みました。

ほやけん、どうしても理解できんことがある……

なんで、清家は美彌子の所持品、わざわざ風呂場に搬《はこ》んだんか？

なんで、清家は美彌子の顔面、執拗《しつよう》に殴打したんか？

なんで、清家は美彌子を殺してから、それを自分もろとも焼いてもうたんか？」

「それこそ警部の言う能書きではないのか。被疑者が死亡してしまった以上、その供述調書が作成されることは永遠に無い。

残ったのは──まさに焼け残ったのは──渡部美彌子がそこにいたという客観的事実、それだけだ」

「違います。第Ⅳ度火傷の女の死体がそこにあった事実、それだけじゃ」

「……釈迦《しゃか》に説法《せっぽう》だがな、上甲警部。

状況証拠と直接証拠に、証拠としての価値の違いはない。刑事が客観的証拠で語るというときのその証拠とは、状況証拠でも何ら問題ない──裁判官が納得するかぎりはな」

「疑問はまだ幾らでもある」

「私にはそうは思えないね」

「そりゃ現場踏んどらんからですわ。刑事ゆう犬が歩くんは、棒にその頭、自分でブチ当てるその為《ため》やけんね──

例えばライター。例えば着衣。例えば風呂場。例えば鍵。

それこそ状況証拠でも、この焼死心中が胡《う》っ散《さん》臭いことは、すぐ分かりますわ」

（ライター？　着衣？　風呂場？）

……僕はあの夜の現場を思い出した。もちろん、その後に作成された上甲班の皆《みんな》の捜査書類も。自分が携わってきた実況見分も、検証も。ところが。

（僕には……少なくとも今の僕には、何が『胡散臭い』のかすらサッパリ解らない）

――けれどそれはどうやら、東警務部長も一緒のようだった。

最初は土居署長なみにおだやかだった副社長は、今や激昂《げっこう》寸前、激怒寸前といった感じ。

「上甲警部、君が渡部美彌子の生存に執拗《こだわ》っていることは、城石管理官からも嫌というほど聴いている。そして、その気持ちは充分に理解できる。美彌子は愛予県警察の、そして愛予警察署の賞金首。この十年、愛予県警察が血眼になって追及し続けてきた悲願の指名手配犯だ。

だが。

私の気持ちも、いささかは理解してくれてよいのではないか？

上甲君、美彌子の生存を誰よりも信じたいのはこの私だぞ。白居公安課長を最初に発見し、そして白居公安課長の死に立ち会ったこの私だ。私こそこの十年、それこそ君以上に、渡部美彌子事件の解決を悲願してきた……

だからこそ、解る。

君の瞳は、何なら君の観察でもよいが、それは曇っている。

どうしても美彌子を検挙したいという悲願から、事実を曲げて解釈している。重ねて言うが、美彌子も清家さんも死んだ。だから、どのような物語でも編《あ》み上げられる。『ひょっとしたら生きているのでは？』という物語も、もちろん編み上げることができる。

──だがな、上甲警部。最後のピースが埋まらないというだけで、九九・九九％完成した絵図を引っ繰り返すのが、よい刑事の仕事なのか？　私はそうは思わない。そうだ。刑事としてそうは思わない」

「ほしたら警務部長」上甲課長は、警視正を真正面から見据えた。「認めるんやね、〇・〇一％は埋まらん、ゆうことを。儂が感じとる疑問点は、矛盾は、解決されとらんと」

「上官に対してその口調はどうかと思うが」警務部長は上甲課長を睨《にら》んだ。「それは認める。だからこそ、君の気持ちも理解できるといった。

ただ私が刑事として判断するに、被疑者死亡である以上、それが埋まることは永遠に無い。だからといって、捜査一課と愛予署の貴重な定員を、その〇・〇一％のために割いておくことはできない。私にも宇都宮刑事部長にも、対処すべき事件が山ほどあり、それに動員すべき刑事は、何人いても足りない。だから――

だから上甲君。ここが決断の時で、いさぎよく敗着《はいちゃく》を認める時だ」

「美彌子は死んだと」

「そうだ」

「被疑者死亡で送致すると」

「そうだ」

「この十年間の刑事の執念は、『負けました』で終わると」

「くどい!!」

いよいよ警務部長はソファから立ち上がった。

「一介の警察署員の分際《ぶんざい》で、我々の苦悩も知らずに!!

現役の参事官が、十年を逃げた指名手配犯を殺した。いや、まさにその十年、指名手配犯を支援していた。こんな恐ろしいスキャンダルがあるか!!

それこそ君の希望どおり、未《ま》だあの焼死体が美彌子であると発表してはいないが

――いつまでも黙っているわけにはゆかんのだ!! これは警察不祥事だ!!

黙っている期間が長期化すればするほど、世間は不祥事隠しと見る……

我々にはもうそんな気力さえなく、『どれだけ真実をはやく発表するか』『そのダメ

コンをどうするか』それを連日連夜、関係者みな徹夜しながら熟慮しているというのに。

現場の警部ごときが、警察本部の苦悩も知らず、〇・〇一%に執拗《こだわ》ってミステリまがいの絵図を描く……

……もう、そんな段階ではないのだ。

我々には、もっと重要な、戦後処理が残されている……愛予県警察二、〇〇〇人警察官の名誉と士気を、どうにか維持してゆくという戦後処理が……

現場現場とほざきながら管理仕事を蔑《さげす》む、猪武者《いのししむしゃ》に何が解る!! 身分を辨《わきま》えろ!!」

「……あんたを育てた愛予の刑事魂。それはもう、忘れてもうたと」

「そのようなことを君と議論する必要はない」

そこへ、刑事部長が手馴《てな》れた感じで宥《なだ》めに入った。

「課長、いけませんその癖は……それこそ御身分があるんですから。すぐに熱くなるのは課長の悪い癖ですよ。何度も申し上げておりますが」

「……いかん」ハッ、と警務部長が我に帰る。「どうしても霞が関育ちは、とりわけ警察官僚は、これをやってしまう……すまなかった、次長。そして上甲警部、私も言葉が過ぎた。そこは率直に詫《わ》びたい。無礼を許してくれ」

「あっは、警務部長、宇都宮サン」土居署長が、おそらくわざと、快活に笑った。「やっぱりコンビはコンビ。十年が過ぎても変わらんのですなあ。いまおふたりは、おたがいのこと『課長』『次長』と呼んでおられましたよ」

「えっ土居、そうだったか？」刑事部長が苦笑した。「いやあ、署長と副でもそうだがな、コンビを組んだ所属長と女房役ってのは、おたがい一生、忘れられんもんだ。しかし言われるまで、全然気付かなかった。課長は、じゃなかった警務部長はお気付きでした？」

「いや全然だ。私も、宇都宮サンのことは、どうしても刑事部長ではなく、捜二の次長だと思ってしまう……十年前の呪縛《じゅばく》というより、一緒にコンビを組んで修羅場をくぐってきた、まさに同志だからな……」

「それに甘えまして」一〇歳、いや一五歳以上年下の上官に、刑事部長はいった。「私の方から、検討を続けさせていただきます。警務部長は、ちょっとクールダウン」

「……了解した。ああ、十年前のままだ、これも」

「そうするとだ。上甲」宇都宮刑事部長が仕切り始める。「上甲班としては、捜査の継続を求めると、こういうわけだ」

「ほうです」上甲課長が断言する。「解決するまで」

「美彌子PTの意見は？」

「美彌子PTとしては」城石管理官は、淡々と言った。「被疑者死亡により送致、と考えております」

「それはもちろん、美彌子死亡による傷害致死事件の送致、捜査終了——ってことだな？」

「御指摘のとおりです、刑事部長」

「捜一課長《イッカチョウ》、どうだ」

「俺は……私は、上甲の意見が解らんでもない」

「俺は決断を訊いているが？」

「……傷害致死の、被疑者死亡での送致はやむをえん。証拠は揃《そろ》った。疑問はない。だが、それを今現在、やる必要はない。そう考えます」

「ふむ……それでは順番で、土居はどうだ？」

「捜査一課長の発言には理由がありますなあ。ほやけん、ウチの上甲課長の執念と執拗《こだわ》りをどう評価するかは別論として、言えば。もう担当検察官との協議も終えています。だから、送致の一般ルールに遵《したが》うべき事件ではない。そして今日は四月の二日。時効完成は、四月の二五日が満了したそのとき。実際上は四月二六日の頭、午前零時の鐘が鳴ったとき——

いま取り立てて急ぐ必要は、ひとつの理由以外には、ありませんなあ」

「先刻、東警務部長がおっしゃったメディア対策、世論対策だな？」

「まさしく」

——世論対策ってのは、解る。さっき、東警務部長も激怒しながら訴えていた。要するに、今は『清家参事官が、官舎に火を放って、誰だか分からない女と一緒に焼け死んだ』という物語しか流れていない。流していない。捜査中だから。『女の身元を洗っている段階』だから。正確に言えば、そう発表しているから。

（……女の指紋もＤＮＡも採れないから、身元が割れないとか、その捜査に時間が掛かるってのは、あながち無理なストーリーじゃない）

けれど。

僕らはもう、知っている。女が誰か。

それだけじゃない。その女と清家参事官のスキャンダルも、当然知っている。

だから正確には、今は、『知っていることを敢《あ》えて伏せている』段階なのだ。そして、美彌子事件でも清家事件でも、どのみち検察官に送致しなきゃいけない。その段階では、もっと詳細なストーリーを、プレスに説明しなくちゃいけない。そのときは

『実は渡部美彌子でした!!』『しかも警察幹部が犯人隠避《いんぴ》してました!!』と言わなくちゃいけないわけだ。まさに、とんでもないスキャンダル。だから、こんなものとっとと発表してしまった方がいい。隠していると思われるだけで、警察というカイシャには大ダメージだ。

ならば。

もう九九・九九％の絵図は描けていて、そこに客観的証拠もあるのだから、なるはやで送ってしまおう——って考えるのは自然だ。とりわけ役員である警務部長・刑事部長は、経営を担当しているんだから、当然そう考える。

ただ——

もし、美彌子事件にまだミステリを感じている刑事がいれば（いるけど）、むしろもっと捜査を詰めるべき段階。なのに、捜査を完結させず検察官に送ってしまうなんてありえない。それは、事件職人としての刑事のプライドにかかわる。

そう。刑事こそ、日本の犯罪捜査の第一次捜査権を担っている存在。検察官も捜査はできるけど、『第一次捜査権は警察にある』ってことは、刑訴法とかでも定まっている、この世界のイロハのイだ。それが、自分も納得していないのに、『詰まってないけど、あとはお任せで〜』なんて送致をすることは、絶対にできない。職人としてできない。

かいつまんでいえば、これこそ、東警務部長と上甲課長の対立のみなもとだ。

――そして、論点はもうひとつある。

しかも、そちらの方は、実は僕もよく解っていない。

だから僕は、隣のパイプ椅子の、アリスに囁《ささや》きながら訊いた。

（ねえアリス、送致のタイミングの話、出てるけどさ）

（ていうか、それが今日のトップ議題なんだけどね……）

（土居署長、さっき『送致の一般ルール』みたいなこと言ってたよね？　ちょっとそのあたり、よく解らなかったんだ。ていうのも、ふつう警察捜査が終われば送致するから、ルールも何も。

そう、警察の持ち時間が終わったら、送致して、起訴してもらう――ただそれだけだから。どうも話が見えなくて）

（逮捕事案であれば、あまり意識しないわよね。ふつうだと――

逮捕して、警察の持ち時間が四十八時間。検事の持ち時間が二十四時間。あとは裁判官が許可してくれる持ち時間になって、十日。これは一度だけ更新ができるから、最大でもう十日――

この、総計二十三日が、いわゆる警察捜査よ。検事の時間も、裁判官がくれる時間も合わせて、いわゆる警察捜査の時間と考えられてる。ここまでは警察学校でやったわよね？）

（それは、もち。まだ数は少ないけど、逮捕事案も経験してるし）

（警察捜査が終われば、警察は検事に事件を送って――これが送致ね――もちろん起訴してもらう。起訴は検察官でないとできないから。実際には、検察事務官が起訴状、裁判所に出しにゆくわけなんだけど）

（ふむふむ）

（ところが、これはいちばんノーマルで、ドラマでも出てくる『逮捕事案』のケース。でも、問題の美彌子事件についていえば、もちろん身柄なんてとれてない。だって死んでしまったもの――少なくとも、私達は逮捕できてないもの）

（そりゃそうだ。発見できてない被疑者も、死んでしまった被疑者も、逮捕はできない）

（そうするとこのときは、あたしたちがウンザリするほど作る捜査書類、あの一件記録、これだけを検事に送ることになる。身柄ナシの、書類だけの送致。これがメディア用語でいう『書類送検』ね）

（ああ、警察では『送検』なんて言葉、遣わないもんね）

（ここで。

逮捕事案のときは、むしろタイムリミットが決められてるから、いつ送致するのか決めなんて悩む必要がないわ。ところが、逮捕事案でないときは、いつ送致するのか決めなきゃいけない。そこには特段のルールが無い。捜査を尽くしたと考えたとき、一件記録がまとまったと考えたとき、あるいは、これなら有罪判決が勝ち獲《と》れると考えたとき送ればいい）

（なるほど。身柄事件じゃないから、刑訴法の厳しい縛りがないと）

（まあそういうことね。

ただ。

まさに美彌子事件のような『公訴時効完成切迫《せっぱく》事件』については、警察と検察とでルールを決めてるの。ルールの第一。まだ被疑者が検挙できていなくとも、時効完成の三箇月前までには送致する。ルールの第二。どうしても継続して捜査をしたいときは、検事とよく協議した上で、時効完成の前日までに送致する――

これが、土居署長のいう『送致の一般ルール』よ。そしてたぶん、全国警察共通のはず）

（なるほど。言い換えると、逮捕してないとき、送致のタイミングはいつでもいい。

だけど、公訴時効の完成が近い奴は、三箇月前に送らないといけない。ただ検事と話し合って合意できれば、前日までに送れればいい）

（そういうこと。そして美彌子事件にもどると、今、もう一箇月を切った段階で、まだ送致してないでしょ？）

（それはそうだね。鋭意捜査中、だもの）

（てことは、愛予県警と愛予地検で――まあ上甲課長が脅しに行ったんだろうけど――前日までに送致するってことが、合意できてるってことよ。それは土居署長が触れたとおり。

ただ、いよいよ被疑者が発見できたわけだから（死亡だけど）、いくら裏付け捜査が必要だからといって、完成の前日まで延々引き延ばすのは、意味が無い以上に検事が怒るわ。

だって考えてみて。『三箇月前には送ってくれよ』ってのが基本なわけ。それは、検事の側の事務処理に、それなりの時間が掛かるから――デスクワークは、どこのお役所でも大変よね。その事務処理に三箇月はほしいから、三箇月前に送ってくれって

いってる。だから、あと一箇月を切ってるってのは、検事としては、夏休みの宿題を八月三〇日に送りつけられる様なもんなのよ）

（なるほど。それは嫌だな。やらなきゃいけないこと、もう分かってるんだから）

（だからその意味でも、地検との政治を考えたとき、はやく送らなきゃ――ってことになるわけ。もちろん上甲課長は大反対だし、前日まで、つまり四月二五日いっぱいまで、粘るつもりなんだけどね）

（……それは、自分の観察からくる疑問が、解消されないから）

（矛盾を矛盾のまま放置しとく刑事は、刑事やない――ってわけ）

（あれ？　ちょっとまってアリス。

そもそも検事は事件処理に、三箇月は見ておきたいんだよね？）

（あちらさんの都合だけどね）

（でも究極の場合は、それこそ刑事ドラマであるように、前日でもいい）

（取り決めでは、そうなる）

（検事さんって、前日に送致されて、手続とかできるの？）

（うーん、まあできるからそういうルールになってるはずだけど……

そこはあたしも未熟だし、ましてそんな事案の経験もない。正直ブラックボックス

ね)

すると、それとなく僕らの会話を傍受《ぼうじゅ》していた越智部長が、これまた囁いた。

(理論的にも、物理的にも、できる。かなりの制約はあるがな)

(越智部長は)僕は訊いた。(いわゆる、その、公訴時効完成切迫事件、取り扱ったことあるんですか?)

(もちろんないさ)越智部長は苦笑して。(そんな経験があったら、TVに出ているよ。あれだけ世間を沸騰《ふっとう》させた福田和子事案だって、公訴時効完成の二十一日前検挙だからな。

計算が分かりにくいから具体的にいうと——あの事案では、公訴時効完成が平成九年八月一九日午前零時。八月一九日が始まった刹那《せつな》、完成する。ていうかそれは、八月一八日が終わった刹那なんだけどな。だから八月一九日はほとんど逃げる必要がないが、これが完成日だから、そこからカウントすることとして八月一八日、一七日、一六日……指折り数えて二十一日前。平成九年七月二九日に検挙された。三週間ジャスト。警察としては、胸をなで下ろすながさだったろうな。ノーマル逮捕事案で、手持ちが二十三日なわけだから)

(なるほど。

ある意味では、まさにギリギリと表現できる日程ですね。お詳しいですね）

（実はこれ、俺が学生だった頃の話でな……そう、まだ警察官になろうなんて露ほども思っちゃいなかった頃の話。それでも鮮明に憶《おぼ》えているよ。

そして、疑問に思った。

二十一日前じゃなかったら。そう、ドラマみたいに三〇分前検挙、五分前検挙だったらどうなのかとな。そして、調べた）

（御熱心ですね‼）

（いや、それだけドラマチックだったんだよ、あの事案はな……警察官として、学ぶべきことも山ほどある……

おっと、それはともかく。

まず『前日』で大丈夫って運用があるんだから、『前日』の朝検挙とか昼検挙とかの場合は、これはセーフだろう。何故と言って、俺達が送致する一件書類は、もうできている。つまり〈AがBをやりました〉って証明は、もうバッチリ出来上がって、物理的に送るのを待つだけなんだ。あとは逮捕手続関係、本人確認関係等々を超特急でやって、最後のピース、〈逮捕したコイツは間違いなくAです〉ってのが埋まれば、もうデリバリーできる。

　実際、公訴時効完成前日にＤＮＡ鑑定で犯人だと特定され、超特急で検事に送致された事案だって存在する。つまり、『前日』検挙は事例があるし、物理的にも処理できる。してもらえる。

　そもそも検察官の起訴ってのは、別に公判廷でやる手続じゃない。さっきアリスが言っていたとおり、起訴状を裁判所に提出することだ。ぶっちゃけ、理論的には、お手紙を持っていくのと変わらない。まして起訴状は、『起訴状一本主義!!』なんて鉄則からも解るとおり、記載事項はシンプルだし、シンプルにしなきゃいけない縛りがある。だから事務手続としては、シンプルな書類を作って、裁判所に受け付けてもらう。それだけだ――

　ただ）

（ただ？）

（どれだけ先例があっても、そしてどれだけ起訴の実際がシンプルでも、三〇分前検挙、五分前検挙では、常識的に言って、処理できないだろうな。

　なんとなれば、当直裁判官は別として、まず裁判所の担当係が閉まっている――そりゃそうだ、三〇分前ってのは、絶対に二三時三〇分でしかありえないから。

　ただこれは事情を説明しておけば、待っていてはくれるだろうし、東京の裁判所は、日常業務として、夜間起訴を平気で受け付けるって聴いたこともある。だからこの問題は、やりようで解決できる、かも知れない。

しかし、もっとシビアな問題は――

『三〇分』で、果たして逮捕手続関係、本人確認関係、起訴状関係、裁判所の受付関係がすべて終わるかってことだ。そりゃまず無理だろう。任意同行かけて、PSに搬送して、逮捕して、権利の告知して、弁解録取《ろくしゅ》して、逮捕手続書作って、指紋なりDNAなりを採取して、照会掛けて照合して、その書類もくっつけて……無理だよ。交番の、何の変哲《へんてつ》もない拾得物の書類だって、下手な奴なら十五分二十分、掛けてしまうだろう？

まして、『五分』なら論外だ。任同だけで終わってしまう。

しかも当然これは、警察段階だけでの話だ。同時並行なら同時並行でもいいが、検事さんは検事さんで、大急ぎで起訴の段取りしないといけない。その時間だって見込まないと。

だから俺はさっき『常識的に言って、処理できない』といったんだ。

その意味で、『前日』にはセーフなラインとアウトなラインがある――ってことさ）

（そうすると、越智部長）アリスが頷《うなず》きながら訊く。（それこそ刑事モノでよく視る、

『二三時五六分、通常逮捕ぉー』『やまさん、これで時効が、止まりましたね!!』『ああ、刑事たちの魂のかがやきだ……』とかいうくっさい話、あれ全然アウトなんですね？）

（やったことがないから断言はできないが、仕事の常識として、ムリゲーだ。どう考えても、そうだなあ──遅くとも夕方には身柄を確保したいし、そのときでも、『もう検事と裁判所には話をしている』『関係先の根回し終了』というのが大前提だろうな。ゲートキーパーがふたりもいるのに、どっちも寝耳に水、『渡部美彌子、誰それ？』『そもそもどういう事件の被疑者？』『何時《いつ》の話だよ、ドッチファイル捜さなきゃ』ってな状態だったら、現状を……いや経緯と物語を説明するだけで、三十分一時間、すぐに過ぎてしまうだろう）

──僕らが囁いているうちにも、最終の署長御前検討は続いている。

というか、そのクライマックスを迎えている。

「そうすると、だ」宇都宮刑事部長がいった。「①速やかに、被疑者死亡による送致をする。これに賛成なのが東警務部長と、俺と、城石だ。他方で、②被疑者死亡による送致はするが、その時期を遅らせようというのが、土居署長と捜一課長。③被疑者死亡による送致など認めない、というのが上甲愛予署刑事一課長。こうなるな」

「警察で、多数決は禁忌《きんき》ですが」土居署長が、そっと瞳を閉じた。「被疑者・渡部美彌子死亡による送致は、やむをえんでしょう。なるほどウチの上甲の執拗《しつよう》さには理由がある。私はそれを評価する。ただ、〇・〇一%の矛盾が消せないということは、裏から言えば、九九・九九%には矛盾がないし、それは上甲自身も認めとる、ゆうことです。

ほうやの上甲？」

「矛盾の『質』と『量』の違いをごっちゃにせん、という前提で、認めますわ」

「ならば九九・九九%の証拠が認めるとおり、渡部美彌子は死んだものとして、送致準備をすることに異論はないな？」

「そら準備だけなら、もちろん無い」

「なら、あいなか採って」土居署長は、事実上の多数決をリードしようとした。「上甲は、被疑者死亡で準備をする。それは上甲の譲歩や。宇都宮サン、宇都宮サンは速やかな送致を諦《あきら》める。それも宇都宮サンの譲歩です。

で、あいなかとって」

「ルールどおり、前日の四月二五日に送致する」刑事部長が訊いた。「そういうことか？」

「東警務部長の御了解がえられれば、ですが、むろん」

「――土居署長」

東警務部長は、さすがに土居署長には礼を尽くした。それはそうだ。年齢的にも、そう、土居署長は刑事部長と一緒くらいだし、だから十五歳は離れているし、だから警察官としての年季と場数が違う。まして土居署長は筆頭署長警視正。しかも、刑事部長みたいに『かつての部下だ』――なんて特殊事情もない。

要するに、警務部長は、警察官の後輩として、また、東京からの渡り鳥として、しかし、それでも上官たる副社長として、土居署長に訊いた。

「署長は、渡部美彌子の事件広報が遅れるリスクを踏まえて、そう判断なさるのですね？」

「まさしく」

「……申し上げ難《にく》いが、敢えて再確認します。

渡部美彌子事件の処理は、その責任は、挙げて愛予警察署長にある」

「そのとおり」土居署長は平然と。「警察署長は、それがどのような事件であろうとも、管轄《かんかつ》区域内で発生したあらゆる事件に、無限の責任を負う――当然、理解しとります」

「それは警察本部の責任ではなく、まさに、愛予警察署長の責任なのですよ」

「それが警察署長です」

「何故、美彌子と清家の関係について広報が遅れたか。隠していたのではないか。隠《いん》蔽《ぺい》しようとしたのではないか。もう湮滅《いんめつ》してしまった証拠があるのではないか——『そうでなければ、被疑者死亡が確定しているのに、すぐ送致しない理由がないじゃないか!!』。このような邪推《じゃすい》と嫌疑と非難は、最終的には、すべて土居署長に赴《む》けられる」

「それが警察署長です」

「しかも、あなたは警備公安部門の重鎮《じゅうちん》だ。そしてスキャンダルを起こしたのは、警備部参事官の清家——かつての警備公安のエース。これもまた、あなたへの邪推と嫌疑と非難を強めることになる。しかも、今度は警察部内において」

「それも、そのとおり」

「……解っていただけませんか?」東警務部長は語気を強めた。「そのような方が次の異動で、コースどおり刑事部長になる。それを刑事部門が了承すると思いますか?」

「そら思わんでしょう」

一瞬、啞然《あぜん》とした東警務部長に、土居署長は淡々と言った。それは凄味《すごみ》だった。

「この渡部美彌子事件。我々の愛予県警察が十年取り組んできた、渡部美彌子事件。それが解決できんかったとなれば。それで当県警察が揉《も》める、ゆうんであれば。それで県民国民からの非難を染《あ》びる、ゆうんなら。

そのときは私が腹を切ります。次の刑事部長なんぞ飛んでもない。先刻から警察署長警察署長繰り返しとりますが、この金の署長徽章《きしょう》は、伊達《だて》でも酔狂《すいきょう》でもありません。私は最初から、美彌子の公訴時効が完成すれば腹を切るつもりでおりました。こんなハゲポンの白髪首《しらが》……あっ髪が無いな……ジジイ首ですが、指名手配の胴元《どうもと》の、筆頭署長の、しかも警視正が腹を切るゆうんなら、他に累《るい》が及ぶことはありますまい。筋も通っとる。もちろん我が刑事一課上甲班にも、それぞれ責任をとってもらう。ほがいなこと、誰もが最初から覚悟しとります。

そう、ここにいる原田巡査長にさえ――」

いきなり自分の名前が出て、僕は飛び上がりそうになった。

「――ように言い聴かせとる。美彌子のタマとるか、お前のタマとられるかじゃ、ゆうて。

「ほうやの原田？」

「はっはい!!」

　僕は直立不動になった。ここは警視正、三頭会議の場である。僕は巡査長である。

「儂はゆうたの、お前が刑事入りしたとき。お前が今、ここの刑事になるんなら、することはたったのひとつやと。渡部美彌子のタマとれと。それだけを、お前がやることだけを散々《さんざん》、言い聴かせたな？」

「そのとおりであります!!」

「それができんかったら、詰め腹、切らんといかんともいうたな？」

「はい、おっしゃいました!!」

「……と、いうことです警務部長」土居署長は親分からハゲポンにもどった。「私ども最早《もはや》、職業的にですが、腹を切る覚悟を決めとります。具体的には、私と上甲班がです。その覚悟に免じて、直ちに送致するゆう御判断、どうか御再考願えませんでしょうか？

　キャリアもノンキャリアも、年齢も階級も関係なく、この私という人間に免じて、どうか御意見を撤回していただけませんか？」

「……土居署長がそこまでのお覚悟とあらば」

東警務部長は、おそらく意図的に表情を消した。それも政治だった。

「警察本部としては、何も言うことはない」

「御賢察《ごけんさつ》、ありがたく。

ほしたら宇都宮サン、捜一課長《イッカチョウ》。

被疑者死亡による送致は、四月二五日にしようわい。それまでに、この美彌子の手紙みたいなサプライズ、あるかも知れんし」

「ただ土居」刑事部長が釘《くぎ》を刺した。「上甲班が行う捜査は、清家方《かた》の殺人及び放火だけに限定させてもらうぞ。まさか、美彌子捜《さが》しなど行わせるわけにはゆかん。美彌子は発見されたし、美彌子は死んでいるんだからな。それがこの検討の結論であり、合意だ。それは先刻、お前自身も認めている――それはいいな？」

「それは了解です」

「そして城石の美彌子ＰＴは、今日をもって解散させる。

ＰＴの目的は美彌子の発見検挙だった。今日の検討の結果、その目的は――残念な形ではあるが――達成されたんだからな」

「それは刑事部長の御判断でしょう。愛予署長が口を挟《はさ》めるもんやないです」

「それでは」

城石管理官が締めに入った。

「これをもって、最終の検討を終了します。愛予署にあっては、定められた方針どおりに動かれたい。以上であります」

——警察本部側の列席者が、土居署長に軽く礼をしながら、署長室を後にする。

その刹那《せつな》、土居署長がぼそりと言った。

「ああ、上甲なあ」

「ホイ署長」

「儂の勘違いかも知れんけど、あの、美彌子の指輪な、例の宅配便で送りつけられてきた指輪。儂まだ実況見分調書も捜査報告書も、いや、指紋等確認通知書すら読んでないんやけど」

「儂の決裁サボりと違いますよ。ゆうたら儂も見たことないけん」

「ああ、上甲」城石管理官がすぐさま言った。「すまん、さすがに警察本部のことなんで、こっちで処理させてもらっていた。捜査書類の方、すぐに署長の御内覧《ごないらん》に入れよう」

「城石管理官、すまないね」土居署長はニコニコと。「で、指紋はどうだった？」

「間違いなく」城石管理官が即答する。「渡部美彌子の指紋と、白居公安課長の指紋が出ました。白居公安課長の右手示指が、鮮明に確認できました」

「それはよかった」

「ありがとうございます」

——そして、警察本部側の列席者が退室し終わると。

土居署長は、おい上甲、と上甲課長を呼び止めた。

僕らは退席しようとしたけれど……

今度はその僕らを、だから上甲班の総員を、上甲課長が呼び止めた。

「さて上甲」土居署長がマイルドセブンに着火した。「儂にできるんは、ここまでぞ」

「充分や。ありがとうございます」

署長、刑事より刑事やね。警備にしとくんは惜しいわ」

「バカ、上甲」署長は上甲課長の真似《まね》をして。「署長に部門の壁なんぞあるか。あるのはただ事件の解決、それだけじゃわい」

「けど、啖呵《たんか》切った分、ケツに火が着いた。やり方も、工夫せんといかんくなった」

「悪いが上甲、儂はお前の直感、全然信じとらんのよ。

ただ、刑事としてのお前は信じる。だから乗った。だから時間を稼いでやった。

それ以上のことは、儂にもできん。

上甲班がどう動くか。それはお前に任せるが、警察本部にああまで釘を刺された以上、公然と身勝手はできんぞ──それに」

「ああ、解っとる」

「累《るい》が及ぶのは、少ない方がいい」

署長の不思議な言葉。それを受けて、上甲課長がボソリといった。

「……まず、越智、お前に詫《わ》びる」

「詫びる？　何をです大将？」

「お前も救いたかった。ほやけど、どうしても上内と原田の二人が、限界やった」

越智部長が怪訝《けげん》な顔をする。見かねたように、土居署長がいった──

「上内亜梨子巡査部長。原田貢巡査長」

「はいっ」

署長の鋭い口調に、アリスが反射的に直立不動になる。僕もあわてて続く。署長は言葉を畳み掛ける。

いや、命令を。

「命令──

本日付けをもって、両者の刑事第一課勤務を免《めん》ずる。

また本日付けをもって、両者を、地域課勤務とする。上内巡査部長を愛予駅西口交番に、原田巡査長を愛予市駅交番に配置する。正式な辞令は、追って交付する。以上」

「あ、あたしに交番へ帰れと――署長それはいったい⁉」

「オイオイ、アリス」小西係長が、寂しく笑った。「刑事ってなあ、人情の機微《きび》に通じてなきゃ駄目だぜ」

「人情の、機微……？」

「このままゆけば、署長は刑事部長に栄転どころか、定年を待たずに引責辞任・早期退職だ。それも、来月にだ。あれだけ警務部長に喧嘩《けんか》売ったんだから、再就職もまあ、えげつないところになるだろう――

そして上甲の大将以下、上甲班もそれに連座《れんざ》する。いや、させていただく。当然のことだ。オヤジが詰め腹切るってのに、子供が指咥《くわ》えて見てたら、職制も人情も仁義もクソもねえ。

そして連座ってのは、離島の駐在所に飛ばされるくらいじゃねえな。それならむしろ大恩情だ。当然、腹切りだ。組織から追ん出されることを、覚悟しなきゃならねえ。警察ってなあ、そういう所だ。そろそろ解ってる歳《とし》だとは思うがな。

いずれにせよ、渡部美彌子の『四月二五日送致』に関与した刑事の末路《まつろ》は、そりゃえげつないものになるだろう――アリス、さっき話聴いてて解らなかったか？　これは、もう政治なんだよ。しかも、生贄《いけにえ》を必要とする政治だ」

「まさか署長は、送致のときに、あたしとミッグが刑事ではなくなるように……あたしたちを、言ってみれば逃がすために、わざと交番へ」

「バカ、上内」これは上甲課長だ。ホンモノだ。「警察官は、上官の命に服する。それだけじゃ。刑事に能書きは……違うな、交番勤務員に能書きはいらん。とっとと出てけ」

「でも、そんな!!　あたしはそんなこと!!　ミッグだって……ねえミッグ!!」

「アリス」

僕はアリスの肩に手を置いた。そしていった。

「僕らには、僕らのやるべきことがある。僕らにしか、できないことも」

「原田巡査長」土居署長が命じた。「上内巡査部長に、これからの仕事を教えてやりなさい――私は君と、上内巡査部長に期待している。

短い時間だが、君達が刑事にいてくれて、よかった」

僕は瞳に涙すら浮かべているアリスの背を押した。

そして署長と、上甲課長に対面し、室内の敬礼をする。アリスがふらふらと倣《なら》う。

「原田巡査長、新しい任務に就きます」

「うむ、悔いのないよう、頑晴《がんば》りなさい」

第7場

そして二〇一〇年（平成二二年）四月二五日。

渡部美彌子の傷害致死が、被疑者死亡のまま送致される日。

この日、非番の僕とアリスは、朝、交番を引き上げるとき、たがいの瞳を見。

どちらからともなく、刑事部屋へゆこうという話をして――

上甲班の誰もが立ち会う、午後一一時五九分五九秒には、そこで一緒にいようと決めた。

第4章　三日前

第1場

土居署長と上甲課長は、アリスと僕を解任した。

……解任してくれた、という方が正確だろう。

だから僕らは、古巣の交番勤務員にもどった。その勤務は、当番－非番－日勤の、三交替スタイルになった。もう、刑事じゃない。私服でもない。

ただ、だからこそ、できることもあった。

非番は、泊まりの明けだから、眠いのを我慢すれば、昼間も夜も自由だ。

そして日勤も、実は、週四〇時間労働制との絡《から》みがあるから、休みになることが多い。日勤という名の、一日休みだ。だからこれも、昼間だって夜だって自由になる。

だから、アリスも僕も、刑事時代より、遥《はる》かに自由になった。

――そうやって、三週間あまりが過ぎ。

とうとう、この、二〇一〇年四月二五日がやってきた。

特別な日だ。

この日が終われば。この日の午後一一時五九分五九秒が終われば。

だからアナログ時計の針の、午後一一時五九分が、午前〇時〇〇分になれば。

渡部美彌子の傷害致死の、公訴時効が完成する。刑訴法改正は、まにあわなかった。

検察官は、美彌子を起訴できなくなる。起訴できなくなるから、公判も開けない。

公判が開けないから、有罪判決が出ることもない。

——もちろん、罪は消えない。

発見されれば、当然事情は聴く。参考人としてであれ何であれ、取調べはすることになるだろう。ただ、それは一件記録という、渡部美彌子と刑事たちの物語を完結させるためだ。

そして、それだけだ。

だから、刑事たちにとっては、屈辱で敗北だ。

負けました、という投了の物語を、勝者から語ってもらうのだから。負けました、という事実を、勝者から確定してもらうのだから……

ここで、刑事の最大の目的は、悪い奴を処罰することだ。すなわち、有罪判決を勝ち獲《と》ることだ。その最大の目的が絶対に果たせないなら、一件記録は刑事の魂でもなんでもなく、ただのミステリ小説でしかない。

いや、ミステリならまだ救いがある。

というのも、公訴時効完成後の一件記録なんて、作者自身が『このミステリの解決編は、事情により書けませんでした。読者の方に深くお詫《わ》びします』といってプロットをブチ切ってしまう……しまわざるをえない、そんな恥ずかしい物語だからだ。

――その、運命の四月二五日。

僕は、警察本部地下一階にいた。

僕は、アリスと約束している。運命のその瞬間は、刑事一課の大部屋で迎えようと。

だから、それまでに、髪を切ることにした。

時刻は現在、午後七時。

いつか、越智部長と話した。『前日の夕方なら』どうにかなるだろうと。今がまさに、前日の夕方だ。というか、もう夜かも知れないけれど。

――床屋のドアを、開ける。

「あらミツグ、いらっしゃい」

「今晩はマスター、髪切りに来たよ」

「めずらしく予約、入れてたもんね、大丈夫よ」

この床屋の営業時間は、午後七時までだ。だから、普段ならこんな時間に予約は入れない。ただ、今日は特別な日だ。ほんとうに、特別な日。その瞬間は、できるだけ綺麗《きれい》な身形《みなり》でむかえたい——

もちろん気のいいマスターは、僕の願いを、二つ返事で聴き容《い》れてくれた。

だから今夜は、いってみれば、異例のナイター。いや延長戦かも知れない。

そしてマスターは、僕を店に招き入れながら、いつものオカマさん言葉を、ちょっと曇らせた。そしていった。

「ただミツグ、御免《ごめん》なさいね、実は、もうひとりお客さん、いるのよ」

「ううん、僕は全然かまわないよ」

「すぐワイフ呼ぶから、奥の席に座って、大丈夫、いま来るわ」

……ここは、時の止まった床屋。

いちおう三席あるこの店で、僕が奥の席に座ったことなんてない。いつも一番手前の、ドア側の席だ。そしてマスターの定位置もそこ。だから、今夜はかなりイレギュラーだ。

僕は通りがけに、その、一番手前の席に座った客を見た。

それはある意味、予想どおりの人だった……

……僕とおなじことを考えたか、あるいは全然違う理由があるのか、それは解らない。

分かるのは、この四月二五日午後七時、髪を切りに来たということだけ。

僕はこんな場所なのに、革靴の踵《かかと》をカチッと合わせ、軽く室内の敬礼をした。

「失礼します、東警務部長。

愛予警察署の原田巡査長であります」

「愛予署の、原田……」

さすがに髪を切っているとき、顧《ふりかえ》るひとはいない。東警務部長は、鏡のなかで僕の顔貌《がんぼう》を確認した。そして、ああ、という感じに口を動かした。

「……刑事一課にいた、そうだ上甲班の、原田巡査長だな？」

「お疲れ様です。御無沙汰《ごぶさた》しております」

「いや、すまなかった」警務部長は、謙虚に詫びた。「副社長だ副社長だと偉そうをいうなら、皆の顔くらい憶《おぼ》えていなければいかんのだが——

さすがに二、〇〇〇人規模、さすがに警察署までとなるとな。だが君とは、直接会っている。それをスルーしてしまいそうになるとは、あっは、警察官としても副社長としても、ろくなものではないな。すまん」

「いえ、そのようなことは。お隣、失礼致します」

「……どうやら、私とおなじことを考えているようだね」

「と、おっしゃいますと……」

「ケジメ、みたいなものかな。その瞬間は、見苦しくない姿で迎えたい」

すぐにマスターの奥さんが出てきて、僕にクロスを被《かぶ》せ始める。

奥さんは、警務部長のような翳《かげ》りはない声で、むしろ興味津々《しんしん》な感じで訊《き》いた。

「今日で時効、終わっちゃうんでしょ？　あの、渡部美彌子」

「あと、そう、五時間を切ったね」

「まさか原田くんも記者会見？」

「あはは、違うよ、全然違う。僕はホント、下《した》っ端《ぱ》だもの。

それに、もう刑事でもないし」

「……ごめんなさい。異動、あったんですってね」

「いいんだ。私服が制服に変わったって、刑事部屋が交番に変わったって、仲間も気持ちも変わらないもの。だから来たんだ。今夜はこれから、愛予署で過ごしたいから」

「刑事さんたちがいるの？」

「うん、お世話になった、ホントにすごい刑事たちがね。今もいるはずだよ。班の皆《みんな》で、その瞬間に立ち会おうって決めたんだ。だから変な時間に予約入れちゃった。ゴメン」

「ウチは全然いいのよ。そりゃお客さんは多い方がいいし。それに、めずらしい組合せだもの――警務部長さんは、記者会見よね？」

「そうだ。かなり厳しいものになるがね。だからここが、最後の安息の場所というわけだ」

……美彌子の傷害致死は、御前《ごぜん》検討の方針どおり、今日、送致された。もちろん身柄ナシの、書類送致だ。これは被疑者死亡の送致である以上、ギリギリまで粘る意味が無い。そして、そこはお互いお役所。事件送致は、警察・検察・裁判所の勤務時間内にもう終わっている。つまり、形式上、事件は愛予署刑事一課の手を離れたのだ。

そのタイミングで記者会見――という案もあったけれど、なにせ今日は、公訴時効完成の当日でもある。十年の捜査を締めくくる記者会見も、どうせしなくちゃいけない。というわけで、『キリのよいところで』公訴時効が完成する明日二六日の午前零時三〇分から、総括の記者会見が行われることになっていた。

こういうのは、警察署で行われる。それはもちろん、土居署長が啖呵《たんか》を切っていたように、およそ署の管内で発生した事件については、警察署が全責任を負うからだ。だからこそ、捜査本部というのは警察署に立つ。そして美彌子事件についていえば、指名手配の胴元がまさに愛予署だ。

だから東警務部長が今夜、ウチの署に来るってことは、署員なら誰でも知っている。もちろん、刑事部長も捜査一課長も来る。

――そんな厳しい祭りの前の、床屋。

それは、まるでエアポケットだ。それこそ雪が深々《しんしん》とふっているように、静謐《せいひつ》で、落ち着いている。重ねて、ここは時の止まった床屋だ。まさか他に客もなく、訪れる者もなく、ぽつんと四人を配置した、不思議な舞台になっている。何かの器具のスチームが、時折しゅんしゅんと鳴る。

――すると、警務部長が隣の席から、ぽつりと言った。鏡にむかって言った。

「愛予署では、見苦しい姿を見せてしまったな」

「……いえ、そのようなことは」

「私がまだ捜査二課長だったなら、むしろ、上甲警部の側についただろう。そう、私がまだあの頃みたいに刑事だったなら……」

「いえ、僭越《せんえつ》ですが、お察しします」

「事件検挙だけを考えていた、あの頃。現場に政治を持ちこむ上《ウエ》はクソだと思っていた、あの頃。もう十年になるとは信じられないが、自分が変わってしまったことは、自分がいちばんよく知っている。そして私も、自分がクソだと思っていた上になってしまった。

上甲警部も、いや、君のような上甲班の刑事たちも、さぞかし私が不快だったろうな」

「いえ、上甲課長は、そういうことを考える――というか意に介する人じゃありません。あの人は、猟犬です。そして、それだけです。獲物を狙《ねら》う、それだけ。そのために執拗《しつよう》に観察する、それだけ。

実際、いま上甲課長は、警務部長に感謝すらしていると思うんです」

「ほう、またそれは何故《なぜ》かね」

「警務部長のお陰で、渡部美彌子を検挙できるからです」

第2場

観察1（死体）

「……すまない原田巡査長、意味が解らないが」

「すみませんでした警務部長、突然、結論だけを申し上げて。

でも。

上甲課長は、そして上甲班は、渡部美彌子の所在をキャッチしました。

そして、その裏付けもとれています……とれつつある」

「なんだって⁉」

「きっとこれから、最後の捜査をして、王手詰めを掛けるところ。

現に、上甲班の班員がひとり、最後の行動確認をしています。

だから、上甲課長は警務部長を怨《うら》んでなどいません。だから、感謝すらしているだろうと申し上げました」

「ちょっとまて」

警務部長の語気が変わった。それは当然だ。僕は、ブルっていた自分に気合いを入れ直す。

「君は自分が何を言っているのか解っているのか？」

「はい」

「渡部美彌子を発見しただと？」

「はい」

「渡部美彌子は死んでいるだろう」

「いいえ」

「さっぱり解らん!!　あの寿能町《じゅのうちょう》の官舎、清家の官舎から出てきた死体は、間違いなく美彌子だっただろう!!」

「いいえ。あれは渡部美彌子ではありません。絶対にありえません」

「指紋という客観的・科学的証拠が出ているではないか!!」

「だからといって、あの死体が美彌子だとは言えません」

「……理由」

「僕らは、現場を踏みました。すなわち観察、そして僕も、先輩刑事の教えどおり、刑事としてやるべきことをやりました。観察、観察、観察です。

すると、矛盾が幾つも見えてくる――

そもそも何故、〈美彌子〉の包丁は、そして〈美彌子〉のトートバッグは、官舎の風呂場に安置されていたのでしょうか？

あの寿能町の官舎の物語は。

恐喝に耐えかねた美彌子が、とうとう清家参事官を殺そうと決意し、官舎に入ったけれど、包丁では掠《かす》り創《きず》しか負わせることができず、逆襲を受けて殴り殺された――というものです。そして生き残った清家参事官は、美彌子を殺してしまったことから、自分共々《ともども》、美彌子の死体を燃やしてしまった――というものです。言ってみれば、殺人後の放火自殺」

「そうだ。そしてそれが事実だ。少なくとも、事実に最も近い筋読みだ」

「ところが。

この放火犯は、ガソリンを使って、〈美彌子〉の死体を徹底的に焼却しています。そう、指紋もDNA試料も採れないくらいに。

裏から言えば。

すさまじい高熱で徹底的に焼却処理したからこそ、〈美彌子〉の指紋もDNA試料も採れなくなった。そして、指紋とDNA試料を、そう、自然なかたちで始末してしまうには、実際上、焼却処理するしかない。その他の処理方法では、たとえ凍らせても腐らせても白骨にしても、ＤＮＡ試料は採れますから」

「何が言いたい」

「この放火犯は、そこまでして、〈美彌子〉の死体を処理したかったということです。もっといえば、それが〈美彌子〉なのか誰なのか分からないようにしたかった――ということです」

「私には、結果から原因を想像しているようにしか思えん。君の議論は逆立ちしている」

「いえ警務部長、僭越ながら反論致します。この議論には、根拠があります」

「どんな」

「……歯牙《しが》です」

「歯牙？　歯か」

「まさしく。あの寿能町の〈渡部美彌子〉は、焼却処理とあわせて、顔面を滅多《めった》打ちにされています。そう、七番アイアンで。それは顔面、ともいえますが、刑事に与えるインパクトから言い直せば、『歯牙を確認不可能なまでに打ち砕いた』ということになります。

かつて刑事だった警務部長ならば、これが何を意味するかは、すぐに御理解いただけるはず」

「……身元確認を、不可能にする」

「そうです。指紋、DNA、そして歯牙。変死なり損傷死体なりで重要なのは、当然、身元確認です。それが誰の死体なのか、確認することです。そしてそれは、例えば盲腸の手術痕《こん》といった個人的な特徴があればベストですが……一般論としては、この三種の神器がそろうなら言うことはない。変わらないものだからです。だから強行刑事は、法医学とあわせて、法歯科学にもそれなりに通じている──

そして。

僕らがもう知っているように、指紋とDNA試料は、焼却処理されてしまった。躯《からだ》が燃えた以上、手術痕なども確認できない。最後に期待できるのは、歯牙です」

「……それが、ゴルフクラブで滅多打ちにされている。破壊されている」

「だからこそ、僕らは、あの死体から何も語ってもらえなかったんです。

言い換えれば、放火犯は、あの死体を黙らせた。殺す以上に、死んだあとも何も喋《しゃべ》らないように、黙らせた。それは成功した。残ったのは、科学的に何も物語らない死体──

そうです。放火犯は、あの〈渡部美彌子〉が誰かということを、徹底的に湮滅《いんめつ》することに成功した。それこそが放火犯の目的だった。そのことは、死体の焼却度合いの違いからも立証できます」

「焼却度合いの違い?」

「もし、清家参事官が、自分と自分が殺してしまった死体を、徹底的に焼いてしまおうと決意したのなら――なるほど、〈美彌子〉の死体があれだけ燃えてしまったのは、納得できなくもない。ガソリンですし、事情が事情ですし、そこに憎悪《ぞうお》・嫌悪なども あったでしょうから。

しかし。

人を殺して、自分まで焼身自殺しようとする人間が、だからこの世から確実に消えたいと思っている人間が、むしろ焼け残ってしまっている――これは、矛盾です。

あの現場は、あの和室は八畳間《ま》。公務員の官舎ですから、ささやかなもの。そこに、ガソリンをぶち撒いた。もちろん自分の周りにも、執拗《しつよう》に撒くでしょう。その撒き方を考えたとき。現場の狭さを考えたとき。そして、〈美彌子〉と清家参事官の死体の距離を考えたとき。

〈美彌子〉があれだけ完璧《かんぺき》に、第Ⅳ度まで燃え去って、一緒の和室にいたはずの清家参事官が第Ⅱ度ですんだ。身元確認も自然にできた――

　これだけで、異様な現場といえます。

　ふたりとも燃え残るなら燃え残る。ふたりとも燃え去るなら燃え去る。多少の程度の違いはあっても、ふたりの火傷の程度が、一方は黒焦《くろこ》げの炭、一方は左腕の防御創《ぼうぎょそう》まで確認できるほどキレイなどということは、自然発生しないと思うのです」

「その燃え方の違いから、君は何を導くのだ？」

「放火犯の意図です。

　まず先ほど申し上げたように、あの〈渡部美彌子〉が誰かということを、徹底的に湮滅する。けれど、清家参事官は燃え残るようにする。何故か？

　――物語ってもらうためです。

　言い換えれば、あの女の死体には何も物語ってほしくはないけれど、清家参事官の死体には、多くを物語ってほしい。清家参事官から手繰《たぐ》って、哀れな渡部美彌子の物語にまで到《たど》り着いてほしい――

　それが、放火犯の意図です。

　だから、あえて清家参事官は、燃え尽きないようにした」

「まさか、あの和室で火を放ったのも、清家ではないと言い出すのではないだろうな？」

「はい、もちろん清家参事官ではありえません」

「……気は確かか？」

「警務部長が今、僕を観察なさっているとおりに」

「取り敢《あ》えずその、清家の話は措《お》く。それは狂気の沙汰《さた》、いや妄想と言わざるを得んからな」

「ならばそれはまた、順を追って説明致します。今の返事は、御質問にお答えしただけです――

ですので。

僕らが死体の観察から導き出す結論は、だからまず、『あの〈渡部美彌子〉が実際のところ誰なのかは、もしそれがホンモノの美彌子であったとしても、確認できはしない』という事実」

「ただ我々は、美彌子の所持品等によって、あれが美彌子だということを確認できている。

所持品ももちろんだが、引き戸等からも指紋は採取されている。あの夜あの寿能町の官舎に、渡部美彌子が侵入したことは、科学的事実だ」

「違います。

僕らがそこから導ける科学的事実は、『美彌子があの官舎に、指紋を遺留した』ということ、『美彌子が指紋を遺留する機会があった』ということだけです。また、『あの官舎に、美彌子が指紋を遺留した所持品が持ちこまれた』ということ、それだけです」

「……どこが違う？」

「あの夜、あの現場にホンモノの渡部美彌子がいたかどうかは、断言できないということです。それは死体の議論からもそうですし、指紋の議論からもそうです。引き戸の指紋があの夜に着けられたかどうかは絶対に断言できませんし、美彌子の指紋が着いた所持品は、極論僕にだって搬《はこ》び入れることができる――僕が美彌子と組んでいたなら、ですが。

なお、あの官舎に出入りする美彌子の姿も、ひょっとしたらそれを送迎したかも知れない清家参事官の車も、絶対にとらえられたはずの近隣の防犯カメラにまるで映っていない点は、重く考えるべきだと思います」

観察2（所持品）

「そうすると、だ」警務部長は、また鏡に言った。「君はこう主張するのだな。あの死体は美彌子のものではないし、だから美彌子は死んでいないと。そして、そもそも美彌子はあの夜、あの現場に来てもいなかったと」

「最後の点については、僕らにも分かりません。

ただ常識で考えると。もし美彌子が生きているのなら。

渡部美彌子は指名手配犯です。そして当時は、時効完成一箇月前。不要不急な外出は、当然控《ひか》えようとするでしょう。必然性がないのに、これから殺人と放火が起こるであろうそんな舞台に、わざわざ接近するはずありません。

ただ、これは詰められない。

だから、僕らとしては、『あの現場に美彌子がいなかった可能性の方が強いが、いても特段の問題はないし、これから申し上げたい結論は動かない』ということです」

「ならばその結論とは？」

「〈美彌子〉の所持品が物語ってくれることです。

これまでは、あの死体は美彌子かどうか分からない、美彌子かも知れないしそうでないかも知れない、ということを申し上げてきましたが——

所持品の供述により、あの死体は渡部美彌子ではない、ということが確定します」

「所持品の、供述……？」

「すぐに御説明します。

僕らはやはり、所持品も観察しました。徹底的に、基本どおりに。それは現場においてもそうですし、署における実況見分でもそうです」

「観察、観察、観察——か。それで？」

「すぐに三点の矛盾が浮かび上がります。

すなわち第一点。現金が発見されない。

ここで、渡部美彌子は指名手配犯、十年を逃げ延びてきた逃亡犯です。その物語にふさわしく、トートバッグはしっかりした革製で、旅行鞄《かばん》としても充分使えるものでした」

「事実、ささやかな着換えも入っていたと記憶しているが？」

「そうなんです。

ところが。

いつでも逃亡できるようにしなきゃいけない、いつでも電車なりタクシーなりバスなりに飛び乗れるようにしなきゃいけない——実際、スナック『ルージュ』でそんなシナリオがありましたが——そんな逃亡犯なら、いつも、必ず、手元に、そうまとまった現金を、キャッシュを用意していないはずありません。逃亡犯の立場に立ってみれば、絶対に身に着けているといってもいいでしょう。事実、財布はあった。それは解る。

それなのに。

当該財布には、二万二、〇八二円しか入っていない。これでは交通費が関の山です。宿泊費など捻出《ねんしゅつ》できない。タクシーを派手に乗り継ぐとすれば、交通費としても心許《こころもと》ない。まして、あの財布のなかにも、トートバッグのなかにも、クレジットカードはない。

これでは逃亡など、いえ逃亡犯などできません。しかも、物語によれば、美彌子は一〇万円、二〇万円を清家参事官にくれてやることができた。それだけの資力があった。ならば、所持金二万円強というのは、どう考えてもおかしい。一〇万円なり二〇万円なりと一緒に、非常時の資金をも準備すればいいわけですから。

これが矛盾点の第一です、警務部長」

「——飽くまでも理論的には、どこかのコインロッカー等に隠してあったかも知れんし、また飽くまでも理論的には、あの和室と一緒に燃えてしまったのかも知れんがね。何と言っても、貴重な現金だ。身に帯びているというなら、着衣の中、着衣の下ということも不自然ではない」

「ならば矛盾の第二点。Suica です」

「あの Suica か、交通機関の電子マネーの」

「まさしく。これもおかしい。

渡部美彌子は、フットワークを最大限軽くしておかなければならない逃亡犯。電車に乗るにも、バスに乗るにも、いちいち切符を買ったり、いちいち小銭を用意したりするのは、時に致命的なタイムロスになります。

ところが。

見分の結果、Suica の残額は、なんと一、一〇七円——

Suica は二万円までチャージできます。逃亡犯としては、改札口にブロックされ、大勢の人に目撃されるような真似《まね》は、死んでも避けたいでしょう。まさかのとき、いきなり改札口が閉まってしまうことなら、なおさら。

そしてそれを避けるのは、二〇万円の恐喝に応じられる人物ならば、全然難しいことじゃない。なのに、そう、一六〇円のバスに乗るにも、一六〇円の路面電車に乗るにも残額を気にしなくちゃいけないような、そんな状態でいられるはずがない。これが矛盾点の第二です、警務部長」

「それは常識論の問題であって、論理でも証拠でも何でも無いがね」

「常識的にはありえない。そうお認めいただけますか？」

「渡部美彌子が合理的な人間だという前提で、まあ認めよう」

「ありがとうございます。

最後に矛盾の第三点。ライターです。〈渡部美彌子〉の所持品、そう煙草入《たばこい》れのなかから発見された、私物のライター」

「……あれは確か、スナック『ルージュ』の営業用ライターだったな？」

「そのとおりです。そして、これも極めて不可解です。

女性は煙草入れをよく使う。事実、あのトートバッグのなかにも煙草入れがあった。煙草パケと、ライター一本を入れればいっぱいになってしまう大きさの煙草入れが。そしてそこに入っていたライターは、まさに御指摘のとおり、『ルージュ』のものでした」

「それのどこに疑問がある？」

「僕らは『ルージュ』の現場も踏んでいます。それどころか、〈暁子〉こと〈マル美〉、すなわちルージュに出現した〈美彌子〉を目撃してもいる。一年一緒に働いた、ひろみママの証言ももらっている。すなわち——

彼女は、私物のライターしか使わないんです。店ではそうです。それは銀の、細身な円筒形のライターで、かなり高額そうなものでした。壊れでもしなければ、まさか手離《てばな》しはしないでしょう。そんな女が、店の外で、しかも煙草入れには入れられないのに、安い営業用のライターを所持しているとは思えません。

……それもまた常識論だとおっしゃるのなら、補強証拠があります。

そもそも寿能町の殺人・放火が発生した時点で——そうあの〈美彌子〉と清家参事官が殺し殺された時点で、美彌子はよりいっそう懸命に追われている逃亡犯だった。それはそうです。一箇月前に、愛予市内で稼働《かどう》しているのを刑事に突き止められているのだから。それゆえ警察の追及の手は、さらに過酷なものになっていたのだから。

そんな状況で。

わざわざ問題の、稼働先の、だからつながりがバレる『ルージュ』のライターなど、持ち歩くでしょうか？　警察官の所持品検査を受けるリスクは計り知れません。ルージュで発見された〈美彌子〉が、それ以降、わざわざルージュのライターを持ち歩くなど、到底信じられる物語ではありません」

「飽くまでも理論的には、火種《ひだね》の予備としてバッグの奥に隠匿《いんとく》していた――危機がせまればすぐ投げ捨てるつもりだった。そんな反論もすぐにできてしまうが？」

「……警務部長、それはきっと、御自分が信じておられない反論です。

というのも、〈美彌子〉のトートバッグのなかには、これも観察して常識を働かせればすぐに分かるのですが、予備の火種がありましたから……そう、マッチ箱です。

『下鴨《しもがも》珈琲店』なる喫茶店の、マッチ箱。もちろんマッチは入っていました。他に予備の火種など、持ち歩く必要がありません」

「……キャッシュが少ない。チャージ残額が少ない。あるはずのないライターがある。

なら、そこから君が導きたい結論とは？」

「きっと御理解いただけているとおり」僕も鏡に言った。「あの所持品は、指名手配犯の、だから逃亡犯の所持品ではありえない、ということです。

そして、このことから。

また、僕らが死体の観察から獲た結論から。

次のことがまとめられます。
一、放火犯は、美彌子の指紋が着いた、美彌子のものではない所持品を、どう

　　して警察に見せたかった
二、放火犯は、〈美彌子〉の死体を徹底的に焼却し、その身元を割れないように
　　したかった
三、放火犯は、清家参事官の死体の焼却度合いを少なくし、清家参事官と美彌
　　子の関係を、どうしても警察に捜査させたかった

――あの所持品が『美彌子のものではない』と断言するのは、早計かも知れません。例えばスマホ。例えば財布。実際に、ホンモノの美彌子が使っていたものだと考えても、そこには矛盾がありません。

　ただ僕らがもう検討した矛盾は、そして今まとめた三点の観察結果は、どうしても『第三者』の存在を浮かび上がらせます。何故と言って、一については、渡部美彌子なら犯すはずのないミスを犯していますし、二・三については、言うまでもなく警察を騙《だま》そうとしているからです。そう、この物語が、『恐喝犯と逃亡犯の殺し殺されの挙げ句の心中』だと、信じさせようとしているからです」

「それがさっきの、君の狂気のシナリオにつながってくる……
　すなわち、寿能町の官舎に火を放ったのは清家ではないと」

「そうです。その放火犯こそ――実際には放火以上のことをしていますが――その放

火犯こそ『第三者』。

清家参事官なら一緒に燃やしたはずの〈美彌子の所持品〉をわざわざ風呂に搬《はこ》び。

清家参事官なら現場から動かす理由もない〈美彌子を襲った包丁〉をもそこへ一緒に列《なら》べ。

清家参事官が火を放ったなら炭になってしまうはずの〈清家斉の死体〉の燃え具合をも調整した――

そう、そこには絶対に『第三者』の存在がある。そしてそう考えなければ、現場の矛盾は解決できません。現場のあらゆる不自然の、合理的な説明ができません」

第3場

観察3（遺留物）

「原田巡査長。

先に言ったとおり、私も刑事だった。そして、私も習った。

刑事は能書《のうが》きを垂《た》れるものではないと。客観証拠で語るものだと。

なるほど、君はよく観察した。君が矛盾と指摘した諸点は、確かに不自然だ。そして君が導いた『第三者の存在』についても、私は頭で理解できる。それが、矛盾を解決する自然な説明だとも考える。警察官としてそう考える。

だが。

同時に刑事として、警察官として、これも指摘しなければならん――

その自然な説明を裏付ける、客観的証拠はどこにあるのかと。

それがなければ、ミステリ小説だ。検察官も裁判官も、まさか納得しない。そして検察官も裁判官も納得しないということは、有罪判決が獲《え》られないということだ。またそれは、君も嫌というほど知っているはずだが、刑事の最大の目的が果たせないということだ。すなわち刑事の敗北だ。

――おもしろい頭の体操ではあったが、客観証拠が出ていない以上、そう、まさに床屋政談《とこやせいだん》だな。いや、床屋捜談《そうだん》か」

「客観証拠はあります」

「寡聞《かぶん》にして知らんが……例えば？」

「現場の遺留物が、僕らに物語ってくれます。刑事が賢明に、観察によってその言葉を聴くかぎりは――

そしてその状況は、検証調書として、あるいは実況見分調書として、客観的に保存されています。検証調書なり実況見分調書であれば、もちろん、検察官も裁判官も納得してくれます」

「あっは、それは、その内容次第だろう。私が問うているのは、遺留物なら遺留物でよいが、それが何を物語り、それがどう捜査書類化されているかということ、それだけだ」

「――では御説明します。

　僕らがまず矛盾を感じ、もう一度実況見分調書と検証調書に当たって執拗に検討したのは、『清家参事官の車の鍵』についてでした」

「……私有車両の、あのゴルゴの鍵か？」

「そうです。そしてそれは、清家参事官のスーツのポケットに入っていた。和室に吊《つる》してあったので、ベストとかパンツとかと一緒に燃えてしまいましたが、残存片《ざんぞんへん》の在り方からして、スーツのポケットに入っていたことは客観的真実です」

「それで？」

「そして清家参事官が焼死してしまったとき着ていたのは、薄い浴衣《ゆかた》と、丹前《たんぜん》のようなもの。これも残存片から確認できる、客観的な真実です」

「確かに、そうだったな」

「これは、矛盾です。当夜は三月の夜。真冬とはいいませんが、薄い和服で外には出ないでしょう。まして、ガソリンを扱おうというわけですから。車は外の駐車場にあるのですから」

「それは気分と趣味の問題だよ」

「いいえ、違います。

どうか思い出してください。犯行の態様を。想定されるシナリオどおりなら――そう第三者が僕らに信じさせたいシナリオどおりなら、これは放火心中なんです。正確に言えば、七番アイアンで恐喝相手を殺害してしまった結果の、放火自殺のはずです。

そう。

撲殺《ぼくさつ》のあとの、放火自殺。

撲殺があって、放火がある。これが時系列です。

しかもその撲殺というのは、顔面の滅多《めった》打ち。歯牙《しが》を砕くほどの、滅多打ちです。

そのときに――

返り血なり、体液なり、肉片なりを染《あ》びないなどということがあるでしょうか？

着衣が浴衣だというのなら、それが血で汚れないなどということがあるでしょうか？

ありえません。

そして、また思い出していただきたいのですが――

現場の官舎から徒歩五分強のところ、官舎から三〇〇mのところにはコンビニがあるんです。おまけに、官舎から徒歩一分のところ、官舎から五〇mのところ、しかも同一街路上には小学校があるんです。もっといえば、清家参事官のゴルゴが駐車してあったのは、だだっぴろい砂利《じゃり》の、露天の駐車場。刑事一課のトラックが余裕で置けるほどのスペースです」

「……その地理環境から何が言いたいんだ。そもそも車の鍵の話ではなかったのか？」

「この地理環境から言えることは。

まさか血に染まった、ひょっとしたら肉片まで着いている薄い浴衣姿で、清家参事官がガソリンを採りにいったなどというストーリーは、絶対に成立しないということです。誰に目撃されるか分かりませんから。誰が目撃していてもおかしくない地理環境ですから。

血に染まった、しかも薄い和服姿の男が、車から何かを抜き出している――

そんなの一一〇番通報ものです。

そして目撃され、通報されでもしたら、官舎のなかの美彌子の死体も発見されてしまう。放火自殺の目的そのものが、達成できなくなる。だから。

清家参事官は、常識的にも、気候的にも、また地理環境的にも、絶対に着換えをしたはずなんです。ところが死んだときに着ていたのは浴衣と丹前。死んだとき、スーツは吊されていた。そして、絶対に使用したはずの車の鍵は——それはそうです、コクピットで給油口を開かないといけませんから——その吊されたままの、スーツのポケットにあった。

これは、矛盾です」

「カンタンに反論できるよ原田巡査長。清家はいったんスーツに着換えたんだ。そして駐車場へ出た。そしてガソリンを抜いた。そして家に帰り、また浴衣に着換えた。だから車の鍵は、スーツのポケットにあった——」

気の利《き》かない弁護士でも、これくらいの反論はすぐしてくる」

「いいえ、清家参事官は着換えなどしていません」

「……理由」

「清家参事官自身は、着換えをしていないどころか、する気もありませんでしたから。もっと言えば、外に出る気も、だからガソリンなんかを抜き出す気もありませんでしたから」

「私は清家が着換えをしていない理由を訊いたつもりだが？」

「ですので、お答えしました。

室内着を着換える必要がなかったからです。何故、着換える必要がなかったかといえば、放火をする気がなかったからです。放火をしたのは、第三者です」

「命題が循環《じゅんかん》している。着換えをしていなかったからこそ、第三者がいたのだ。第三者がいたからこそ、着換えをしていなかったのだ――

これが昇任試験の論文なり面接なりだったら、悪いが君は不合格だよ」

「では説明の仕方を変えます。

何故、着換えてないと言えるか？

――それは靴・引き戸・門扉《もんぴ》の観察から導けます。風呂場もまた、傍証《ぼうしょう》になってくれる」

「靴？」

「これも、捜査書類をよく思い出してください。

清家参事官の所有車両。あのゴルゴ。

給油口から車体に、ガソリンの垂れた跡がありました。また給油口下の地面には、ガソリンが跳ねた跡がある。またタイヤにもホイールにも、ガソリンは飛んでいる。

つまり。

ガソリンは零《こぼ》れたんです。それも、びちゃびちゃと派手なかたちで。地面やタイヤにも跳ね飛ぶかたちで。

それが。

どうして靴に飛ばない、なんてことになるんでしょう？

車両の見分から、ガソリンが零れたことは、客観的事実です。

けれど、僕らが清家参事官の靴を見分したかぎり、その靴には絶対にガソリンなど飛んでいません。まず匂《にお》いが全然しませんでしたし、油でも液体でも、とにかく染《し》みなど全くありませんでしたから。

もし清家参事官がスーツ姿で外へ出た、だから鍵はスーツにあったのだ――というのなら、必ずスーツと組み合わせるはずの革靴に、ガソリンが飛んでいないのはこの上なく矛盾です」

「バカバカしい。他の靴なりサンダルなりを履いたのだ」

「これも捜査書類化していますが、僕らが死ぬほど観察しても、清家参事官の普段履きは、その革靴だけでした。ジョン・ロブの高級革靴ですが、踵《かかと》などの使用感から、普段履きにも使っていたことが分かります。また当然、靴棚《くつだな》を観察したところ、他に普段履きの候補となるような靴は――確かにサンダルと雪駄《せった》がありましたが――キチンと靴棚のなかに収められ、列べられ、かつ、埃《ほこり》を被《かぶ》っていました。だから申し上げたのです。清家参事官の靴に、ガソリンが飛ばないなんてことはありえないと。

さらに申し上げれば。

僕らは引き戸と門扉も観察しています。もちろんそれは、今、検証調書にもなっています。

すなわち、それらからも、ガソリンの匂いは一切、しませんでした。

もし清家参事官が外に出て、自分の車からガソリンを抜き、また官舎に入ったというのなら――官舎に入らなければあの放火はできませんが――あれだけガソリンを零したのですから、素手であろうとなかろうと、門扉と引き戸に触れたとき、必ずガソリンが付着し、だからガソリンが匂います。けれど、現実はそうではない。

想定されるストーリーによれば、靴からも、引き戸からも、門扉からもガソリンが匂わなければならないのに、それが全く無い。

――これは、矛盾です。

またさらに。

風呂場も、なんなら洗面台と台所もですが、僕らの観察に、雄弁にこたえてくれます」

「洗面台と、台所……」

「第一に、ガソリンを撒いて焼身自殺をしようとする人間が、ガソリンで濡《ぬ》れた手のまま、いきなり着火物を扱うでしょうか？　まさかです。覚悟の自殺というのなら、いきなり自分の右手が猛然と燃え出すような状況でやるはずがない。まして〈美彌子〉の死体がある。家ごと確実に焼かなければいけない。それはもう慎重になることでしょう。

だったら。

まずガソリンの着いてしまった手を、洗いますよね。

だったら。

少なくとも台所の流しか洗面台は、濡れるはずです。

ところが、僕らが観察したかぎり、どちらもカラカラに乾いていた。当夜の使用感はゼロ。

　ということは、手など洗っていないんです。

　また、ということは、洗う必要がなかったんです。

　さらに、ということは、ガソリンなんて着いてないんです」

「不自然は不自然だが、いきなり自分の右手から燃やし始める焼身自殺者がいても、決定的な矛盾とまでは言えない」

「なら第二に。

　想定されるストーリーによれば、清家参事官は〈美彌子〉を撲殺した。当然、返り血なり肉片なりが飛ぶ。さっきは、『そのままで外へ出るか？』という論点でしたが、それはまた、『返り血等を洗い流さないで外へ出るか？』と言い換えることもできる。

　そして答えは、当然にノーです。心情的なものもあるでしょうが、目撃リスクがあるからです。そして、返り血なり肉片なりをキレイに洗い流そうというのなら、今度は台所でも洗面台でもありません――風呂場です。ところが」

「なるほど。風呂場を観察した結果、そちらも使用感ゼロ、カラカラに乾いていたと」

「このことは、『ガソリンを零していない』という事実と、『返り血等を染《あ》びてはいない』という事実を、証明してくれます」

「もしそうだとして、そこから何が導ける？」

「この議論の最初の命題です――

火を放ったのは、清家参事官ではなく、そこに存在していた第三者である」

「確か現場には、渡部美彌子もいたな？　火を放ったのが美彌子だとすれば？」

「それはありえません。

その〈美彌子〉の死体には、生活反応が見出《みいだ》せませんでした。しかも、第Ⅳ度の焼死体。ところが清家参事官の死体には、生活反応がハッキリ残っています。しかも、こちらはまだ第Ⅱ度。言い換えれば、最初に焼けてしまったのは〈美彌子〉。そして、そのあとで清家参事官が焼けた。それも、生きながらに焼かれた。それは生活反応からあきらか。

だから、最初に焼けてしまった〈美彌子〉が、また生き返って、まだ生きている参事官に火を着けることはできません」

「なら清家の精神異常だろうよ。ガソリンも零した。にもかかわらず、精神の動揺と異変によって、返り血を染びた。

何を顧《かえり》みる余裕も無く、無我夢中《むがむちゅう》で火を放ったのだ。なるほど、風呂を浴びていなかったり、手を洗っていなかったり、靴にガソリンが飛んでいなかったり——矛盾、不自然は不自然だが、そういうことが起こりえないとは、神ならぬ我々には断言できない。

想定外のことは、起きるものだ」

「でも『ルージュ』のライターは、入手できませんよ？」

「ルージュのライター？」

「着火物です。

想定されるストーリーでは、清家参事官が放火のために使った、着火物」

「そんなもの。美彌子からもらったのだろう」

「〈美彌子〉はルージュのライターを携行しません。

この、床屋捜談の最初の方で確定した事実です」

「いやそれは、当夜の美彌子がルージュのライターを持っているはずがない——という話だ。議論の射程が全然違う。

いま問題になっているのは、清家がその生涯において、ルージュのライターを入手したかどうか——のはずだ」

「していません」

「……理由」

「清家参事官は、少なくともここ十年、そうこの二月に入っても、ダンヒルのライターを使っていました。それは御自慢《ごじまん》の品で、羽振りがよかった頃からの愛用品。清家参事官のトレードマーク――

十年もブランド物のライターをメンテし続ける人が、営業用の、それこそ百円ライターとさほど変わらないものなんて、もらってくる必要がありません」

「原田巡査長。重ねて注意をするが、それは可能性の問題に過ぎん。想定外のことは起こるものだ」

「それでも、『ルージュ』のライターだけは、ありえません」

「何故《なぜ》だ!!」

「スナック『ルージュ』は、警察本部保安課の、水野課長のテリトリーだからです。警務部長なら御存知と思いますが、水野課長は、警備公安部門を蛇蝎《だかつ》のごとく嫌っています。あれは警察の北朝鮮だと……だから、自分の行く先々からは排除していると。

水野課長の同級生がやっている、だから水野課長も安心して飲みに行っていた、そのテリトリー中のテリトリーに、まさか警備部参事官の清家警視は入れません。それが理由です」

「――いや、私の記憶が正しければ、水野警視は保安課長になってから、『ルージュ』へゆくのを控えているはずだ。許認可をする側が、世間に疑われるような行動をしてはいかんとな。だから正確に言うなら、『ルージュ』は水野課長のテリトリーだった所だ。そして、それだけだ。なら清家が入りこんでいても不思議は無い。なにせ『ルージュ』は渡部美彌子の潜伏先・稼働《かどう》先だったし、清家もそこでの稼働に協力をしていた。これも事実だ」

「そうしますと、清家参事官はここ最近、『ルージュ』のライターを手に入れたと？」

「それ以外にあるまい」

「……実は、それも否定できてしまうのです」

「なんだと……」

「清家参事官は、奥さんの御病気を機に、缶ピースをやめて、電子たばこのアイポスに乗り換えたんです……

電子たばこにライターは要りません。

ここで、非喫煙者は、ライターなんてもらおうとも思いませんよね。使い途《みち》がないですから。なら、電子たばこに乗り換えた人も一緒です。欲しいのは電源で、直火《じかび》ではありません。まして百円ライターなんて、もうあっても邪魔なんです」

「いや、アイポスに乗り換えた人間でも、煙のたばこが吸いたくなることがある」

「だから、ライターと煙のたばこを、仕入れてくることがあると？」

「そのとおりだ!!」

「それも、ないんです……

清家参事官は、煙のたばこが吸いたいときは、警備部門の部下などに強請《たか》る方でしたから。警察官複数の証言があります。絶対に、自分では煙のたばこを買わないんだと」

「――――――――」

「以上のことから、着火物を用いたのもまた、第三者である。

これで第三者の存在は立証されましたし、当該第三者こそが放火犯であることも立証されました、警務部長」

観察4（一件記録）

「すると、だ原田巡査長——

君の主張したいことをまとめると、こうなる。

第一、放火現場には第三者がいた。これは縷々《るる》、証明されてきたとおりだな。

第二、当該第三者は、清家斉の官舎に火を放った。すると当然、次のことが導かれる。

すなわち第三、当該第三者は、清家斉を焼き殺した。手段方法はともかく、そう考えざるをえん。なんとなれば、生きている清家斉が自宅への放火を許すはずもなければ、自分の車両からガソリンが抜き出されることを見過ごし、かつ、それが自分の眼前で撒《ま》かれてゆくのを、為《な》すに任せるはずもないからだ」

「そのとおりです。

この場合において、清家参事官は、何らかの手段方法で意識を奪われたか、何らかの手段方法で身体の自由を奪われていたと考えられます。前者のときは、導眠剤《どうみんざい》などの使用が考えられるでしょう。もう一度、心臓血を鑑定してみれば、分かることがあるかも知れません。後者のときは、死体の検証のとき、バレないかたちにしておくことが必要となる。

いずれにせよ、清家参事官は生きながらに焼かれた。そうされざるをえなかった。何故なら、参事官の生活反応に物語ってもらわなければならないからです。もう証明され、もう立証されているように、『先に死んだのは〈美彌子〉』『〈美彌子〉は死んでから焼かれた』『清家参事官は、〈美彌子〉の死体ともども焼死した』──ここまでは科学的事実。

ところが、ガソリンを抜き出したのもガソリンを撒いたのも、だから〈美彌子〉の所持品と包丁を風呂場に避難させたのも、だから清家参事官と〈美彌子〉の焼却度合いを変えたのも、その『第三者』です。

この第三者は、徹底的に自分の存在を隠蔽《いんぺい》しようとしている。だから、火を放ったのが清家参事官だという偽《にせ》の証拠を残したい。ならば、『清家参事官が死んでしまってから火が着いた』ということが、生活反応からバレてしまっては元も子もない。

まとめると、この第三者は、清家参事官を生きながらに焼く必要があった。

だから今、警務部長がおっしゃった第三の点は、僭越《せんえつ》ながら正しいですし、第三者にとって必然でもありました」

「しかし、そうすると。そもそもあの美彌子を殺したのは？　それは清家なのか、第三者なのか？」

「第三者だと考えられます」

「理由」

「まずは、動機の問題です。清家参事官は、渡部美彌子を恐喝していた。ここで、警察本部の警備参事官室から発見された現金二七〇万円は、その出所、その所有者などを科学的に特定できないので――」

「――いや特定せざるをえんだろう。警察本部の本人のデスクから出てきているのだぞ？」

「それは外観です。その外観が正しいのかも知れないし、あるいは今まさに議論している『第三者』のように、僕らに特定のストーリーを信じさせたい何者かが、そうした外観を作出したのかも知れません。そこは、この第三者の遣《や》り口《くち》に鑑《かんが》みて、慎重になる必要があると思います。

しかし、この段階では。

清家参事官が渡部美彌子を恐喝していた。これは動かない事実だと考えます。何故なら」

「渡部美彌子のトートバッグの財布から、直筆の領収書が発見されているから」

「そうです。しかも『金壱拾万円』の領収書。

これは筆跡鑑定の結果、間違いなく清家参事官が書いたもの。何故と言って、指紋同様、筆跡をでっち上げることはできませんから。しかも、額は一〇万円です。これは渡部美彌子の供述――渡部美彌子の手紙とも、符合する」

「美彌子は、月額一〇万円を、清家に恐喝されていたからな」

「そしてそれは、清家参事官の、その、落魄《らくはく》にともなって、二〇万円、三〇万円と、どんどんエスカレートしていったそうです――美彌子の供述によれば。

そして、清家参事官が組織においてどんどん不遇になっていったこと、それでも外車を維持していたこと、それでも奥さんの入院費用その他の医療費を工面できていたこと、それでも退職後は県都・愛予市内にマンションを購入する予定だったこと等々に鑑みれば、この恐喝の物語は、外観を観察しても正しいし、動機原因を考えても正しい。

だからこそ。

だからこそ、清家参事官には、渡部美彌子を殺害してしまう動機が無い。

ここで、渡部美彌子の供述があります。恐喝の月額が三〇万円に上げられたとき、必死で、懸命に反論したと。ところが、あっけなく清家に殴打《おうだ》され、蹴《け》り倒され、抵抗できなくなってもなお、ゴルフクラブで攻撃されたと——

この供述は、それが真実だとすれば、とても重要なことを示しています。

まず、清家参事官は、暴力をふるってでも、美彌子の恐喝を続けたかったこと。

次に、清家参事官は、暴力をふるっても、美彌子を殺さないよう手加減できたこと。

また、清家参事官は、美彌子の『抵抗』を経験しているし、しかも、それをカンタンに撃退できてしまったこと、です。

これらから考えると——

清家参事官には、渡部美彌子を殺してしまう動機が全くありません」

「動機論には、頷《うなず》けるところがある。

だが動機論は、主観証拠であって客観証拠ではない」

「すると次に、この清家参事官の主観的な心情を、客観的に裏付けできるかどうか——が問題になります。

が、結論から申し上げれば、できます」

「どうやって？」

「観察の結果、もう立証されている事実ですが、あの夜の〈美彌子〉は、顔面を執拗《しつよう》に殴打されています。歯牙も砕けるほどに。仮に清家参事官が美彌子を殺すとしても、そのようなことをする必要はありません。

言い換えれば、身元を隠す必要もないし、できない。

自宅に放火して焼身自殺するとなれば、その事件を解明するため、清家参事官の官舎も車両も執務室も、当然にガサられる。そうすれば、謎《なぞ》の高額現金は発見される。

その出所は、殺人と自殺の動機原因を解明するため、徹底的に捜査される。また当然、スマホの架電記録も入手されてしまう。清家参事官があの夜、自分の官舎と車両をどういじろうと、警察本部だの架電記録だのをいじることは、絶対にできません。だから、もし〈美彌子〉を殺したのが清家参事官なら、そう、諦《あきら》めるはずです――自分と美彌子の物語は、必ず捜査され、必ずバレると。

ならば、歯牙を砕いて〈美彌子〉の身元を割り出せなくするなど、無意味で無駄です」

「……残念だが、それも動機論で、状況証拠だよ」

「ならば、ゴルフクラブに物語ってもらいます」

「ゴルフクラブ？」

「あの凶器の、七番アイアンです。

　そもそも、渡部美彌子の供述――美彌子の手紙を信じるとすれば、あのゴルフクラブは、攻撃の手段としては〈最後に〉出てくるものなんです。それはそうです。あれは元々、和室を出た先の廊下に、そう、風呂場と台所へ続く廊下に置いてあるもの。観察の結果、キャディバッグが置いてあるのはそこだからです。そしてその位置は、和室の襖《ふすま》を開けて廊下を数歩――

　ところが。

　あの夜の『第三者』が僕らに信じさせたかったのは、①〈美彌子〉が包丁で清家参事官を殺そうとし、②清家参事官が左腕に創《きず》をつくりながらそれに反撃し、③過剰防衛で〈美彌子〉を殺してしまった――というシナリオ。

　ですが、これは不自然です。

　この①から③の行為は、瞬間的に、咄嗟《とっさ》に、流れるように続きながら行われたはず。それはそうです、〈美彌子〉は包丁まで突き出しているのですから。そんな修羅場に、どうして廊下に出ているゴルフクラブが登場できるのか？　また仮に登場できたとして、包丁と戦うのにゴルフクラブというのは、どう考えても不自然です。〈美彌子〉の包丁を叩《たた》き墜《お》とすこともできなければ――シャフトが長すぎます――官舎の狭い八畳間で、そうですね、照明でも叩き割ってしまうのがオチでしょう。八畳間で七番アイアンをもって殺意ある包丁とバトルするというのは、恐ろしく取り回しが悪いという意味でも、相手にダメージを負わせにくいという意味でも、壁なり家具なり天井なり照明なりに衝《ぶつ》かるという意味でも、不自然です。不可解です。そもそも包丁から逃げながら、廊下を進んでそれを採りにゆく選択が不自然です。駄目押しをするならば、清家参事官はかつて、素手で美彌子を制圧し、あっけなく馬乗りにまでなり、しかも、その――強姦《ごうかん》にまで成功しているとか。

まとめます。

包丁に対抗した凶器が七番アイアンである、というそのストーリー。そして、その七番アイアンの位置関係。それらが、〈美彌子〉を殺した凶器＝七番アイアンとの説を否定するのです。

ならば、〈美彌子〉を殺したのは七番アイアンではないし、それは歯牙を砕くために用いられただけだし、つまり、〈美彌子〉は違う方法・違う態様でもう殺されていたのだし――まして、清家参事官には、〈美彌子〉の歯牙を砕く理由がない。七番アイアンをわざわざ持ち出す必然性もない。

以上のことから、あの〈美彌子〉を殺害したのは、清家参事官ではありません。

またこれまでの議論から、結局、〈美彌子〉を殺害したのも、官舎に放火したのも、だから清家参事官を焼死させたのも、清家参事官自身ではありえません」

「恐喝までしていたのに、か？」

「はい」

「美彌子と一緒に、官舎に存在していたことは間違いないのに、、、、か？」

「参事官は、少なくとも火が着いたあとは、そこから逃げようとしていますから。だからこそ、〈美彌子〉の死体は和卓の傍《そば》に、清家参事官の焼死体は和室出口付近、玄関への出口にあった。すなわち、着火点から離れたところにあった――着火点から離れた位置にある焼死体は、他殺を疑え。これは刑事のイロハでもあります」

「すると、私としてはこう訊《き》かねばならん――

当該『第三者』とは何者だ。そして何故、美彌子と清家を殺したのだ」

「僕らは、それを知るため、もうひとつの現場へ、、、、、、、、赴きました。そしてまた、観察をした」

「もうひとつの、現場……？」

「すなわち、すべての発端《ほったん》、この事件のゼロ地点、ゼロ時間。十年前の、白居公安課長殺しの現場。正確には、白居公安課長傷害の現場です。

もちろん、とっくにそんな現場は無くなっている。もう存在しない。

けれど。

それは証拠化されています。捜査書類として。一件記録として。こんな言い方が許されるなら、刑事の汗と観察と魂の結果として。

だから。

十年後の、それら先輩刑事の顔さえ知らない僕らだって、もう一度、いえ何度でも、現場を踏むことができる。釈迦《しゃか》に説法《せっぽう》ですが、それが捜査書類です」

「……十年前の一件記録を読んで、十年後の殺人及び放火の犯人が分かるとでも？」

「分かります」

「……理由」

「僕は、やはりその一件記録を読みこんでいる同期と、もう一度、徹底的に書類を精査しました。それも観察、観察、観察です。

そして、恐ろしい結論に達しました。

喩《たと》えるなら、正確でも適切でもないかも知れませんが、ネガとポジが入れ換わってしまったような――そう、事件の構図そのものが、見え方が、あざやかに変わってしまうのを感じました。

そしてその感覚は、十年前でも、今でも、客観的に立証できると判断しました」

「ネガと、ポジ……」

「しかも、渡部美彌子の――これはカッコつきでなく、美彌子本人ですが――供述があります。あの手紙です。

僕らが事件の構図を転換させ、引っ繰り返したとき。だから新しい物の見方を手に獲《い》れたとき。

あの手紙もまた、恐ろしいダブルミーニングを無数にふくむ、いわば脅迫状であることも理解できました」

「脅迫状だと？」

「はい」

「あの、罪を認めて懺悔《ざんげ》をする手紙がか？」

「あれは懺悔などではありません。いえ、懺悔の部分もある。そこは人間として信じたい。ですが、渡部美彌子があの直筆の手紙と指輪を、わざわざ警察本部に送りつけてきたのは、懺悔と自白が主目的ではない。

主目的は、脅迫です。

そして、その脅迫の相手こそ、僕らが議論している『第三者』。あの夜の〈美彌子〉を殺し、清家参事官を殺し、官舎に火を放ち、全《すべ》てを清算してしまおうとしたその

『第三者』なのです」

「……すなわち、渡部美彌子は死んでなどいない」

「そうです。そして、自分が死んだという物語を、完成させようとしている——公訴時効が完成する、その前に」

「当該『第三者』はそれにどう関係する？」

「一心同体です。利害関係も一緒ならば、片方が死ぬときもう片方も死ぬ。それが十年前からの呪《のろ》いで、契約でした」

「美彌子の逃亡支援者か」

「そして、不即不離《ふそくふり》の仲間」

「……誰だ」

「僕がさっき、あの美彌子の自白の手紙を『脅迫状』だと言ったのは。

あれが、一読したところ分からないように、しかも、十年前の真実を知っている人間にはすぐ分かるように、様々な伏線と、ダブルミーニングを展《は》り繞《めぐ》らせたものだからです。

まず、第一に。

美彌子の自白によれば、十年前、美彌子が包丁で人を刺してしまったのは——もちろんですが——そこに包丁があったから。すなわち、ＰＴＳＤに起因する極めて発作的な行動。これは疑う余地がないと思いますし、ＰＴＳＤ云々《うんぬん》は議論の本筋に影響しません。

議論の本筋にとって、死活的に重要な伏線は——

そう、第一の伏線は、そこに何故包丁が存在していたか、です。

これを言い換えれば、そこに何故林檎《りんご》が存在していたか、です。

ここで。

美彌子の自白によれば、それは、男女関係の清算をするその相手方が、林檎の名産地の出だったからです。だから、御両親がそれを、愛子によくお送りになっていたから。しかも、相手方は酒を嗜《たしな》まない。

だから、十年前の現場には林檎が存在し、それがいわば肴《さかな》になり、だから包丁が存在することとなった——

しかし、これは矛盾です」

「どこが」

「白居公安課長は、お酒を嗜むんです。お酒の好きな、明るいひとだった。これは捜査書類に出てきます。また白居公安課長は、三代続く江戸っ子。これも同様。そして常識論として、東京は林檎の名産地とはいえません。

　僕らでも確認・観察できるこの事実を、白居公安課長と交際していた美彌子が、忘れるはずも勘違いするはずもない。

するると、美彌子の自白と、現場の状況は、あざやかに矛盾します」

「しかし実際に、白居公安課長は美彌子に刺されている。それこそ十年前の一件記録であきらかだ。指名手配まで打っているということは、逮捕状が出ているということ。逮捕状が出ているということは、少なくとも裁判官が納得する、事実だということだからな」

「そこに疑いの余地はありません。確かに、マル害は白居公安課長です。渡部美彌子が白居公安課長を刺した。この発端の事実は、御指摘のとおり、社会的にも実際的にも、絶対に動きません。

　しかし。

　ここで、美彌子の自白、第二の伏線が意味を持ちます」

「すなわち？」

「美彌子はあの手紙で、自分の交際と傷害事件について、『不倫問題』『議員先生のお嬢様との御結婚』『官僚として恐ろしいスキャンダル』『親御さまが呆《あき》れ』『お怒りになり』といった表現を用いています……

これも、矛盾です。

というのも。

白居公安課長は、なるほど閨閥《けいばつ》結婚を希望しておられましたが、具体的な話はなかった。だから焦《あせ》っておられるところもあった。すなわち、身上《しんじょう》としては、純然たる単身者です。その白居公安課長について、『不倫』という言葉を遣うのは著しく不自然ですし、まして『議員先生のお嬢様』などという言葉が出てくるはずもない。仮に恋人がいたとして、結婚も婚約もしていなかったのですから、美彌子の傷害事件以降は、、、、ともかく、時系列としてそれ以前の、最後の話し合いの段階で、『官僚として恐ろしいスキャンダル』になるはずもない。親御さまが『呆れ』『お怒りになる』理由もない。そして最後に、これが致命的で恐ろしい部分なのですが、そもそも白居公安課長は十年前、愛予に赴任してきたとき、既に御両親を亡《な》くしておられました。存在しない親御さんが、呆れるも怒るもないでしょう。もっといえば、『親御さま』なる表現も脅迫的なら、『呆れ』『お怒りになる』という表現も致命的です。なんとなれば、白居公安課長は独身なのですし、だから親御さんは実の御両親しかいないのですから、息子の痴情《ちじょう》の縺《もつ》れがあったとして、もう二八歳のエリート官僚のやること。実の御両親が生きておられたとしても、呆れるとか怒るとか、まして絶望するとか、そんな感情が出てくるわけがない。

もっといえば、『親御さま』という言葉の、事情を知っている読み手に与えるインパクトの大きさ——だって普通なら、そしてこの手紙のトーンなら、『御両親』と書けばすむのですから。そう、実の御両親のことを。しかしあえて、美彌子は『親御さま』という言葉を用いた。重ねて申しますが、白居公安課長に親御さんはいません。物理的にいません。それなのに、文脈として違和感のある『親御さま』という言葉遣いをする……

……そうです。

渡部美彌子は——直筆の自白文を宅配してきたホンモノの渡部美彌子は、恐ろしい告訴と脅迫をしているのです。

なるほど、美彌子が刺したのは白居公安課長。これは自白と客観的証拠のとおり。

でも。

美彌子が最後の話し合いをしていたのは。

命令調で、軍人調で、上下関係を意識した、断定的な大声で喋《しゃべ》るその交際相手とは。

だからそれに恐怖した美彌子が、反射的な、無意識の防衛行動として、包丁を翳《かざ》してしまった交際相手とは。

議員先生の御嬢様との婚約が決まっていて、だから『不倫問題』になってしまうその交際相手とは。

そんな官僚として致命的なスキャンダルがあれば、義理の両親となる『親御さま』に呆れられ、絶望され、怒られるその交際相手とは」

「……私、か」

「関係者のうち、全ての条件を満たすのは、東警務部長——当時の東捜査二課長だけです。

だからこそ。

美彌子は『白居公安課長さん』と『あのひと』という三人称を、意図的に遣い分けている。刺してしまったのは、同席していた白居公安課長だけれど、不倫問題について話し合っていたのは、そして自分が愛していたのは——さらに自分が手紙を書いている『今も殺すことができない』『到底できない』交際相手とは、あのひとだと。東警務部長だと。

そしてこれは、傷害致死犯が、担当役員の『刑事部長』のみならず、管理部門の『警務部長』までをも手紙の名《な》宛人《あてにん》とした理由になります。

契約を忘れるなよ、という脅し。いつでも暴露するぞ、という脅し」

「傷害事件の発生現場は、白居公安課長の官舎だが？」

「捜査二課長は、記者の夜討《ようち》が多い職。そこに美彌子を呼ぶのは、剣呑《けんのん》すぎます。また御親友で盟友の白居公安課長が、自ら、あるいは警務部長の依頼を受けて、会談場所を提供したと考えて何ら矛盾はありません。何せ官舎は隣同士ですし、だから林檎のおすそわけがあってもおかしくありませんし、もちろん……

東捜査二課長は、激昂《げっこう》されると発言が厳しくなる御方《おかた》ですから。なら、美彌子に前もって伝えていたかどうかは、御本人の供述をいただくより他に無いですが、その御性格と、美彌子の病とを考えたとき、立会人が存在するのはとても自然です。

そしてそれが。

カバーストーリーの『白居公安課長こそが、東捜査二課長を呼んでいたのだ。だから東捜査二課長が、第一発見者だったのだ』『東課長が来てしまったから、何の工作もできはしなかったのだ』『だから現場は、ありのままなのだ』『そもそも工作しようとしたのは、白居課長と清家参事官の、警備公安ラインだ』という全くのでっち上げ話につながってゆく。あの美彌子の自白文のうち、これらの部分はすべてウソです」

「美彌子が宅配してきた指輪。白居公安課長から贈られた指輪。

あれには白居公安課長の指紋が付着しているが？」

「不思議なことに、あの指輪に関する捜査書類は、つまり証拠は、実況見分調書も写真撮影報告書も指紋等確認通知書も、愛予警察署に送られていません。それは土居署長が確認したとおりです。

つまり、警察本部かぎりで処理されている。

具体的には、城石管理官の下で、そこだけで処理されている。

捜査本部が立っていて、指名手配の胴元《どうもと》でもある愛予署に内緒で──です。

しかも、指輪の指紋を採取しないわけにはゆかない。絶対にゆかない。

美彌子がそれを強く求めているからです。ならばそれをしないのは、不自然だからです」

「警察本部が、嘘《うそ》を吐《つ》いていると？」

「そう考えざるをえません。常識論として、女性に指輪を贈るとき、指輪のボックスに触れるというならともかく、まだ売り物である指輪を、試してみる女性本人以外が、そう、同伴する男がベタベタ触る──というのは不自然です。また、美彌子がそれを嵌《は》めてから、『白居公安課長の右手示指の指紋が、鮮明に確認できました』などという形で──これは城石管理官の御発言ですが──白居公安課長の指紋が付着するのも、指輪の形状と表面積を考えたとき、著しく不自然です。

これはつまり。

どうしても、当該指輪を白居公安課長と関連付けたかったから。

あるいは強い可能性として、採取されたくない指紋の一部が、採取されてしまったから。

――いずれにせよ、城石管理官は嘘を吐いておられます。

そして、それが城石管理官の独断だとはとても考えられません――ここは警察です」

「当然、私と城石管理官の関係も、念頭に置いているのだろう？」

「はい。

東警務部長。宇都宮刑事部長。城石管理官。

これは十年前当時の、東捜査二課長－宇都宮捜査二課次長－城石捜査二課庶務補佐です。

そして、渡部美彌子と東捜査二課長の物語は、いま立証された。

ならば。

渡部美彌子の自白のウソの部分も、また浮かび上がってくる――」

「それも、観察だな」

「刑事ですから。

十年前の当夜、現場にいたのはマル被の美彌子、マル害の白居公安課長、そして不倫者の東捜査二課長。

刺された白居公安課長は、結果的に、尊敬する先輩であるあなたを擁《かば》った。不倫者であり、代議士令嬢を妻にもつあなたを。どちらがどれだけ積極的だったか。そこに何らかの契約なり利益誘導があったか。それはマル被の供述を獲なければ分かりません。でも、最終的に、自分こそが被害者だ――自分こそがスキャンダルの主役だと、『入れ換わり』を買って出たのはその後の経緯が示すとおり。そもそも白居課長は、最初からあなたに話し合いの場所を貸していた。それだけ深い関係だったのですし。

また、美彌子の傷害事件を知り、直ちに駆けつけたのは直参《じきさん》の、宇都宮次長。城石補佐だって来たかも知れません。そこは詰める必要がありません。美彌子はこれを、『白居公安課長の女房役の、清家次長が駆けつけた』というカバーストーリーで隠蔽《いんぺい》するとともに、やはり、あなたを脅迫しているのです――ホントのことは違うでしょう、と。清家なんていなかったでしょう、と。私にはいつでもホントのことを喋る用意がありますよ、と。

だから。

手紙を書いた時点で、あと一箇月。公訴時効完成まで、あと一箇月。それまでバカな真似《まね》はしないでください、と。これまでどおり、私の逃亡を支援してください、と。

そして恐らく……

それが私の人生を無茶苦茶にしたあなたの、せめてもの贖《つぐな》いでしょう、と」

「ただ、清家は美彌子を脅迫している。領収書がある。それも客観的証拠だ」

「脅迫は事実ですから、清家参事官もまた、美彌子を発見したのでしょう。そう、あなたが支援し、あなたが隠避《いんぴ》させている渡部美彌子を。それが偶然なのか、警備公安の組織力を使った結果なのかも、この段階では、詰める必要がありません。

重要なのは、自然性です。

ここで、清家参事官は、刑事部門に――とりわけ東警務部長、あなたと宇都宮刑事部長に、怒り心頭だった。それはそうでしょう。自分の栄達のためもあったでしょうが、それはそれは誠心誠意お仕えしていた白居公安課長が、飛んでもないスキャンダルに見舞われたのだから。もちろん、清家参事官は現場に来ていない。それはさっき確認したとおりです。だから、まさに『すべての入れ換わり工作が、捜査二課によって終了したあと』、他の警察官と一緒に、寝耳に水のニュースとして認知したはず。

しかも、これは周知の事実ですが、もちろん警備部門は、この傷害事件をできるだけ穏便に解決しようとした。できることなら、隠し去ってしまいたいとも思った。ただ、それはできなかった。結果として、白居公安課長は医療ミスで死んでしまい、美彌子の罪名は役がついて傷害致死になった。人殺しともなれば、指名手配を打たないわけにはゆかない。指名手配を打つからには、そう市民に大々的に協力を求めるからには、事件のあらましを広報しないわけにもゆかない――

すると、残るのは。

破《は》廉恥《れんち》な痴情《ちじょう》の縺《もつ》れで殺されたキャリアの公安課長と、それに連座するように出世の望みを断たれた、地元エースの公安課次長……

傷害なんかの段階で、しかも白居公安課長が処罰を求めていない段階で、大々的に事件化された。しかも傷害致死の段階では、とうとう、全国指名手配まで打たれた。そのスキャンダルのすべての泥は、公安課が、警備部門が被《かぶ》った……白居公安課長が生きてさえいれば、清家参事官も事情を知ったでしょうし、当然、政治的に巻き返すことだってできたのに。

それだけでも、それが倫理的に正しいかどうかはともかく、怒り心頭だったでしょうし。

もし仮に、清家参事官が、捜査二課の悪辣《あくらつ》な陰謀とでっち上げを知ったとしたら？ すべてを知らなくとも、その疑いを持ったとしたら？

そしてとうとう、渡部美彌子を発見したとしたら？

……清家参事官としては、復讐《ふくしゅう》の意味でも、嫌がらせの意味でも、そして老後のためにも、美彌子を強請《ゆす》るでしょう。なるほど刑事事件の処理は、刑事部門がやる。それについて、門外漢の警備があとからどうこう言うことも、捜査のやり直しを求めることもできない。そもそも、清家参事官の政治力は、格段に落ちていた。捜査二課と――あるいはどんどん警察庁刑事局で出世してゆく東警務部長と、でもいいですが――正面から喧嘩《けんか》したところで、勝ち目がない上、旨味《うまみ》もない。それどころか、事件の経緯を踏まえれば、そして最終的に何が起こったかから逆算すると、自分自身の安全すら脅《おびや》かされるかも知れない。

いいえ、何よりも――

物証がない。客観的証拠がない。捜査二課を告発できる、決定的な証拠はすべて消された。唯一《ゆいいつ》手に獲《い》れることができたのは、そう発見することができたのは」

「渡部美彌子、本人だけ」

「だから、せめて美彌子からカネを奪う、という話になり。

だからキャッシュと領収書という、客観的証拠が発見される話になり。だから今後の身の上を考えて、増額要求という話になり。まして刑事訴訟法改正をいわば悪用して、生涯腐《くさ》れ縁《えん》を続けてゆこうという話になり。

おそらくそのキャッシュを用立てていた捜査二課としても、もはや、生かしておくことができなくなった――

これは、もちろん美彌子自身の利害とも一致します。それは、美彌子の自白に書いてあったとおりです。もうじき十年。もうじき公訴時効が完成する。そうなれば、清家参事官など恐れる必要がなくなる。これは捜査二課としても同様。だからこそ、これまでは強請《ゆす》り集《たか》りを許してきた。どうせ、もう終わるのだから。渡部美彌子という最大の客観証拠は、十年をもって、証拠価値を失うのだから。そして、清家参事官にはそれ以外の証拠が何もないのだから……

ところが。

どういう偶然か、運命の悪戯《いたずら》か、まさにギリギリのタイミングで、刑事訴訟法改正案が成立するかも知れないという話になった。今日、四月二五日までに成立し、施行されてしまったら——幸か不幸か、されていませんが——渡部美彌子は依然、あと十年、最大の証拠であり続けます。それは、あと十年、清家が美彌子と捜査二課を脅かす存在で在り続けるということ。もちろん、明日四月二六日の午前零時以降に可決成立するなら、何の問題もない。午前零時で、美彌子の証拠価値は零になるからです。

これは国会審議、国会日程なので、正直な所、バクチ。

しかし、そんなバクチに、美彌子も捜査二課も乗るつもりはなかった。

これがあの『寿能町《じゅのうちょう》公務員官舎における殺人及び放火被疑事件』の理由で、動機です。

——恐喝者である清家参事官には、死んでもらう。

逃亡犯で在り続ける『かも知れない』渡部美彌子も、もういっそ、死んだことにする。

まだ続いてしまうかも知れない美彌子捜査をキッパリ打ち切り、かつ、最後に残った邪魔な恐喝者をも永遠に黙らせる。そうすれば、仮に刑事訴訟法改正法が成立したとしても、それが即日施行されたとしても、だから美彌子の時効がもう十年延びることになってしまっても、もう何も恐れることはない。

そうです。

ひとつの法律案を契機として。

また、ひとりの強欲な恐喝者に背中を押され。

あなたは、あなたたちは、とうとう、十年の決算をする決意をした。

だから。

清家斉を殺害したのも、あの夜の〈美彌子〉を殺害したのも、官舎に火を放ったのも、東警務部長、あなたです。いえあなたと、あなたの忠実な部下だった、当時の捜査二課のラインです」

第4場

観察5――刑事として

――熱い検討が、続いている。

僕らの整髪は、終わっている。

正確には、髪はもう、切り終わっている。

これから後ろ襟《えり》を確認して、そしてシャンプーという段階だけど。

マスターと奥さんは、鏡の奥で、凍《い》てついていた。鋏《はさみ》と櫛《くし》をにぎったまま、腕を下にさげたまま、微動だにしない。

それはそうだろう。

僕らは、飛んでもない話をしているのだから。

それも、たかが巡査長が、交番の巡査長が、警視正を殺人犯として告発しているのだから――

僕は床屋の時計を見た。

午後一〇時〇五分。僕らはそれだけの時間、渡部美彌子と東岳志の物語を、紡《つむ》いでいたことになる。

……やがて、その東警視正がいった。今度もまた、鏡のなかに言った。

「すると原田巡査長。

いま渡部美彌子は何処《どこ》にいるのだ。

いみじくも君は言った。美彌子こそが、最大の客観証拠だと。それ以外に、そう、私が自白するかどうかは別論として、捜査二課の陰謀なるものを立証する証拠は、何も無い。

なるほど、あの殺人及び放火事件の筋読みを変えて、我々を徹底的に捜査し始めるというのなら、架電記録なりメールなりNなり防犯カメラなり、様々な客観的証拠が獲られるかも知れん。そこは、未知数だ。それはそうだ。まさか警察本部の警務部長だの、刑事部長だのを捜査しようとは夢にも思わないからな。だから、証拠が残されているかも知れんし、そうでないかも知れん。

しかし。

現時点、そのような証拠はどこにもない。そして原田巡査長、君の観察に基づく物語が正しいのならば、私はそんな証拠など、徹底的に湮滅《いんめつ》し去っているはずだ。となれば」

「そうです。となれば。

どうしてもあなたが湮滅できなかった証拠。しかも、最大の証拠――

渡部美彌子を発見・検挙するしかない」

「そして君はこうも言った。上甲班にあっては、最早、渡部美彌子を発見したと」

「はい」

「それがハッタリでないのなら、美彌子が何処《どこ》にいて、何をしているのか、説明できるはずだ。そして、その説明がないのなら、最大の証拠がない以上――それもあと二時間で消滅するが――私が自白などするはずがないということも、解るはずだ」

「……では、警務部長がいちばん御存知のことを、僕らの口から説明します。まず、僕らは、三人の〈渡部美彌子〉を知っています。第一に、スナック『ルージュ』に出現した美彌子。これを美彌子Rとします。第二に、小料理『かなえ』を営業していた美彌子。これを美彌子Kとします。第三に、寿能町の公務員官舎に出現した美彌子。これを美彌子Jとします。そして第四に、今この瞬間もどこかにいる美彌子。これを渡部美彌子とします。ここで。

美彌子Rは、渡部美彌子ではありえません。確かに『ルージュ』のグラス・瓶《びん》から採取された指紋は渡部美彌子のものですが、これは極論、寿能町の参事官の官舎における所持品と一緒。すなわちブツの指紋がそうだった、というだけで、その置去り主なり渡し主なりが渡部美彌子だ、ということにはなりません」

「恐ろしく慎重だな？」

「そうでもないのです。これもまた、観察、観察、観察により、カンタンに結論が出ますから」

「すなわち？」

「渡部美彌子は京都の出身です。京都の漁村の出。だから渡部美彌子が喋るのは、かなりディープな京都弁です。

ところが美彌子Rは、ルージュの動画を確認しても、その音声を証拠化した実況見分調書を読んでも、『言いはる』『言われへんわぁ』『言えへん』『ええ店にすんねや』なる関西弁を喋っている。これは、客観的証拠。

ところが。

青森出身の警務部長はお聴き逃しになるでしょうが、僕は大阪に住んでいたことがあります。だから、関西弁はそれなりに分かる——

美彌子Rが喋っているのは、どちらかといえば大阪弁であって、京都弁ではありません。

もし京都弁ならば、『言いはる』は『言わはる』となるでしょうし、同様に『言われへん』は『言えへん』、『すんねや』は『すんにゃ』となるでしょう。このニュアンスの違いは、かなり印象的です。

ですから、美彌子Rは大阪人。少なくとも、ピュアな京都人ではありません。だから、渡部美彌子ではありません。

次に。

小料理屋『かなえ』を営業していた美彌子K。実は僕らは、この美彌子Kに直当《じかあ》たりしたことも、直接面割りをしたこともありません。言ってみれば、物語上の登場人物です。そして物語においては、また渡部美彌子の自白においては、美彌子K＝渡部美彌子とされていますし、また、美彌子K＝美彌子Rであることも供述されている。

それが真実かは、それこそ慎重な検討が必要です。

ただ、美彌子K＝美彌子Rである蓋然性は、たかい、たかい。それは言えると思います」

「理由」

「渡部美彌子の協力者だからです。公然と渡部美彌子のふりをし、演技をし、警察官にグラスを持ってゆかせたり、警察官御用達の小料理屋を開いてみたり……ダミーとして、身代わりとして、共犯といえる重要な役割を果たしている。

そのような人間は、少なければ少ないほどよい。保秘《ほひ》の問題もありますが、清家参事官の例を引くまでもなく、事情を知った人間は、カネに弱くなりますから……正確には、カネの欲望に、ですが。

だから。

ここで申し上げられるのは、渡部美彌子と東警務部長が合理的な人間であれば、美彌子R＝美彌子Kである、ということだけです。それは、可能性と確率と心情の問題に過ぎません。それは認めます。

ですが。

美彌子Kが渡部美彌子でないことは、客観的に確実です」

「ほう、それは何故《なぜ》だ」

「それこそ指紋の問題です。警察官が美彌子Kを発見し、渡部美彌子でないかと疑うなら、僕らが『ルージュ』でやったように、まず検体の入手を図ります。実際には、そこまでの疑いすら持たれていなかったのですが……しかし、実際にどうだったかということと、渡部美彌子がそのリスクをどう考えるか。これは、全くの別論です。

そして。

僕らが『ルージュ』での検体入手に苦心したのは、ルージュがとても小さな店舗で、しかも、ホステス複数が稼働《かどう》するスナックだったから。そして実際上は、ホステスが客に就き、もてなす営業だから。すなわち、ホステスの視界が利《き》き、ホステスの眼が多いんです。だからグラスなり瓶なりを入手するのが大変だった。

ところが。

小料理『かなえ』は、女将がひとりで営業していた店舗です。だから、客にはべるホステスなどはいません。客を〈警戒する〉眼はたったのふたつ。しかも、出される食器の数も種類も、数え切れないほどあるでしょう。そんな絶好の場所で、グラスひとつ、ビール瓶ひとつ——あるいはお品書きひとつくすねてくるなんて、刑事にとっては朝飯前。現場の刑事がそう考えるということは、美彌子もそう考えるし、まして、刑事として育った東警務部長なら、真っ先にそのリスクとシナリオを警戒するということ。

つまり、小料理『かなえ』に渡部美彌子を出すなど、東警務部長以下捜査二課の共謀者たちにとって、致命的なミスになるし、やらなくてもいいバクチになる。そんなことをしなくとも、警察本部の上級幹部が共犯なのだから、潜伏場所も、稼働先もどうとでもなる。

だから、小料理『かなえ』はダミー。美彌子Kも、ダミー。

よって、美彌子Kは、渡部美彌子ではありえません。

——なら最後に残ったのは、美彌子J。あの第Ⅳ度の、黒焦《くろこ》げ死体の女性。

これは美彌子K以上に、渡部美彌子ではありえない。それはもう言うまでもない」

「君の前提が、〈渡部美彌子は生きている〉〈現に今、発見されている〉だからな」

「そしてそれ以上に、ダミーとして殺害されているから。何故ダミーと言えるかといえば、もうこれまでずっと議論してきたように、指紋も、DNA試料も、まして歯牙《しが》ですら湮滅され、破壊されているから。身元を割られたくなかったから。これが渡部美彌子本人であれば、そんなことをする必要は全くありません。ですから美彌子Jは、渡部美彌子ではない」

「まとめると、こういうことか。ルージュに出現した美彌子Rは、渡部美彌子ではない。かなえに出現していたとされる美彌子Kは、渡部美彌子ではない。寿能町の清家の官舎で燃えてしまった美彌子Jも、渡部美彌子ではない――

――それでは渡部美彌子は、いったい何処にいるのだね。

外堀を埋めるのは、もういい。

私が被疑者だというのなら、その資格において求めよう。客観証拠を出せ。それも、最大の客観証拠――渡部美彌子を。真の渡部美彌子を」

「……警務部長。

僕は短かった刑事としての勤務で、大先輩たちから、ほんとうに大事なことを教わりました。まず、刑事は観察だということ。そして、刑事は捜査書類だということ。

けれど、それよりも何よりも――

刑事は、生き方だということ。

そうです。

刑事は職名でも、専門分野の名前でも、私服のことでもない。

何を観《み》、何を感じるか。どうやって犯罪を、だからヒトの人生を、だからこの世界を、見極めるのか。

そのことそのものが、そのまなざしが、その姿勢が刑事なんです。

……僕は、甘かった。

ほんとうに、そのことを思い知らされました。

警察官だといいながら、そんなまなざし、そんな姿勢、意識したこともなかった。だから刑事入りしても、しばらくは分からなかった。観えなかった。

でも。

最初に変死を取り扱ったときの衝撃。

大事なときに、『ルージュ』でマル美を逃してしまった悔しさ。

小野湖至という、死んでしまった指名手配犯の人生に触れたときの感慨。

今まさに公訴時効が完成しようとしている美彌子を想像したときの、使命感。

そうしたものを。そうした刑事の魂みたいなものを、ぜんぶひっくるめて。

もう一度、もう一度僕の人生を、僕が体験したことすべてを、徹底して観察したとき。

答えはもう、そこにあることに気付いたんです。いえ、気付けたんです」

「すなわち」

「この犯人の、だから渡部美彌子と東岳志の、手癖《てくせ》」

「手癖……」

「いま議論した『ルージュ』にしても『かなえ』にしてもそうです。それはなるほど、でっち上げたカバーストーリーでありダミーでしたが、その考え方は、ある意味徹底しています。

それは、〈灯台もと暗し〉。

警察の盲点を突く。

堂々とお膝元《ひざもと》にいることが、実はいちばん安全だ――

この犯人は、そういう手癖をもっています。手口、といってもいい。

しかも。

指名手配犯ですから、資金が必要。もちろん捜査二課の捜査費から出せますが、最近は検査も厳しくなっている。また、定職にもつかず、どこにも稼働《かどう》せずブラブラしているのは、かえってあぶない。この思考パターンも、手癖で、手口です。それが『ホステス』であり『女将《おかみ》』だった。

すなわち。

この犯人の手癖・手口は、『渡部美彌子を警察のお膝元で稼働させる』なんです。

そして実際、それが成功してきたからこそ、自信をもって、『ルージュ』『かなえ』の物語をでっち上げた。実際に上手《うま》くいっている大きな嘘があるからこそ、それに倣《なら》って、もっともらしい嘘が吐けた。しかも、大胆に。

警察の。お膝元で。稼働させる。灯台もと暗し。

そしてこれは、当時の、警察本部捜査二課の、決裁ラインの犯罪です。

ならその、お膝元というのは……

……僕は、見ていた。分かってもいいはずだった。でも、分からなかった。

観ていなかったからです。観察しては、いなかった。

だからもう一度、自分の脳内の動画を、必死で思い出しながら、観察することになった。無駄な時間を、費やしてしまった。

僕が刑事じゃなかったから。僕が刑事としての生き方を、していなかったから……

……噂《うわさ》では、十年ほど前。

改めて裏をとったところ、まさに十年前。

この警察本部地下一階を、福利厚生スペースにしようと提案したのは、東京から来たキャリアの方だそうですね。警察本部の勤務員が、あまりに可哀想《かわいそう》だからと。そして県庁と県知事にまで直訴《じきそ》して、この施設を整えた。

ここには、様々な店舗がありますが……

客が極めて少ない、だから密室性が極めてたかい店舗があります。ドアすら閉じっぱなしにしておける、それを磨《す》りガラスやカーテンにしておける、そんな職種の店舗。しかも、宇都宮刑事部長どころか、東警務部長、城石管理官が常連客である店舗。

まして。

あの清家参事官ですら、出入りしていたという店舗――

これで、ひとつの謎《なぞ》が解けます。何故、清家参事官が渡部美彌子を発見し、恐喝することができたのか。その店舗で発見したのか、他人から話を聴いて確認に来たのか、偶然地下一階で出会《でくわ》したのか、何らかの情報に基づいて直当《じかあ》たりに踏み切ったのか……それは、清家参事官からは聴取できませんので、渡部美彌子と東警務部長に訊くしかありませんが。

いずれにせよ、設立経緯からも、常連客のあまりに不自然な組合せからも。

当該店舗が、まさに『お膝元』ではないか――

そう考えるのは、不合理ではないでしょう。

そしてその店舗では、女性が稼働している。

そう、警察官から釣果《ちょうか》の鯛《たい》を、平然ともらえる女性が。

だから、自分でそれを捌《さば》ける料理技能を持った女性が。

実際にそれを、常連客に配ったことのある女性が。

これで渡部美彌子を連想しない刑事は、いません」

「そうすると、君は」

警務部長は、マスターの奥さんを見遣《みや》った。そう、僕の背後にいる女性を。あの気のいいおばちゃんを。

僕の鏡では、おばちゃんの顔は、角度的に見えない。

あるいは、彼女がそうしているのか。

「この床屋の奥さんこそ、渡部美彌子だと言うのか？」

「いいえ」

「なんだって⁉」

「奥さんは、渡部美彌子ではありえません。言うならば、床屋の美彌子、美彌子Tです」

「意味が解らん‼

まさかここまで議論をして、解明できたのはダミーですなどと言わんだろうな⁉」

「ダミーが解明できたことは、事実です。すなわち美彌子Tは、美彌子R、美彌子Jとともに、渡部美彌子を守る保険のひとつですから。そう、とうとうここまで到《たど》り着かれたときに、敢《あ》えて自ら身柄拘束され、そのあいだ黙秘《もくひ》をつらぬくなどして、渡部美彌子が逃亡をするその時間を稼ぐための、最終の保険ですから」

「何故そのようなことが言える⁉」

「ここでも指紋です。すなわち奥さん＝美彌子Tは、自分の指紋を全く隠そうともしていないし、検体となりうるものを、平然と客に手渡しているからです。それはチョコレートの詰め合わせであったり駄菓子であったり、あるいは先ほどの鯛であったり、あるいは会計をするときのお金そのものであったり――

もっといえば、常連客に出してくれる缶コーヒーだったりしますが。

渡部美彌子はそんなこと、絶対にしません。そして事実、していません。

さらに。

奥さんは、これは周知の事実ですが、この警察本部地下一階の、大浴場を頻繁《ひんぱん》に利用します。これも、渡部美彌子ならありえないことです。何故ならば、渡部美彌子には盲腸の手術痕《こん》があるからです。それに気付かれるリスクを、わざわざ警察本部の大浴場の常連になってまで、冒すはずがありません。

最後に。

奥さんは、公訴時効の制度について、素人《しろうと》です。勉強した形跡すらありません。というのも、奥さんが時効の話をするときは、『時効が終わる』『時効が終わっちゃう』と言うからです。ここでもちろん、公訴時効は『完成する』もの、『完成させる』ものです。これを、いわばプロ中のプロである渡部美彌子が、知らないはずもありません。

敢えて誤魔化《ごまか》していると考えるのにも無理がある。そんな誤魔化しをするくらいなら、自分からその話題をふるはず、ありませんから——

よって、美彌子Tは、渡部美彌子ではありません」

「それでは、議論はふりだしに帰《もど》るだけだ!!」

「いいえ、違います。

あとは、この美彌子Tの観察を、逆にするだけです。観察、観察、観察です。

絶対に会計をしないのは誰か。

絶対に缶コーヒーを手渡さないのは誰か。

自分が読んでいた新聞や週刊誌でさえ、わざわざバックヤードに仕舞うのは誰か。

絶対に大浴場を使わないと言っているのは誰か。

——さらに観察を続けます。

誰の目にも鬘《かつら》と分かるものを敢えて使い、容貌《ようぼう》へのツッコミを避けているのは誰か。

その不自然な鬘で、年齢と印象と頭の形を変えているのは誰か。

女性らしさを隠すよりむしろ誇張して、これもツッコミを避けているのは誰か。

細かい文字を読んでいるときは使わない老眼鏡を、客と接するときは敢えて用いるのは誰か。

いつもタートルネックを着用し、喉仏《のどぼとけ》に注目されるのを避けているのは誰か。

同僚と異なり、いつもウエストポーチを身から離さず、逃亡開始に備えているのは誰か。

同僚と異なり、いつも店舗外すぐ傍《そば》の非常階段が使えるように、いちばん出入口に近いところでしか仕事をしないのは誰か。

男性用の小便器は非常階段の隣にあるのに、だから店舗すぐ外にあるのに、しかも客が待っているのに、小用を足すのに五分十分も掛けるのは誰か。

だから、トイレは個室しか使えないのは誰か。

……指紋を採らせない。瞳を歪《ゆが》める。手術痕を見せない。喉仏を隠す。小便器が使えない。逃亡対策をしている。

おそらくホルモン注射の手数も欠かしていないし、声帯まで傷つけたでしょう――

そう、渡部美彌子はあなたです、マスター」

第5場

――マスターは、奥さんに代わって、僕の背に立った。

なんとそのまま、いつもの流れどおり、シャンプーをし始める。凍りついていた場が、床屋のものとして動き出す。

僕は頭にシャンプーを掛けられたとき、店の時計を見た。

午後一時。

……マスターは、いや渡部美彌子は、いつもとは全然違う口調でいった。そう、彼女は京大の博士課程を出たインテリだ。愛予大学の講師でもあった。法学者だ。

もちろん、その〈男性〉のハスキーな声は変わらなかったけれど、それがよりいっそう、彼女の知的さと落ち着きと余裕と――そして不思議な優雅ささえ感じさせる。

「ミツグ……いえ、原田巡査長。

私はあなたを見括《みくび》りすぎていた。いいえ違うわ。あなたが成長したのね。職業人としても……刑事としても。

だって、私には分かるから。

あなたが私を見ていたそのとき。客としてここに来ていたそのとき。

あなたは絶対に、いま指摘したようなこと、分かってはいなかった。

そう、観察などしてはいなかった。

それが、たった三箇月で、こんなにも……

十年の逃亡に成功した私を、最後の一時間で発見するなんて。

嫌味でも負け惜しみでもなく、感服したわ」

「僕はむしろ、どんな刑事にもできない経験を、マスターに……あなたにさせてもらいました。

真剣に物を観、真剣に物を考えるとはどういうことか。

これから仕事の壁にぶち当たるたび、あなたのことを思い出すでしょう。

確かに、僕はすごい大先輩に恵まれました。

その大先輩たちの薫陶《くんとう》で、あなたを発見することができた。

けれど……

いちばん最後に僕を刑事にしてくれたのは、美彌子さん、あなたです」

「……ありがとう。教職の身にあった者として、その言葉、素直に嬉《うれ》しい。

ただし」

「ただし」

「このままでは、あなたは試合に勝って、勝負に負ける。

ここまで育ったあなたなら、もう理解しているはずよ。

あなたは確かに試合に勝った。指名手配犯を検挙する、その試合には勝った。

けれど……

あなたがさっきからずっと時計を確認しているように、もう午後一一時過ぎ。

私の公訴時効が完成するまで、あと一時間を切った。

私の公訴時効が完成すれば、私を処罰することはできない。

刑事訴訟法改正法はまだ可決も施行もされていないし、だから、私の時効期間は十年のまま。

そして私を処罰できないのなら、そう、あなたが刑事だというのなら、それはあなたの負けよ。

刑事の最大の目的は、有罪判決を勝ち獲《と》ることなのだから。

そして有罪判決など、起訴がなければありえないのだから。

——さあ、もう、あと一時間を切ったわ。

実務上、どんなに急いだとしても、どんなに無茶をしたとしても、もはや私を起訴することはできない。

もちろん、私はこれから握《にぎ》り拳《こぶし》をつくる。任意の指紋採取は絶対に応諾《おうだく》しない。ならば身体検査令状が必要になる——身柄拘束をしないかぎりはね。ところが、私が渡部美彌子であるという客観的な証拠がないのなら、まさか逮捕状は執行できない。なら身体検査令状がいる。その令状請求だけで、もう零時は過ぎるわ。

そして私は、もちろんこの店を離れない。任意同行も、絶対に応諾しない。まさか逮捕していない被疑者を、その承諾なく無理矢理移動させることはできない——すなわち、私の物理的な移動だけでも、まさか一時間で終わらない。私が終わらせない。

ならば。

捜査手続を始めることができないわ。

捜査手続が始まらない以上、起訴もできない。

起訴ができない以上、公訴時効の完成は止められない。

よって、私への有罪判決を勝ち獲ることはできない――

刑事のあなたにとっては、当然で、クリアな流れよ。

だから。

このままゆけば、あなたは試合に勝って、勝負に負ける。

さあ原田刑事、これがあなたに立ち塞《ふさ》がる最後の壁、最後の難関よ」

……けれど。

彼女の口調。彼女の態度。彼女の……教師としての、姿。

僕には解った。彼女を観察して、解った。

これは、最終試験なのだと。

彼女のこれまでの全人生と、僕らの刑事としての意地と。

そして指名手配犯が逃げ続けてきた十年。それらをすべて懸けた、最終試験だ。

彼女は、口で言っているように卑怯《ひきょう》な手段をとるつもりなら、もう幾らでもとれた。

これからだって、幾らでもとれる。わざわざ僕に、こんな警告をして、盤上《ばんじょう》の勝負を続ける必要はない。

盤面を引っ繰り返し、すぐ逃げるなり僕を殺すなり、少なくともここにいる三人で僕を封圧《ふうあつ》するなり、何でもする事ができる。盤上の勝負なんて、彼女が骨の髄《ずい》まで逃亡犯ならば、まさにクソクラエだ。

しかも、これは彼女の時間稼ぎでもない。何故と言って、彼女には、時間を稼ぐ必要なんてないのだから。それも、わざわざフェアに宣言している。もう実際上、起訴などできないのだと――それはつまり、もう彼女の勝ちだってことだ。

だのに。

彼女が、僕らにあえて『最後の壁』『最後の難関』を呈示し、依然として僕らと対《たい》峙《じ》し続け――

つまり、僕らと勝負し続けてくれているのは。

（彼女は、僕を試している。僕がほんとうに、刑事なのか。

そして彼女に手錠を嵌《は》める資格があるのかどうか。

彼女の、絶望から始まったこの十年間を、刑事というかたちで、終わらせる資格があるのかどうか……）

――刑事とは、人の人生を背負ってゆくこと。

いつか指導部長の、越智部長が教えてくれた言葉を思い出す。

思い出しながら、僕は、今はもう怨《うら》みもにくしみもない逃亡犯に、最後の言葉を紡ぎ始めた。それは、生徒の言葉だった。

「渡部美彌子さん。

あなたはあの手紙で、こう書いていた。五日間、大都会の某所《ぼうしょ》にひそんでいたと――

白居公安課長を刺したあと、五日間、大都会の某所にひそんでいたと――

ところが、そのあとの三年間は、『東京』にいたと書いてある。

だから、その五日間の隠れ家というのは、東京にあるわけじゃない。東京なら、平然と地名を書けるわけだから。

ならば。

東京ではない『大都会』というのは何処《どこ》か？

大阪か、名古屋か、福岡か……

……ここで、僕は思い出しました。

僕が大阪に縁が在るということで、あなたが好意で話してくれたことを。

あなたは大阪に、観光客として、一見さんとして、あるいは通りすがりの者として、行ったことがある。住んだことはない。そのとき眼にした建物とか、そのとき眼にした交通機関のことしか言えないから。具体的な話は、全然できないから。

あなたが僕に気を遣って話してくれたのは、まず、仁徳天皇陵のこと。

あと、警察署のこと。小学校のこと。市役所のこと。裁判所のこと。

私鉄がみっつ使えたこと。

ここで。

仁徳天皇陵は、堺市《さかいし》にある。だから、市役所というのは、堺市役所のはず。

するとなるほど、堺市役所の近くには、大阪地裁があります。

そしてなるほど、地図を見れば、警察署も小学校も、近くに見出《みいだ》せる。

そして――

あなたはあの手紙で言っていた。

そう、東京ではない大都会の、その某所について。

そこは、警察ならではの知恵に基づく、絶対に安全なところだと。

それについて語れば、今なお迷惑が掛かるから、手紙には書けないと。

しかも、事情があって、その隠れ家にずっといることはできなかったと――

警察ならではの、知恵。

絶対に安全なところ。

もちろん、その段取りを組んでくれたのが清家参事官だというのは、嘘《うそ》ですが――

それはそうです。清家参事官は現場になど来なかったし、実際に傷害事件の隠蔽《いんぺい》を図ったのは、東警務部長なのだから。そう、キャリアの警察官僚。しかも、フランス留学帰りの官僚です——

——そこで、僕は地図を観察しました。そして実際に大阪へ、堺市へ行って、現場も踏みました。

南海高野《こうや》線の堺東《さかいひがし》駅。

阪堺《はんかい》電車の大小路《おおしょうじ》駅。

南海本線の堺駅。

堺市役所。大阪地裁堺支部。

堺警察署。熊野小学校。

……最初は、堺警察署だと思いました。あなたたちの手癖です。灯台もと暗し。けれど。

実際に歩いてみて、分かりました。

堺警察署と熊野小学校がある道路には『絶対に安全な』『事情のある』某所があると。なるほど、警察ならではの知恵です。それも、フランス帰りの警察官ならではの知恵」

「国旗を観たのね」

「そう、在大阪ヴェトナム総領事館。

それが、当時は恐ろしく有利な『事情』だった。だって外交特権がありますから。日本の警察権は、絶対に及ばないから。

そして東警務部長が手配したというのなら、それは個人的なコネクションでしょう。だから、まさか売られることはない。そして当初の目論見《もくろみ》では、そこで五日を過ごせば、事態は収まっているはずだった。だから、その恐ろしく有利な『事情』を利用した。

もう一度言います。当初の目論見では、まさか五日が、十年になるとは思わなかった。

それはつまり、その『事情』の恐ろしく不利な点は、全然考慮しなかったということ——

すなわち。

何故、そこが恐ろしく有利なのか？外交特権があるからです。

何故、そこに外交特権があるのか？日本のなかの外国だからです。

これがまさか、十年後の二〇一〇年四月二五日になって、そう公訴時効完成前日になって、恐ろしく不利な事情となるなんて……

四泊五日の『海外旅行』のときは、あなたも東警務部長も、想像すらしていなかった」

「確認まで、訊くわ。

それがどうして、恐ろしく不利な事情となるの？」

「刑事訴訟法第二百五十五条です。犯人が国外にいる場合は、時効の進行は、止まります」

「それは国外にいる場合よね？　これは一時的な海外旅行よ？」

「……それも因果です。

まさに去年の一〇月、そうスナック『ルージュ』事件の四箇月前、最高裁決定が出ました。ずっと議論になっていた『海外旅行と公訴時効』の論点に、とうとう終止符が打たれた。なんとあなたの時効完成の、半年前に。

法学者であり、逃亡犯であるあなたにとっては、あの刑事訴訟法改正の議論とあわせて、途方も無い運命の悪戯《いたずら》だったでしょう……

そう。

『犯人が国外にいる場合』には、一時的な海外渡航がふくまれる。これが最高裁の決定です。よって、くつがえりません」

「日本にある在外公館にいることが、国外にいることになるの？」

「その点については、皆《みんな》で一所懸命調べましたが、判例もなければ学説もありません。まさに、未開拓の論点です。

ただ、確定判決がない以上。

実務者としては、有利な判決を求めて戦いますし、戦えます。まさに、その点の解釈をめぐって。最高裁の判断を求めるために。それは、法学者であるあなたがよく御存知のとおり」

「……ならば、私を逮捕するというのね？」

「はい」

「あと三〇分で公訴時効が完成する私を？」

「――あなたのヴェトナム総領事館滞在は、あなたの手紙によれば、四泊五日。五日間。

ここで。

刑事訴訟法第五十五条第一項本文の解釈により、外国に出た第一日目は、公訴時効の停止が始まりません。時効の時計の針は、止まらない。だから四泊五日の第一日目は、まだあなたに有利です。

　時効の進行がストップするのは、外国に出た第二日目から。だからあなたに不利なのは、第二日目から。この日から時効の時計が止まる。続いて第三日目、第四日目も不利です。外国にいるので。出国していないので。時計は止まりっぱなし。

　なら第五日目はどうか？　帰国したその日は？

　――公訴時効の進行が再開するのは、だから時計がまた動き出すのは、やはり刑事訴訟法第五十五条第一項ただし書きの規定により、帰国したその日です。つまり第五日目は、もう時効が再カウントされ始める。だから第五日目から、またあなたに有利な日々が始まる。

　結果。

　あなたにとって不利なのは――公訴時効の進行がストップするのは、第二日目、第三日目、第四日目の三日間。

　あなたの『国外逃亡』によって、公訴時効が停止するのは、だから三日間です。

　あなたが白居公安課長を刺したのは、二〇〇〇年四月二六日。

　だから公訴時効が完成するのは、二〇一〇年四月二五日が終わったその瞬間。

　ところが、あなたの公訴時効は、三日の間、停止しています。

だから――

あなたの公訴時効は、あ、と、二、五、分、で、は、完成しません。あなたの公訴時効が完成するのは、二〇一〇年四月二八日が終わったその瞬間ですから」

「それは警察の解釈よ」

「それならそれでいい」

「最高裁まで戦って負けたら？　私の公訴時効は、四月二五日に完成すると判断されたら？」

「試合に勝って、勝負に負けた。無理矢理延長戦にして、また負けた。ボロ負けた。でも。

そのことが僕らに続く刑事の、たからになります。だってこんな事案、滅多《めった》にあるもんじゃないから。絶対に、刑訴法の教科書にも判例集にも載る。なら、その負けた判例が、僕らに続く刑事のたからになる。それならそれでいい。いえ、それがいい」

――渡部美彌子は、肩を竦《すく》めて、そっと嘆息《ためいき》を吐いた。

そしてわずかに瞑目《めいもく》すると、諦《あきら》めの悪い生徒をみる瞳《め》をした。

バカには敵《かな》わない、という瞳を。

そしてたぶん、バカは鍛《きた》え甲斐《がい》があるという瞳を。

「……原田巡査長」

「はい」

「あなたはいった。刑事は観察だと。刑事は捜査書類だと。刑事は――生き方だと。

けれど。

それにもうひとつ、あなたも気付いていないようだから、プロとして付け加えるわ。

刑事は、刑事法を駆使するものよ。だから刑事よ。

つまりあなたは――

――いいえ、蛇足よね。

じゃあ房子《ふさこ》さん」

渡部美彌子は、『奥さん』に語り掛けた。それは、恐くなるほど静かな口調だった。

「缶コーヒーを、持ってきてくれる？　ミツグにあげるから」

「み、美彌子さん……それは!!」

「私と一緒に、嘘の十年を歩んでくれて、ありがとう」

「けれど……けれどそれでは!!　美彌子さん!!

堅志《けんじ》ちゃんは!!　まだ小学生なのに!!　あなたが……あなたがまだ必要なのに!!　あなたが十年を逃げ延びてきた、ほんとうに大きな理由……ほんとうに大切なたからものが!!」

「いろいろな誤算が、あったけれど。清家と加奈江が、刑訴法改正を知ったとき……私の時効期間が、また十年延びると知ったとき。とりわけ加奈江が、あれだけ強欲になるとはね。

だから、ああするしかなかった。

けれど房子さん、あなたは最後まで、私を支えてくれた。もしもう十年時効が延びても、この生活を続けてくれるといってくれた。まるでほんとうの、夫婦みたいに」

「美彌子さん……そんなこと!!

私の借財を綺麗《きれい》にしてくれて、私にこの店まで持たせてくれて……あなたが救って下さらなければ、私はあのとき、あのまま……売るものといえばたったひとつしかない、女として地獄《じごく》に沈んだ私を、あなたは……」

「……あなたはそれ以上のことを私にしてくれた。最後に裏切った、村上加奈江と違ってね。最初の出会いは、ただ顔と声がよく似たふたり――私の保険のひとりという、それだけだったけど。

捜査二課があなたを見出したとき、あなたの運命もまた、大きく狂ってしまったわね」

「私はこの生活が、しあわせでした。

私にとって、あなたたちはほんとうの家族でした」

「ありがとう房子さん……ありがとう。

堅志のこと、どうか、お願いします。

父親は遠くへ仕事に出たと。あなたが大人になる頃、きっと帰ってくると――

――さあアンタ!! そんな顔してたら、ミツグが悲しむじゃないの!!

いつもの缶コーヒー、持ってきて頂戴《ちょうだい》。今日は、アタシがミツグに渡すから」

……僕は、時の止まった床屋に掛かった時計を見た。

午後一一時四〇分。

僕らが、刑事たちが、ずっとずっと意識してきたその瞬間の、二〇分前だ。

そして渡部美彌子の缶コーヒーには、彼女がしっかり握り締めた缶コーヒーには、

手錠以上の意味がある。

だから、僕は手錠に指も触れなかった。逮捕状にも。そんな必要は、もうない。

警察本部地下一階の通路を押さえてくれている、小西係長・越智部長・アリスの出番も、やはり必要なくなった。

そして美彌子は、最後に――

「岳志さん」

「美彌子」

「これで私は解放されたわ。でもあなたにとっては、地獄の始まりね」

「……すまなかった」

「何を今更だわ。言いたいことが在り過ぎて、とても言葉にならないけれど。間違っても、逮捕される前に、堅志の顔を見ようなんて思わないで頂戴ね。

――じゃあ原田刑事、ゆきましょう」

「ありがとうございます。これで最高裁まで、戦わずにすみます」

「意味が解らないわ」

「愛予署までは、緊急走行で五分を切りますから。だから、ありがとうございます」

「ひとつだけ、お願いを聴いて頂戴」

「どうぞ」

「やっぱり、手錠を掛けてほしいの」

「は？」

「十年の幕を下ろすには、あの音が必要だと思わない？」

終章――美彌子

様式第19号（刑訴第203条、第211条、第216条）

弁　解　録　取　書

住　居　愛予県愛予市城山町７番地の５

職　業　理容師

氏　名　渡　部　　美　彌　子

昭和４７年　４　月２３日生（３８　歳）

本職は、平成２２年　４　月２５日　午後１１時　５０分ころ、愛予県愛予　警察署において、上記の者に対し、逮捕状　記載の犯罪事実の要旨及び弁護人を選任することができる旨を告げた上、弁解の機会を与えたところ、任意次のとおり供述した。

1　そのとおり間違いありません。取調べは、ぜひ、原田刑事にお願いしたく思っております。

2　弁護人については、頼む考えはありません。

渡　部　　美　彌　子　（指印）

以上のとおり録取して読み聞かせたところ、誤りのないことを申し立て署名指印した。

前　同　日

愛予県愛予警察署

司法警察員　巡査部長　　上　内　亜　梨　子　㊞

㊞

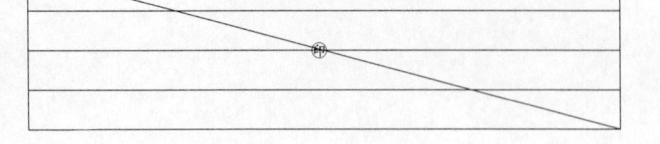

終章――刑事部屋

取調べ室では、原田貢が身上調書をとっている。

もちろん、渡部美彌子からだ。

上甲警部も小西警部補も、越智巡査部長も上内巡査部長も、逮捕手続に追われている。

もっとも、土居署長の指揮で、大量の応援が投入されなければ――そして地検・地裁との調整が終わっていなければ、とても処理できる仕事ではなかったろう。事前にできるだけのことは全てやり尽くして、それでも一分一秒が惜しい。それは上甲ですら経験したことのない、まさに修羅場《しゅらば》だった。

ただ。

最後に主役となったのが、原田貢巡査長だったとしても。

すべてをもう一度観察し、もう一度批判しあい、もう一度叩《たた》きに叩き、詰めに詰めたのは強行係の総員だ。あまりに荒唐無稽《こうとうむけい》な〈マスター＝美彌子〉という論証から、〈美彌子の時効はまだ完成しない〉という検討まで、すべて。

だから――

すさまじい修羅場であろうとも、強行係の刑事には、背骨が震えるような満足があった。

そしてその満足とともに、ずっと意識を、取調べ室にむけていた。

渡部美彌子。

原田貢。

そこは、このふたりの、ふたりだけの神聖な場だ。そして、これからも。上甲だろうと土居だろうと、侵すことができない。

また、だからこそ刑事だ。

もちろんそれを知り尽くしている刑事たちは、それぞれに、この事件を顧《ふりかえ》った。

(まさかルーキーの原田が、これだけ上手《うま》くやってくれるたあ、ド派手に嬉《うれ》しい誤算だったぜ――

できれば美彌子に手錠《ワッパ》掛けるのは、先輩に譲ってほしかったが、マアこればっかりは仕方ねえ。どう考えても、現場に入れるのはアイツだけだったし、どう考えても、アイツの武勲《ぶくん》だからな。刑事としては、素直に嫉妬《しっと》するしかねえや。

ただ……

、、、、、、、、、、、、、
これから検挙しなくちゃいけねえ面々のことを考えると。

原田にとっても俺達にとっても、これは、うたかたの夢にて候《そうろう》——って奴かも知れねえな。

そう、愛予の刑事には、これから厳しい風が吹く。刑事部門が、ガタガタになりかねないほどの台風が来る。そのとき。そのきっかけをつくり、第一級の武勲をあげちまった原田をどう擁《まも》るか。

上甲の大将は、当然そこまで考えてるだろうが……

原田が、政治の台風に負けねえタマだってんなら。

……俺も、警部にならねえといけねえな。アイツと、コイツらを守るために）

（原田に観察の大切さ、人の人生を背負うことの大切さを教えたのは指導部長の俺だが……たった三箇月で、ここまでの答案が書けるようになるとはな。正直、俺の側の観察眼が、あまりに鈍かったようだ。

それをいったら、俺は、土居署長をも見括《みくび》っていた。署長が交番《ハコ》の若いのを大抜擢《だいばってき》したとき、そして初めて原田と会ったとき、なんでコイツを入れたんだと、不思議に思っただけだった……

だが、結果は大金星《だいきんぼし》。愛予県警察の悲願、渡部美彌子のタマをとった。いや、あの様子では、もう完落ちさせている。本格的な調べの前に、もう――

まだ信じられないが……なるほど、人を教えることは、教わることだな。

――そして、俺みたいな巡査部長にも、原田みたいな巡査にも、政治的なことはどうにもならない。

だから、残るのは――

俺は、いい相方《あいかた》を獲《え》たってこと。そして、ソイツに背中を見せ続けなきゃいけないってことだ。ただこれは、なかなかどうして、厳しいことだ……)

(どうも、おかしいわ。

あたしはまだまだ駆け出しだけど、それなりに自分を鍛えてきた。

そして、ミッグとは同期。警察学校以来の腐れ縁。

たとえ先輩方が分からなくても……あたしには分かることがある。観察できることが。

これは確かにミッグの力。ミッグはそれだけ頑晴《がんば》った。それは全然認める。

ただ……

ミッグは何かを隠してる。

上甲課長にも、小西係長にも、越智部長にも。

そして何より、このあたしに、大きな隠し事をしてる。それは、ずっと一緒に最後の詰めをやってきた、ここ何日かの瞳《ひとみ》でよく分かる。

でも……

それがいったい何なのか。そして何故《なぜ》、それを隠してるのか。

……何か、嫌な予感がする。

このバタバタが終わったら、絶対に解明しなくちゃ。よりによって、先輩のあたしを騙《だま》そうだなんて、百年はやいわよ）

――喧騒《けんそう》につつまれた刑事部屋で、そのとき、上甲警部が独りごちた。

それは、いちばん近くにいる、小西警部補にも聴きとれないものだった。

いや、聴かせないもの。

それでも、口に出さざるを得ないもの――

「バカ、原田。いまさら警備部門に行きよったら、承知せんぞ。にしてもあのハゲポン、上手いことやりよった。この貸しは、でかいけんの」

終章――署長室

「よくやってくれた、原田巡査長」

「ありがとうございます、土居署長」

「最初に君を署長室に呼んだとき。

かなり厳しい任務を付与したと後悔した。交番経験しかない君には、困難極まると。

だが、君は私の期待以上のことをしてくれた。君に委《ゆだ》ねて、正解だった」

「……まさか、警備部門から表彰をいただいたあの『注意報告書』が、そんなに重要な意味を持つものだったとは、夢にも思いませんでした」

「あの表彰上申《ヒョウショウジョウシン》をしたのは私だ。それはそうだ。

警察本部地下一階の床屋を、だから愛予署の管轄《かんかつ》区域にある床屋を、警察の最上級幹部が利用していると。しかも利用しているのは警務部長、刑事部長、捜査一課管理官、そして警備部参事官だと。そう教えてくれたのだから」

「僕がそれを注意報告にしたのは、署長がそれを御存知でないと、お偉い方同士の世間話などのとき、署長が途惑われると思って、それだけで……」

「いや、それだけではない。

君はその注意報告書に、こうも記載してくれた——

店主の奥さんは、どこかで聴き憶《おぼ》えのある声をしていると。交番勤務の自分が聴き分けたのだから、ひょっとしたら交番連絡協議会か、防犯協会か、交通安全協会か、警察署協議会の委員である可能性があると。そうでなくとも、警察署にとって大事なボランティアの方かも知れぬと。それは、署長に知っておいていただきたい事だと」

「それもまた、委員の方やボランティアの方と話題になったとき、署長がお困りにならないようにと。

だからまさか、渡部美彌子との関連なんて、想像もしていませんでした。

だからやっぱり、何故表彰をいただいたのかも、あの日——刑事入りを決めていただいたあの日、署長と直接お話をするまで、全然解りませんでした」

「私は、注意報告書の内容にも大いに興味を持った。それはそうだ。私の出身の警備部門にとっては、因縁のある名前ばかりだったからな。

ただ、君のその感覚にも、また大いに興味を持った。素直で率直な、その注意力に。

君がマスターと親しいということも、まさに最終局面で君を切り札として使ったように、大いに役立つと思った——この捜査二課集団の、そしてあの清家の実態解明にね。

もちろん、そのマスターこそが渡部美彌子だとは、上甲班の最後の報告を――観察に観察を重ねた最後の結論を聴くまで、夢にも思わなかったが」

「署長、質問をしてよろしいでしょうか？」

「もちろんだ。君は最大の功労者だからな。私に、、、、とって」

「署長が、捜査二課と清家参事官に、そこまで興味をいだかれていたのは何故ですか？」

「単純に、役者が揃《そろ》いすぎていたからだ。渡部美彌子事件の第一発見者。その女房役に庶務担当。その被害者の女房役。

ここで。

東警務部長は、副社長だ。人事権者だ。

その人事権者が、当時の直参《じきさん》を集めている。そして、警察本部地下一階なる不可思議なところに、揃って出入りしている。しかも、犬猿の仲であるはずの清家までがそこにいる。

捜査二課集団と清家は、反発しあう磁石だ。NとN――いやSとSだな。

それが結合しているというのなら、SとSを引き付ける、Nがあるに違いない。その結節点らしきものを、君が報告してくれた。ならば。是が非でも美彌子を検挙せねばならん愛予署長としては、藁《わら》にも縋《すが》る思いで、そのNを解明したくもなろう――

そして結果は、藁は藁でも、当たり籤《くじ》の藁だった」

「かつてのライバル、清家参事官が後ろ暗いことをしている。そのことは予期しておられましたか？」

「まさか」

「地元筆頭・次期刑事部長として、渡部美彌子にケリをつける。それと同時に、合わせ技で、刑事部門とキャリア組とを黙らせる――

警備御出身の土居署長としては、刑事部門のトップに御就任なさる前に、大きな実績を挙げる必要があった。またそれは、結果から見れば、現刑事部長――宇都宮警視正の失墜《しっつい》をも意味する。刑事ギルドの政治力を、大いに削《そ》ぐことができる。

ここまで読んでおられたのでは？」

「まさか」

「また、キャリアの東警務部長があのようなことになれば、次に東京からやってくる警務部長も、いえ警察本部長ですら、地元組に大きな顔はできなくなる。なにせ、渡部美彌子事件のある意味主犯ともいえるのが、東警視正でしたから。

またそれが解明されれば、警察への非難は、むしろ警察キャリアへの非難になる。地元組としては、県民の非難の矛先《ほこさき》をかわせるばかりか、政治的に、キャリアに対し優位に立てる。

……次期刑事部長である土居署長は、これによって、地元組トップというだけでなく、愛予県警察の実質的トップにもなる。ここまで読んでおられたのでは？」

「それが、君がこのハゲポンを観察した結果かね？」

「はい署長。

なにせ、土壇場《どたんば》でアリスと僕を刑事から外し、マスターに対する特別捜査に充《あ》てたほどの策士でいらっしゃいますから。

それはそうですよね。

アリスはスナック『ルージュ』でのオペレーションでも、検体搬送班でしたから。加奈江であろうと美彌子であろうと、敵方に目撃されるはずのない役どころ。そして僕は、さっき署長もおっしゃったように、上甲班で唯一《ゆいいつ》、あのタイミングであの床屋に入っても不自然ではない人間でしたから。

他方で、上甲課長は刑事歴がながい。むしろ愛予の刑事のボス的な存在です。地元組は、愛予県内の異動しかしませんから——そして小西係長と越智部長は、『ルージュ』のオペレーションで、どちらも顔をさらしている。

ここで、署長は勝負に出た。

――愛予署は諦《あきら》めたと、美彌子に確信させる。そして素直に、事件送致までしてしまう。

その裏で、顔の割れていない若手ふたりを、しかも交番勤務員に異動させてまで、『マスター＝美彌子』の詰めに充てた。これで時間も行動も、自由になる。左遷《させん》だから、表向きの理由も立つ。おまけに『刑事部屋に行く前に、髪を切りに来たんだ』などという胡散臭《うさんくさ》いシナリオも描ける――

そうです、署長はそういう御方《おかた》ですから」

「そうなると、私は君を刑事に入れたときから、君を詰め将棋の駒《こま》として使ってきた、陰険な策謀家ということになるね」

「だとすれば、この渡部美彌子事件、いちばんの黒幕は、土居署長かも知れませんね。物語にはまったく出てきませんが、十年前、土居署長がどの職にあって、何をされていたのか。それを観察すれば、また見えてくることがあるのかも知れません」

「かも知れんね。だがそれは、君の願いには無関係なはずだ」

「確かにそうです。

土居署長が、あのとき僕と約束してくださったことを遵《まも》ってくださるのなら——

それは、一件記録に入れる必要のない物語です」

「もちろん遵る。筆頭署長として、次期刑事部長として。

私の期待にこたえてくれた君に、報《むく》いないはずがない」

「では、アリスを警察本部の、捜査一課に——」

「改めて約束しよう。

私が刑事部長に就いたなら、直ちに上内巡査部長を捜査一課に引き抜く。もちろん将来の女性署長、そして女性初の捜査一課長になる、そのレールを敷くためだ。これでよいな？」

「ありがとうございます」

「しかしね、原田巡査長」

「はい」

「……君自身はどうなんだい？

私の記憶が正しければ、君は、警備部門に入ることを希望していたはずだ。私にとっては、その希望を叶《かな》えることも、あるいは巡査部長に引き上げることも、またたやすいことだが——

陰険な策謀家にして黒幕ならば、最後の幕引きもまた、あざやかに終えたいのでね」

「残念ですが署長、お断りします」

「ほう。理由があれば、聴こうか」

「これから、渡部美彌子の取調べがありますので。

僕は、刑事です」

「これから厳しい風が吹くぞ？」

「十年は頑晴《がんば》らないと、彼女に笑われます――

原田巡査長、退《さ》がります!!」

――終幕

文庫版あとがき

本書は、二〇一七年五月三〇日に上梓《じょうし》した単行本『新任刑事』の文庫版です。

さいわいにして、その前年に上梓した『新任巡査』が御好評を得ましたので、その系譜《けいふ》に連なる作品を書かせていただく機会を頂戴《ちょうだい》できたわけですが――そしてこのあとがきを書いている今現在、どうにか三作目を脱稿《だっこう》することもできていますが――しかしながら、これらは厳密にはシリーズ物ではありません。

これらに共通するのは、タイトル、舞台、テーマのみです。

すなわち、タイトルに〈新任〉という冠を被《かぶ》せていること。また、架空の都道府県警察〈愛予《あいよ》県警察〉を舞台としていること。そして、新しいことに挑戦するすべての、あらゆる意味での〈新人〉を応援することがテーマであること。共通点はそれのみです。

裏から言えば、それぞれの作品世界における時代設定も全然違いますし（第一作は二〇一五年、本作は二〇二〇年、第三作は一九九九年）、それぞれの作品世界をまたがって活躍するキャラクタはひとりも存在しませんし、それぞれの作品世界においてクローズアップされる警察のお仕事あるいはセクションも全く異なります（第一作は地域警察、本作は刑事警察、第三作は警備警察）。

ましてや、タイトルとテーマというのは作品世界の外側——メタなレベルで設定されるものですから、結局の所、それぞれの作品世界において共通する設定は、『舞台が同一の都道府県警察であること』この一点のみ、ということになります。

このような意味において、本書は先行作品『新任巡査』の続編でも前日譚《ぜんじつたん》でも姉妹編でもありません。舞台のみを同じくする、まったく別個独立の、自己完結した物語です。またこのことについては、来たるべき第三作についても同様です。

ゆえにもし「なんだ、これってシリーズ二作目なのか、一作目を読むのは面倒だなあ……」と感じたお客様がおられたなら、いやそのようなことはありませんよと、そのような厄介を回避すべく敢《あ》えてシリーズものとしての『書きやすさ』『既視感』『連続性』『安定感』『既読者サービス』といった諸々《もろもろ》のメリットを排除していますよと、だから『新任巡査』を読まれようと読まれまいとまったくの御自由ですよと、是非そうお答えしたく思います。

さて、その先行作品『新任巡査』では、新社会人の物語を描きました。大学を出ての、二二歳の若者が初めて〈仕事〉〈職場〉に触れ、悩み、途惑い、失敗し、怒られながら、その未知の世界においてどうにか自分の道を捜してゆく様《さま》を、あるいはその道をどうにか踏み固めてゆく様《さま》を、執拗《しつよう》に、前例のないほど詳細に、採り上げました。

ここで、この作品群のテーマは右のとおり『あらゆる意味での〈新人〉を応援すること』なのですが、第一作においてその新人を〈新社会人〉と設定したのは、やはり、就職してお給料をもらうプロになる——ということが最大のライフイベントのひとつだからです。働く。お金をもらう。約束を守る。義務を果たす。責任を負う。自分の力で食べてゆけるようになる。このプロセスあるいはシステムに初めて入ることは、人生最大の難問であり衝撃であり、そして挑戦でしょう。実際、『新任巡査』における主人公たちは、時として激しいカルチャーショックに襲われながら、あるいは、時として自分がそれまで培《つちか》ってきた世界観を大きく破壊されながら、既にシステム内にいる大人の背を追い掛けつつ、自分ができることは何か、自分がすべきことは何かを自問自答してゆきます。

ところが、〈新人〉といったとき、それは何も〈新社会人〉にかぎられる訳ではありません。既に右のシステム内に入っている〈大人〉であっても、いつだって〈新人〉になりますし、また強引にならされます。例えば、未知の部門・部署に異動したとき。例えば、未知の赴任地に転勤したとき。例えば、未知の仕事を委《ゆだ》ねられたとき。例えば、未知の職位に昇進・昇任したとき。はたまた、初めて部下を持ったとき。初めて管理職になったとき。初めて部門・組織の長になったとき……

そのときは誰もが『初めて』を経験する新人です。ゆえにむしろ、人生は新人であることの連続なのかも知れません。

そこで本書では、既に二八歳の、決して新社会人ではない、一定の経験を積んだ、しかしまだ学ぶべきことを多々有する若者を、主人公として採り上げました。そしてこの主人公が直面する挑戦は、〈未知の部門〉〈未知の仕事〉です。要は、異動にともなう諸課題ですね。既に社員としての経験を五年以上積んではいるけれど、いきなりの辞令で、これまでやったこともない仕事・勤めたこともない職場に異動した主人公が、そこでどのような難問に挑戦され、あるいはどのような目的に挑戦してゆくのか……

それは、まったくの新社会人とはまた違った様相を呈するはずですし、そして、まったくの新社会人とはまた違った苦悩をともなうはずです。なんといっても、何でも訊《き》けて何でも教えてもらえる、そして失敗の許される新入社員ではないのですから。既にシステム内に入り、システム内の大人として、確実なアウトプットを期待される立ち位置なのですから。その挑戦と苦悩は、よりシビアなものとなり、あるいはより成熟したものとなるはずです。またそのような挑戦と苦悩は、現実社会において、今この瞬間も、実に多くのお客様が経験なさっているものでしょう。

そのような挑戦を、具体例を描き出すことで、小説として応援したい。

それが、お仕事小説である本書のテーマです。

といってそれだけでは、何故本書が新任〈刑事〉なのかということは解りません。

ゆえに、何故本書が初めて〈刑事〉になる若者を描いたかを述べれば――

刑事というのは、警察においては専門ギルドの職人ですが、専門ギルドの職人になることは、その後の警察人生を左右するビッグイベントだからです。ここで警察官は、『街頭の制服警察官』と『警察署等の私服専務員《せんむいん》』の二種類に大別されますが、街頭の制服警察官が警察署等の私服専務員になるには、公式・非公式の厳しい通過儀礼がありますし、晴れて私服専務員になったとして、以降はまさに零《ゼロ》からのスタート。ギルドの新人・末端構成員として、公式・非公式の厳しい洗礼にさらされてしまう。大袈裟《おおげさ》にいえば、街頭の制服警察官が警察署等の私服専務員になるというのは、警察においては『新生』『生まれ変わり』『第二の職業人生の始まり』を意味するのです。まして私服専務員のうち〈刑事〉になるとなれば、そこで新たに求められる技能・誇り・態度・努力・忠誠心といったものは、これは並大抵のものではありません。比喩《ひゆ》の適切さを別論とすれば、まさに『盃《さかずき》を受ける』覚悟が必要です。

よって、小説における極端な……あるいは戯画《ぎが》的な具体例にふさわしいと考え、本書では新任〈刑事〉を採り上げました。

とはいうものの……

以下余談になりますが、私の経験からいえば、本書で描いた刑事部屋は（諸々《もろもろ》の小説的な都合と要請もありまして）実はまだまだ優しすぎるというか、甘過ぎるというか……警察官なら誰でも知っていますが、警察署の刑事部屋の異様な『恐ろしさ』というのは、もっともっと、こう、筆舌に尽くしがたいものがあります。刑事部屋以外の警察官に対しては、暴力団事務所そのものといってもよいでしょう。特に私は変わり種で、キャリアは普通まず刑事二課・捜査二課系統で刑事を経験するのですが（要は汚職・詐欺・選挙違反といった知能犯担当）、私はゆえあって刑事一課・捜査一課系統で刑事を経験したものですから（要は殺人・強制性交・放火といった強行犯担当）、その刑事一課の大部屋のそれはそれは恐ろしかったこと……べらんめえだし、怒鳴るし殴るし蹴《け》るし、書類は破るし投げるし、階級なんぞクソとも思っていませんし、刑事以外、いやもっといったら強行刑事以外もクソだと思っています。そこは熟練・練達の職人が支配するギルドの聖域で、特に古参の巡査部長・警部補が鬼軍曹として君臨する修羅の国。重ねて、警察署の中で刑事部屋ほど恐ろしいところはありません。

ただいったん、そこに馴染《なじ》んでしまうと……

……その後、私は現場の刑事というよりは、自分が捜査本部を設けたりそれを指揮したり、外国の刑事に物を頼みに行ったり外国の捜査機関において捜査員として勤務したり（これは変わり種の中でも超変わり種）する立場になるのですが、しかし常に原点として思い出すのはその刑事部屋でした。刑事部屋そのものもそうですし、鬼軍曹やべらんめえ刑事と一緒にやったガサや死体見分や実況見分や尾行・張り込み・聞き込み、あるいは彼ら彼女らの激辛な指導を受けてやった取調べや捜査書類づくりは、階級を上げていっても自分の中のコアとして生き続けていましたし、当時の仲間のことは、今でも『当時と変わらないレベルで』、すなわち下の名前から経歴から筆跡から口癖から愛車から家族構成等々に至るまで記憶しています（カルチャーショックが強烈だったので……）。もっとも、年齢的にもう退職され、あるいは逝去《せいきょ》された方も多く、まして私が現実に勤務したその刑事部屋は、警察署の移転と新築にともない、物理的にもう世界のどこにも存在しません。

そんな、実に陳腐《ちんぷ》でお客様にとってはどうでもよいセンチメンタリズムとノスタルジズムも、私が本書において新任〈刑事〉を描きたかった理由だと思います。実際、本書で取り扱った幾許《いくばく》かの事件は、すべて私が実際に経験した事件に依拠したものとなっていますから。これも、お客様にとってはどうでもよいことですが、あとがきを書くからにはまあ、それなりの付加価値が必要でしょうから、こんな無駄口にも一定の意味はあるでしょう。

最後に、もう一〇年近いおつきあいとなる、そして作品にもたびたび登場してくれる、また本書単行本上梓の際に新宿の紀伊國屋さんにおける晴れやかなトーク・サイン会を企画してもくださった新潮社文芸担当の大庭大作さん、及び、やたらと付き物やてにをはにうるさい私のワガママをいつもあざやかに処理してくれる文庫担当の小川寛太さんにこころから感謝申し上げ、私のあとがきとします。

解説

大矢博子

本書に先立って刊行された『新任巡査』（二〇一六年新潮社→新潮文庫）を読んだとき、これは警察官のみならずすべての新社会人と、その新社会人を受け入れる側の人に読んでほしい作品だ、と強く思ったことを覚えている。

『新任巡査』は架空の小規模県・愛予《あいよ》県を舞台にした警察小説だ。

警察学校を出て県の筆頭署、つまり県内でいちばん大きな警察署に配属になったふたりの新人警官が、交番で実習を行う様子がつぶさに描かれた職場小説である。交番前での立番、警ら、管内の家庭への巡回連絡、落とし物や道案内や相談事で訪れる人々への応対、無線で入ってくる連絡とその対応、事件への出動……細かく取り決められた書類仕事やら、交替制の勤務形態やら、とにかく徹底した「リアル」な交番警察官の仕事の描写は圧巻のひとこと。なんせ彼らの初日の勤務だけで全体の七割近く——ページ数にして上巻の大部分と下巻の四割近くが割かれているほどなのだ。

しかし、ただリアルを描くだけならノンフィクションで事足りる。著者はそれを小説というエンターテインメントの中に落とし込むことで、交番警察官のひとつひとつの仕事が何を目的とし、何に配慮して、どのように行われているのかに主人公の成長を重ねてみせた。同時に、新人はまず何を考え、何を心がけるべきか、指導する側は何を目指して、どのように彼らを育てるべきか——育つ側と育てる側の思いを物語に込めたのが『新任巡査』なのである。

それだけでも警察職場小説の里程標と呼べる物語なのに、さらに終盤になって物語がその様相をがらりと変え、サプライズに満ちた本格ミステリになるのにはもう、何をかいわんや。しかもその伏線が職場小説のくだりにさりげなく鏤《ちりば》められていたことに気づいたときには、唖然《あぜん》としたものである。

さあ、そして本書『新任刑事』だ。

本書もまた、愛予県筆頭署である愛予警察署を舞台にした「新人」ものである。ただし、同じ場所というだけで共通の人物は登場しない。そもそも『新任巡査』より前の時代が舞台なので、続編にも当たらない。

それでも私は、本書と『新任巡査』は同じシリーズの作品である、と言おう。なぜなら物語のテーマも、構造も、そして著者が物語に込めた思いも、同じものだから。

本書『新任刑事』は、二〇一〇年の一月から始まる。

交番勤務の二十八歳の巡査長・原田貢《はらだみつぐ》が、愛予署の刑事一課勤務を命じられた。つまり、刑事である。五年近く外勤をやってきたとはいえ、刑事では下《した》っ端《ぱ》中の下っ端。同じ係には同期でかなり早く刑事に登用された、超優秀な上内亜梨子《かみうちありす》がいる。貢はルーキーとして亜梨子と、そして彼の指導部長である越智《おち》の薫陶を受けながら、刑事修行を始めた。

そんなある日、貢は奇妙な電話を受ける。愛予署が指名手配している、十年前の傷害致死事件の犯人・渡部美彌子《わたなべみやこ》らしき人物を目撃したという密告だ。貢が所属する上《じょう》甲《こう》班はただちに対策を練った。なぜなら警察官を傷つけ死に至らしめた渡部美彌子の逮捕は愛予署の悲願であり──そして、公訴時効である二〇一〇年四月二十六日まであと二か月しか残されていなかったから。

公訴時効完成までに愛予署は渡部美彌子を見つけ出し、逮捕することができるのか──というのを物語の軸に、新人刑事・原田貢の奮闘が綴《つづ》られていくことになる。

勘のいい人や法律に詳しい人は、公訴時効という言葉とこの日付を見てピンときたかもしれない。だから少し前の時代を舞台にしているのだな、というところまで見当をつけた人もいるだろう。が、それは本編でご確認いただくとして。

本書の読みどころを一言でまとめるならば、『新任巡査』同様、職場小説・成長小説・本格ミステリの融合ということになる。ひとつずつ見ていこう。

まず、職場小説という側面について。

警察署にはどのような職制があり、どのような階級があり、どのように運営されているかに始まり、刑事が通報に従って臨場した後、どのような作業があるかまで実にリアルに、細かく描かれる。

たとえば変死体への対応だ。どのような手順で、何を確認し、どんな書類を書くか。どんな道具を用意し、どんな服装で臨むか。テレビドラマでは死体が出れば鑑識が現場を調べ監察医が死体を調べ、そこからの捜査は刑事が担当するというふうに描かれることが多いが、そもそも事件性があるのかないのかわからない段階での刑事の仕事がこのように描かれた例は、ちょっと他に思い浮かばない。何よりその後に待っている書類、書類、書類！　なるほど、刑事ドラマがリアルに描かれない理由がわかった。リアルに描いていては、一時間ドラマのうち半分以上で、視聴者はただ書類を書いている俳優を眺めるだけになってしまうからだ。しかしその書類書きもエンタメに取り込んで退屈せず読ませるのは、著者の腕と言っていい。

特に読みどころは、指名手配犯・渡部美彌子らしき人物の密告があってからだ。スナックでホステスをしているというその人物が本当に美彌子なのか、捜査員たちは動かぬ証拠である指紋を採ろうとする。では、どのように？　いくつものプラン、入念な打ち合わせ、徹底した根回し、精密な役割分担。ドラマや小説に時々見られる一匹狼的な刑事ものではまず不可能なチームプレイの描写。いっそプロジェクトと呼びたくなるような作戦のなんとエキサイティングで、そして同時になんと地道なことか。

貢はそこに新人として同行するわけで、彼が目にするのはすべて初めてのことばかり。それが本書の第二の要素、成長小説の側面に通じるわけだが、それは後述ということにして、先に本格ミステリの側面について述べることにしよう。

結論を先に言ってしまえば、本書に於《お》ける本格ミステリ度は『新任巡査』よりも高い。作品が本格ミステリであることを終盤まで伏せていた前作に比べ、序盤から「渡部美彌子探し」という全体を貫く謎《なぞ》が提示されていた、ということがひとつ。そしてもうひとつは、驚くほど鮮やかに仕込まれた伏線の妙味である。

もちろん前作も、単なる（というには濃密だが）職場の描写だと思っていた部分に意外な手がかりや伏線が仕込まれていたことに驚かされたが、本書はさらにその傾向が強いのだ。

すべてを読み終わった後で、もう一度、最初から本書を読み返してみていただきたい。序盤から――本当にびっくりするほど序盤から、あからさまなヒントが仕込まれていたことに驚くだろう。そして初読のときには何の違和感もなく読んでいた部分が、すべてを知って読み返すとまったく違った意味に受け取れることに、そんな箇所がたくさんあることに、感嘆するはずだ。

作中、貢がある筆記物に対して「恐ろしいダブルミーニングを無数にふくむ」と表現する場面があるが、まさにこの物語自体が「恐ろしいダブルミーニングを無数にふくく」んでいるのである。

本格ミステリとは犯人探しだから、ネタを知ってしまえば再読の楽しみはない、という人が時々いる。だが私は断固としてそれに反対する。フェアな本格ミステリほど再読が楽しいジャンルはない。本書などそれの最たるものだ。こんなところにヒントがあった、この表現には裏の意味があった、さりげなく見せて実はこれが大事な手がかりだった、この描写が後のあれにつながった……と、読み返すたびに発見がある。

実は今、その一例を――前述した「びっくりするほど序盤から、あからさまなヒントが仕込まれていた」くだりを具体的に書きたくて指が震えているのを、懸命に抑え込んでいるのだ。「ねえねえ、気づいた？　あれって、こういう意味だったんだね！」と誰かに言いたくてたまらなくなる。気づいたときのサプライズと嬉《うれ》しさはそれほど格別だ。

中には完全に説明されないまま終わる「謎」もある。だがそれも、真相がわかったときに、「そういうことであれば、おそらく」と見当がつけられるようになっている。細部まで実に巧緻《こうち》に練られているのである。

本格ミステリとは騙《だま》しの文学だ。仕掛けられた騙しはかなりの大技だが、その大技を華麗に着地させるために、膨大な準備と仕込みが為《な》されている――それが本書『新任刑事』なのである。

それらを踏まえて、最後の要素、成長小説という点を見ていこう。

いきなり刑事に抜擢《ばってき》された貢が数々の事件を通して、刑事の何たるか、その真髄を摑《つか》む――とまとめてしまえばシンプルに過ぎるが、本書がそういう骨格なのは間違いない。そして彼が刑事の真髄を摑むに至った過程が、多くの先輩刑事たちの言動であり、渡部美彌子事件を通して得た経験だったりするわけだが、ここでひとつ、注目いただきたい箇所がある。貢が刑事課への辞令を受けた直後に考えたくだりだ。

「警察学校を出て、最初に交番に配置されるのが、新任巡査なら。

交番を出て、最初に専務に配置されるのが、いってみれば、新任署員だろう。

（そう、まさに新任署員。ふりだしにもどる。二八歳で、また新人だ）」

このくだりは大切な示唆《しさ》を含んでいる。前作『新任巡査』は新社会人の物語だった。今回は言ってみれば異動、新勤務地の物語である。すでに外勤で五年の経験を持つ貢が、新たな場所で何を得るのか。これまでに得た経験をどう活《い》かすのか。

本書は、人は何歳になっても、どんな立場になっても、「新人」になり得るのだということ。そこで「新人」としての役目と気働き（この気働きについてはぜひ『新任巡査』をお読みいただきたい）に気づけるか、そこで何を学ぶのかが大事なのだということが、描かれているのだ。それはとりもなおさず、人は何歳になっても新しいことを学べるし、成長できるということでもある。

前作『新任巡査』はすべての新社会人と、それを受け入れる側の人々に読んでほしい、と冒頭に書いた。だが本書はさらにすべての人に読んでいただきたい。人は誰でも「新人」になれるし、それは素晴らしいチャンスなのである。

さて、本書で貢が学んだことが何だったか、今一度、思い出していただきたい。刑事にとって大切なもの——徹底した観察により、真実を導き出すことである。ひとつの手がかりを調べるために、何重もの仕込みを怠らないことである。彼と彼の仲間が事件解決に向けて為したのは、徹底した準備と仕込みだ。

ここで話は前述の、本書の本格ミステリとしての側面に重なる。本書が本格ミステリとして膨大な準備と仕込みが為されていること。貢が刑事として事件解決のために準備と仕込みを徹底したこと。

元来、本格ミステリとは、どんなに現実的な舞台を設定しようとも、「事件が必ず論理的に解決される」という、いわばファンタジックなルールに於いてある程度の現実離れは避けられない。けれど本書はそれを逆手にとり、本格ミステリというファンタジーを構築する要素を警察職場小説というリアルに重ねてみせたのである。これはただ、警察官を主人公にして本格ミステリを書いた、というだけでは描けない挑戦と言える。

職場小説と、成長小説と、本格ミステリの融合。

ぜひ前作と合わせてお楽しみいただきたい。そして二作を読んだとき、読者はその構造だけにとどまらない、ある共通点に気づくはずだ。それこそが、実際にキャリアとして華々しい警察官経験を持つ著者だからこそ書けた——書きたかった、大きな問題提起なのだと私は読んだ。

（二〇二〇年二月、書評家）

この作品は平成二十九年五月、新潮社より刊行された。

新《しん》任《にん》刑《けい》事《じ》

下巻

新潮文庫　ふ－52－54

令和二年四月一日発行

著者　古《ふる》野《の》まほろ

発行者　佐藤隆信

発行所　株式会社新潮社

郵便番号　一六二―八七一一
東京都新宿区矢来町七一
電話 編集部(〇三)三二六六―五四四〇
　　 読者係(〇三)三二六六―五一一一
https://www.shinchosha.co.jp

価格はカバーに表示してあります。

乱丁・落丁本は、ご面倒ですが小社読者係宛ご送付ください。送料小社負担にてお取替えいたします。

印刷・株式会社光邦　製本・株式会社大進堂

ISBN978-4-10-100474-7 C0193